DANIELA ARNOLD

DAS VERBORGENE

DANIELA ARNOLD

DAS VERBORGENE

SYLT-THRILLER

86179 Augsburg, Almenrauschstr. 6a

www.daniela-arnold.com

Umschlaggestaltung: Kristin Pang

Cover-Collage mit Motiven von Shutterstock.com und stock. adobe.com. shutterstock 82492084 (Himmel oben) Konstantin, shutterstock 2295201655 (Steg) MP Foto, shutterstock 1051551878 (Leuchtturm) Romolo Tavani, shutterstock 2022445343 (Frau) Andriiii,shutterstock 2023800290 (Junge) Andriiii, shutterstock 2051838704 (Wellen + Himmel unten) Galyna Andrushko, shutterstock 2245920155 (Blut) kzww, Adobestock 2615384 (Riss) Tran-Photography

Innendesignmotive von Depositfoto.com. 77632786 (Möwe), 18213009 (Auge), 193051634 (Landscape), 41382741 (Sea Souvenirs), 445932994 illustraterita (Manor/Park)

Lektorat: Inca Vogt

Korrektorat: Ilka Bredemeier

Buchsatz/Innendesign: Inca Vogt

ISBN: 9798853103788

Imprint: Independently published

Ausgabe: 12. August 2023

ÜBER DIE AUTORIN

Die Thriller-Autorin Daniela Arnold wurde 1974 geboren und lebt mit ihrer Familie im schönen Bayern. Daniela Arnold hat Journalismus studiert und viele Jahre als freie Autorin für zahlreiche und namhafte Zeitschriften gearbeitet.

Sie schrieb mit ***Lügenkind*** und ***Scherbenbrut*** zwei Kindle-Top 1 Bestseller und Bild-Bestseller.

Mit ihrem Thriller ***Die Nacht gehört den Schatten*** schaffte es die Autorin unter die Finalisten des Kindle Storyteller Award 2020.

Das Verborgene ist der 42. Thriller der Bestseller-Autorin.

Du spürst, er ist irgendwo da draußen und beobachtet dich.

Du ahnst, dass er sich bereits Zutritt zu deinem Haus verschafft hat.

Du weißt, du bist vollkommen allein mit deiner Angst, weil niemand dir glaubt.

Als Justina nach unzähligen Schicksalsschlägen zu ihrem Lebensgefährten und dessen Tochter auf die Insel Sylt zieht und kurz darauf schwanger wird, hat sie zum ersten Mal in ihrem Leben das Gefühl, endlich angekommen zu sein. Sie genießt ihr neues Leben.

Doch schon wenig später bröckelt die Fassade einer glücklichen Familie. Justina spürt, dass jemand sie aus dem Verborgenen beobachtet, sie auf Schritt und Tritt verfolgt. Auf die Menschen in ihrem Umfeld wirkt sie immer mehr wie eine hysterische Irre, die überreagiert.

Bildet sie sich das alles nur ein? Oder ist da tatsächlich eine Bedrohung, die tagtäglich näher kommt?

Schließlich wird eine Leiche gefunden und um sie herum bricht das Chaos aus. Panisch vor Angst begreift Justina, dass sie um ihr Leben, ihr Glück und das ungeborene Kind in ihrem Leib kämpfen muss, bevor die Dunkelheit alles mit Haut und Haar verschlingt.

Für meinen Sohn

PROLOG

Mir ist eiskalt, obwohl es draußen bestimmt noch zwanzig Grad sind. Kurz überlege ich, die Wagenheizung aufzudrehen, obwohl ich weiß, dass diese Kälte aus meinem Inneren kommt. Und dagegen helfen weder Decken noch eine aufgedrehte Heizung. Nicht bei dieser Art von Kälte, die von meiner Angst genährt wird.

Als mein Blick auf die Uhr im Armaturenbrett fällt, wird mir klar, dass ich auf gar keinen Fall noch länger einfach nur hier sitzen darf. Ich muss es jetzt durchziehen.

Wie zur Bestätigung rumpelt es kräftig im Wagen.

Ich seufze.

Es ist so weit.

Ich nehme den Stimmverzerrer zur Hand, fixiere das kabellose Gerät an meinem Gürtel, setze mir den Bügel auf, positioniere das Mikro knapp unterhalb meines Mundes.

Dann los, wispert die Stimme in meinem Kopf, übertönt von dem nervenden Poltern aus dem Kofferraum.

»Ruhe dahinten!«, befehle ich. »Niemand kann dich

hören. Du machst mich nur so richtig stinksauer. Kapiert?«

Ich erschrecke selbst über den Ton meiner Stimme. Sie klingt blechern und dunkel, doch vor allem bedrohlich, jetzt sogar noch mehr als bei meinen Proben mit dem Gerät.

Tatsächlich herrscht kurz Ruhe. Sekunden später geht das Geplärre und Rumpeln wieder los. Ein durch den Knebel gedämpftes Kreischen, begleitet von Tritten, die auf das Innere des Kofferraums treffen.

Länger kann ich es jetzt wirklich nicht mehr hinauszögern, ohne meinen sorgfältig ausgearbeiteten Plan zu gefährden. Also schäle ich mich aus meinem Sitz, steige aus dem Wagen.

Einen Augenblick genieße ich die warme Nachtluft auf meiner Haut, dann nehme ich die Taschenlampe vom Sitz neben mir, leuchte in die Dunkelheit.

Seit Monaten habe ich mich auf diesen Augenblick vorbereitet. Ich war jede Nacht zur selben Zeit hier, habe einfach nur im Auto gesessen und gewartet, was passiert. Natürlich niemals in meinem eigenen Wagen, sondern ausschließlich in Mietfahrzeugen.

Ich habe dagesessen und abgewartet, ob jemand trotz der späten Stunde vorbeikommt, mich hier im Wagen sieht, vielleicht anspricht und mich fragt, ob alles in Ordnung ist.

Doch niemand hat mich bemerkt, niemand kam auch nur auf diesem schmalen Schotterweg vorbei, der tagsüber als forstwirtschaftlicher Zubringer zwischen Wald und Dorf genutzt wird. Nicht einmal ein Jäger hatte sich während all der Wochen meiner Vorbereitung an diesen Ort verirrt. Und das würde auch jetzt nicht passieren. Es war Schonzeit, wie ich im Internet recherchiert hatte.

Ich sauge die Luft scharf ein, lasse sie für einige

Sekunden in meinen Lungen, stoße sie dann entschlossen aus.

Jetzt!

Ich klemme mir die Taschenlampe zwischen die Beine und zerre meine Utensilien vom Sitz.

Zuerst den Plastikanzug. Keine einzige Faser meiner Kleidung darf zurückbleiben. Mein Haar stopfe ich in akribischer Präzision unter die mitgebrachte Stoffhaube, eine Art Schutz, die man gewöhnlich unter einem Motorradhelm trägt. Dabei achte ich darauf, dass Bügel und Mikro des Stimmverzerrers nicht verrutschen.

Danach das letzte Detail und – wie ich finde – das Tüpfelchen auf dem I.

Eine Weile sehe ich mir die Maske in meinen Händen nur an. Ich hatte suchen müssen, um die einzige Maske zu finden, die für meine Zwecke geeignet war. Mit großen Aussparungen für die Augen, so dass ich genug sah, und so gut sitzend, dass das Mikro darunter nicht verrutschte.

Michael Myers …

Ich kann mir ein Grinsen nicht verkneifen, als ich mir ausmale, wie mein unfreiwilliger Gast im Kofferraum darauf reagieren wird.

Ich persönlich hasse Horrorfilme, doch ich weiß aus sicherer Quelle, dass dieses abartige Schwein auf diese Art von Filmen steht. Wenn auf dem Bildschirm jemand um sein Leben rennt und winselt, dann ist er oder besser gesagt es … das Schwein … in seinem Element.

Nachdem ich die Maske übergezogen und ihren Sitz kontrolliert habe, nehme ich meinen ebenfalls mit Plastik überzogenen Rucksack vom Sitz, schultere ihn, klemme mir die Taschenlampe unter den Arm, gehe zum Kofferraum. Ich ziehe meine Waffe hinten aus dem Hosenbund, entsichere sie, positioniere mich und aktiviere mit der linken Hand die Kofferraumöffnung.

Während sich die Klappe langsam hebt, gehe ich in Gedanken die nächsten Schritte durch. Wissend, dass ich mir nicht die kleinste Abweichung von meinem Plan erlauben darf.

Dann, endlich, sehe ich den Kerl in voller Länge vor mir.

Ungefähr eins achtzig groß, Gewicht um die fünfundsiebzig Kilo. Blonde, kurz geschnittene Haare, eisblaue Augen, die mich mit einer Mischung aus Panik und Wut … vielleicht sogar Hass … mustern.

Trotz meines jahrelangen Trainings war es anstrengender gewesen als gedacht, diesen stockbesoffenen Wichser in den Kofferraum meines Mietwagens zu wuchten. Ich musste ihn tasern, damit er sich weder wehrt noch mich erkennt, und alles musste rasend schnell gehen, damit mich niemand beobachtete.

Mit der Waffe im Anschlag sehe ich zu, wie er hochschnellt. Für einen Moment sieht es so aus, als wollte er all seine Kraft bündeln, nach oben schießen, um mich zu überwältigen. Doch dann fällt sein Blick auf die Waffe in meiner Hand.

Genau wie geplant. Er begreift offenbar, dass ich ihm ein Loch in seinen verdammten Schädel schieße, sollte er nicht tun, was ich verlange. Dennoch bin ich auf der Hut. Obwohl seine Hände auf dem Rücken gefesselt sind, kann er seine Beine frei bewegen. Ein Risiko, das ich bedacht habe. Er könnte versuchen zu fliehen. Wäre da nicht meine auf ihn gerichtete Waffe. Ich werde keine Sekunde zögern abzudrücken.

Zumindest soll er das glauben.

Bis zur letzten Sekunde soll er hoffen, heil davonzukommen, wenn er nur tut, was ich verlange.

»Raus da, los«, feuere ich ihn an, als er sich zu viel Zeit lässt.

Statt sich endlich hochzuwuchten, strampelt er wie ein Fisch auf dem Trockenen.

»Das geht nicht«, beschwert er sich. »Meine Arme sind gefesselt, meine Beine sind eingeschlafen, ich hab keine Kraft, mich allein aufzurichten.«

»Verarsch mich nicht«, schnauze ich ihn an.

Sein Blick trifft meine Augen und obwohl ich weiß, dass er in der Dunkelheit kaum etwas erkennen kann, fühle ich mich plötzlich nackt und schutzlos.

Jetzt bloß nicht die Nerven verlieren, flüstert die Stimme in meinem Innern, *bleib ruhig, du bist die Person mit einer Waffe in der Hand. Du hast das Sagen.*

»Bitte«, wimmert dieses Stück Dreck. »Lass mich einfach gehen. Ich schwör, ich sag auch niemandem was.«

»Ich bin nicht hier, um mit dir zu diskutieren, verstanden? Und jetzt hiev deinen verfluchten Arsch aus der Kiste und lauf ins Dickicht!« Um meinen Worten Nachdruck zu verleihen, richte ich den Lauf der Waffe für ein paar Sekunden auf seinen Schritt, genieße, wie er vor Angst gelähmt die Luft anhält.

Wieder treffen sich unsere Blicke, doch diesmal fühle ich keine Angst, weil ich weiß, dass ich ihm überlegen bin.

»Was willst du von mir?« Seine Stimme ist flehend.

»Raus aus dem verdammten Kofferraum und ab ins Dickicht!«, wiederhole ich meinen Befehl und trete zur Seite, die Waffe weiter auf ihn gerichtet.

Ich warte, bis er seine Stelzen endlich aus dem Wagen wuchtet, muss mir ein Lachen verkneifen, als ich sehe, wie er mit Hintern und Rücken robbende Bewegungen macht, bevor er sich hochschaukelt und endlich auf seinen Beinen steht.

»Los jetzt!«, schnarre ich ihn an, die Waffe starr auf

ihn gerichtet. »Du gehst voraus, immer brav in Richtung Wald.«

Er trottet los, viel zu langsam.

Verdammt, er will Zeit schinden.

Hofft wohl auf einen Ausweg.

Dass ich einen Fehler mache.

Das darf ich ihm nicht durchgehen lassen.

Also mache ich einen Schritt auf ihn zu, presse ihm den Lauf der Waffe in den Nacken. »Wenn du auch nur darüber nachdenkst, wegzurennen, schieße ich dir das Hirn aus dem Schädel!«

Er nickt heftig. Dann höre ich eine Art Keuchen.

Es dauert eine Weile, bis ich erkenne, dass dieser Jammerlappen heult.

Wunderbar.

Ich schicke ein stummes Stoßgebet zum Himmel für dieses Geschenk. Nie im Leben hätte ich damit gerechnet, dass er bereits so früh die Nerven verliert.

Tief Luft holend, blinzele ich gegen meine eigenen Tränen an.

Freudentränen.

»Wenn du kooperierst, dann passiert dir nichts, okay?«

Er nickt, stolpert weiter.

Es gefällt mir, gibt mir einen Kick, ihn glauben zu lassen, dass er auch nur den Hauch einer Chance hat, das hier zu überleben.

Wieder muss ich mir ein Kichern verkneifen.

Seine Naivität ist köstlich.

Er hat ja keine Ahnung, dass das erst der Anfang seines Wegs in die Hölle ist …

EINS
SYLT/RANTUM

JUNI 2019

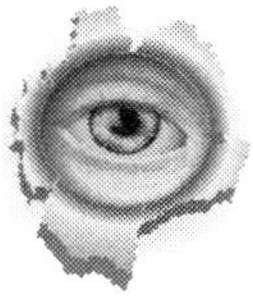

Justina

Als ihre Zehenspitzen das warme Wasser berühren, fällt die Anspannung langsam von ihr ab. Sie steigt in die Wanne, seufzt, genießt, wie das warme Wasser ihren Körper umhüllt, schließt die Augen. Der Tag war anstrengend gewesen, vollgepackt mit Terminen. Und dieser Moment ist der erste, der ihr allein gehört. Mit geschlossenen Augen lauscht sie dem langsamer werdenden Klopfen ihres Herzens, fühlt, wie sich jeder einzelne Muskel ihres Körpers lockert.

Früher hat sie sich oft ein Buch mit in die Wanne genommen und stundenlang gelesen, immer wieder warmes Wasser hinzugelassen. Doch seit sie Mutter ist, kann sie froh sein, wenn sie einmal pro Woche eine halbe Stunde findet, um einfach nur hier zu liegen, mit sich selbst im Reinen.

Das leise Knarzen von Holz schreckt sie auf. Sie blinzelt verwirrt, weiß im ersten Augenblick nicht, wo sie ist.

Das Wasser ist lauwarm geworden, was bedeutet, dass sie eingeschlafen sein muss. Sie richtet sich auf, lauscht.

Es ist still.

Hat sie sich das Geräusch nur eingebildet?

Sie steht auf, steigt aus der Wanne, nimmt das bereitliegende Handtuch, wickelt sich darin ein. Warum ist ihr plötzlich so schwindelig?

Weil sie zu schnell aufgestanden ist.

Klar, das muss es sein!

Sie bückt sich, um den Stöpsel der Wanne zu ziehen, hält mitten in der Bewegung inne. Da, da ist es wieder! Ein Geräusch wie Schritte auf Holz.

»Schatz«, ruft sie mit zitternder Stimme.

Niemand antwortet.

Wie auch? Ihr Mann ist ja unterwegs, kommt erst morgen gegen Mittag zurück. Das Baby und sie sind allein im Haus.

Eine Welle der Panik schießt durch ihr Innerstes.

Sie dreht sich um, schwankt schon wieder.

Was ist nur los mit ihr?

Sie bemerkt, dass ihr Sichtfeld leicht verschwimmt, dass sie plötzlich Mühe hat, klar zu denken.

Reiß dich zusammen! Sieh nach, was da draußen ist!

Sie atmet durch. Rappelt sich auf, geht in den Flur hinaus. Ihre Beine halten sie kaum noch, werden mit jedem Schritt schwächer.

Zum Kinderzimmer, befiehlt sie sich.

Zuerst dort nachsehen.

Sie stützt sich mit einer Hand an der Wand ab, um nicht vornüberzukippen, und dann, als sie es fast geschafft hat, verlassen sie ihre Kräfte. Sie sackt auf die Knie nieder, bewegt sich die letzten Meter bis zur Tür auf allen vieren. Schafft es gerade noch in das Zimmer des Babys. Sie lauscht, hört sein leises Schnarchen, stöhnt erleichtert auf.

Alles gut, denkt sie, das Baby schläft.

Sie robbt weiter, versucht, sich an den Gittern des Babybettes nach oben zu ziehen. Sie schafft es nicht. Ihre Arme haben keine Kraft, fühlen sich wie Pudding an.

Sie muss was tun, braucht Hilfe.

Sie muss den Notruf wählen, weiß sie. Fragt sich, was mit ihr passiert. Hat sie eine Art Schlaganfall erlitten? Verliert sie deswegen von Sekunde zu Sekunde mehr die Kontrolle über ihren Körper?

Doch wie soll sie an das Telefon kommen? Es ist unten. Wie soll sie die Treppe schaffen und rechtzeitig Hilfe rufen, ehe sie das Bewusstsein verliert?

»Hilfe«, ruft sie, und erschrickt. Ihre Stimme klingt so schwach, wie ihr Körper sich anfühlt.

»Gleich ist es vorbei.«

Was war das?

Ihr Herz macht einen Extraschlag, rast dann wie wild in ihrer Brust, nimmt ihr die Luft zum Atmen. Hat sie sich diese Stimme nur eingebildet?

Sie blinzelt in die Dunkelheit, kann aber nicht erkennen, ob außer dem Baby und ihr noch jemand im Zimmer ist.

»Mach einfach die Augen zu und lass es geschehen.«

Diesmal ist sie sicher, sich diese Worte nicht eingebildet zu haben. Da ist jemand, ganz in ihrer Nähe, und derjenige beobachtet sie.

Sie hebt den Arm, versucht erneut, sich am Gitterbett nach oben zu ziehen. Vergebens. Ihr Körper gehorcht ihr nicht mehr, ist nur noch ein nutzloser Fleischklumpen.

»Bitte, Gott«, bringt sie mit letzter Kraft hervor, doch dann bemerkt sie einen Luftzug, der über die nackte Haut ihrer Beine streicht. Sekundenbruchteile später erkennt sie aus dem Augenwinkel einen Schatten. Schwarz, kaum wahrnehmbar schält er sich aus einer dunklen Ecke des Zimmers, bewegt sich auf sie zu.

»Was wollen Sie?«, haucht sie, doch die Worte verlassen nie ihre Kehle, existieren nur in ihrem Kopf. Sie schafft es kaum noch zu atmen, geschweige denn sich zu bewegen. Einzig die Panik hält sie noch im Hier und Jetzt.

Unfähig sich zu bewegen, beobachtet sie, wie der Schatten sich über das Gitterbett beugt, das schlafende Baby herausnimmt, es für eine Weile einfach nur ansieht.

»Bitte, ich flehe Sie an«, formt sie mit letzter Kraft in ihrem Kopf. Vergebens.

Die dunkle Gestalt wendet den Blick von dem Baby in seinen Händen ab, dreht den Kopf in ihre Richtung.

»Sag goodbye«, hört sie, dann wird alles noch schwärzer.

»Schatz, wach auf! Du musst dich beruhigen … komm schon, alles ist gut, du hast nur geträumt.«

Die Stimme drang wie aus weiter Ferne in ihr Bewusstsein, erst das Zupfen und Schütteln holte sie zurück. Sie öffnete die Augen, starrte in das Gesicht über sich, schluckte trocken, blinzelte verwirrt.

»Was ist los?«, fragte sie, hörte selbst, wie krächzend ihre Stimme klang. »Wo bin ich?«

Das Gesicht über dem ihren sah sie besorgt an. »Du bist zu Hause, Schatz, alles ist gut. Du musst einen üblen Albtraum gehabt haben, hast wild um dich geschlagen, das Haus zusammengebrüllt. Ich versuche schon eine ganze Weile, dich wach zu bekommen, aber du warst vollkommen weggetreten.«

Sie schluckte, schnappte nach Luft.

»Atmen, du musst atmen«, hörte sie. »Einatmen, ausatmen. Nun komm schon. Du bist in Sicherheit. Ich bin doch bei dir.«

Endlich fiel der Vorhang, begrub den letzten Rest des Albtraums unter sich, ließ sie aufseufzen. »Arjan«, stammelte sie, versuchte zu lächeln.

Er nickte, richtete sich auf, sah sie mit zur Seite geneigtem Blick an. »Was zum Teufel hast du geträumt? Ich hab mir fast in die Hosen gemacht, als du plötzlich gebrüllt hast.«

»So schlimm?«

Arjan sah sie nur an, schien auf etwas zu warten.

»Ich glaub, ich hab in letzter Zeit zu viele miese Filme gesehen«, erklärte sie vage, hoffend, ihn damit zufriedenzustellen.

Er runzelte die Stirn.

»Ehrlich«, warf sie hinterher. »Alles ist okay, ich hab einfach nur schlecht geträumt, weil ich neulich mit Silja so einen blöden Horrorfilm gesehen habe.« Erschrocken sog sie die Luft ein. »Hab ich sie etwa geweckt?«

»Sie ist noch gar nicht da.« Arjan schmunzelte. »Vermutlich übernachtet sie bei ihrer Freundin.«

»Puh«, entfuhr ihr. »Dann hat wenigstens sie nichts von meinem Geschrei mitbekommen.«

»Justina, ist wirklich alles gut?«

Sie nickte, verfluchte sich zugleich in Gedanken für ihre Lüge. Arjan hatte es nicht verdient, dass sie ihm etwas vormachte, doch sie konnte nicht anders. Dann hob sie ihren Arm, zog ihn neben sich auf die Matratze, kuschelte sich an ihn. Eine Weile lagen sie einfach nur so da und schwiegen, genossen die Wärme und Nähe des anderen. Doch während Arjans Atem irgendwann schwerer und regelmäßiger wurde, er langsam wieder ins Reich der Träume hinüberglitt, wurde ihr klar, dass sie so schnell keinen Schlaf mehr finden würde. Sie wartete ab, bis sie absolut sicher sein konnte, dass Arjan schlief, dann rutschte sie vorsichtig in Richtung Bettkante und erhob sich. Leise schlich sie aus dem Zimmer, schloss die Tür hinter sich, machte sich auf den Weg nach unten.

In der Küche setzte sie einen Kessel Wasser auf, bereitete sich eine Tasse mit ein paar Teeblättern zu, wartete auf das vertraute Pfeifen.

Früher hatte sie zu jeder Tageszeit leidenschaftlich gerne Kaffee getrunken, doch seit sie im Norden lebte, hatte sie die Zeremonie des Teetrinkens für sich entdeckt.

Sie liebte es, dabei zuzusehen, wie sich das Wasser

langsam einfärbte, mochte das Knistern von Kandis, wenn dieser sich im Tee auflöste. Als sie endlich den ersten Schluck nahm, schloss sie genießerisch die Augen, spürte ihre Lebensgeister erwachen.

Nach einer Weile öffnete sie wieder ihre Augen, blinzelte zur Uhr oberhalb der Tür. Es war gerade erst zwei Uhr morgens, was bedeutete, dass sie kaum mehr als drei Stunden geschlafen hatte.

Seltsamerweise fühlte sie sich nicht müde, ganz im Gegenteil.

Der furchtbare Traum hatte sie im Innersten erschüttert und sie musste gegen das Gefühl ankämpfen, das gesamte Haus nach dunklen Schatten zu durchsuchen. Dass sie seit Monaten unter Schlaflosigkeit litt, verschlimmerte ihre Unruhe. Und selbst wenn sie dann doch mal vor Erschöpfung ein paar Stunden wegdämmerte, wurde sie im Schlaf von ihren Ängsten heimgesucht.

Dabei hatte alles so gut angefangen.

Es war zwei Jahre her, dass sie Arjan auf der Hochzeit einer Kollegin in München kennengelernt hatte.

Als Sarah ihr den alleinerziehenden Vater einer Tochter aus dem Norden vorstellte, war zwischen ihnen beiden sofort eine Verbundenheit gewesen, die sich bis heute kaum in Worte fassen ließ.

Sie hatten einander in die Augen gesehen, und zum ersten Mal seit Langem hatte Justina nicht das überwältigende Bedürfnis gehabt, sich in sich selbst zurückzuziehen oder gar wegzulaufen. Stattdessen hatte sie sich von dem Fremden nur zu gern in Beschlag nehmen lassen und noch vor dem Ende der Party hatten sie beide nahezu alles übereinander gewusst.

Justina spürte ein leichtes Ziehen im Leib.

Okay …

Sie hatte in jener Nacht alles über ihn erfahren. Zum Beispiel, dass seine Frau vor acht Jahren an amyotropher Lateralsklerose gestorben war und er sich seither alleine um seine Tochter kümmerte. Irgendwie hatte er es geschafft, seinen Job als Ingenieur in Hamburg und die Erziehung unter einen Hut zu bringen. Inzwischen lebte er auf der Insel Sylt. Er hatte ihr noch mehr von sich erzählt, nicht so viel, dass ihr Interesse an ihm abflaute, aber dennoch genug, um zu wissen, dass sie mehr wollte.

Was sie selbst anging, hatte sie ihm nicht alles erzählt. Bei Weitem nicht …

Andernfalls wäre es wohl nie dazu gekommen, dass sie beide an jenem Abend ihre Nummern austauschten.

Anfangs war zwischen ihnen nur eine Art Freundschaft gewesen, die nicht über ein paar wöchentliche Telefonate hinausging. Doch irgendwann hatte er sie um ein erstes richtiges Date gebeten. Dafür war er extra von der Insel Sylt zu ihr nach München gekommen und hatte sich ein Hotelzimmer genommen. Doch schon beim nächsten Besuch war er über Nacht bei ihr geblieben.

Ein knappes Jahr später hatte er sie gefragt, ob sie sich vorstellen könne, zu ihm auf die Insel zu ziehen, und nach ein paar Wochen des Nachdenkens hatte sie zugestimmt.

Es war ihr schwergefallen, Job und Wohnung in München zu kündigen und Arjan zu folgen, doch die Vorstellung, all den Schmerz der Vergangenheit endlich hinter sich lassen zu dürfen, hatte ihr Kraft gegeben.

Es sollte ein neuer Anfang für sie werden. An der Seite eines neuen Mannes, an diesem fremden, aber wunderschönen Ort.

Sie hatte Sylt sofort in ihr Herz geschlossen. Die Tatsache, dass man in relativ kurzer Zeit von einem Ende der Insel zum anderen fahren konnte, fühlte sich beruhigend an. Auch die direkte, offene Art der Insulaner mochte sie und liebte es, am Morgen zuerst das Meer zu sehen, wenn sie aus einem der Fenster von Arjans Häuschen blickte.

Und dann war da noch die Meeresluft.

Sie genoss es, dass sie bereits beim Öffnen der Fenster das Salz darin riechen konnte. Mochte die frische Brise, die ihr selbst in der größten Hitze oder im tiefsten Winter das Gefühl gab, durchatmen zu können.

Die ersten Monate hier hatte sie geschlafen wie ein Baby.

Sobald ihr Ohr das Kissen berührte, war sie in einen tiefen Schlaf gefallen und erst am Morgen erfrischt wieder aufgewacht. Ein Luxus, den sie aus den Jahren in München kaum mehr kannte.

Sie schüttelte langsam den Kopf.

Warum hatte es nicht so bleiben können?

Allein die Vorstellung, alles könnte auch hier wieder von vorne losgehen, jagte ihr eine Heidenangst ein.

Alles, was sie wollte, war, zu vergessen.

Vergessen, was passiert war.

Vergessen, was sie getan hatte.

»Kannst du nicht schlafen?«

Sie wirbelte herum, sah Arjan auf der Türschwelle stehen.

Plötzlich spürte sie einen Druck auf der Brust und ein Brennen in den Augen.

»Was ist los?« Arjan kam auf sie zugeeilt, setzte sich auf den Stuhl ihr gegenüber.

Sie holte tief Luft, sah ihm direkt in die Augen.

»Erinnerst du dich, dass ich dir gesagt habe, dass ich eine Magenschleimhautentzündung habe?«

Er nickte, verzog besorgt die Stirn. »Hast du wieder diese Schmerzen? Ist dir übel?«

Sie sah ihn ernst an. »Ich hab dich angelogen ...« Sie zögerte, bemerkte seinen verwirrten Gesichtsausdruck. »Die Wahrheit ist, ich hab keine Magenschmerzen, nicht im medizinischen Sinn. Was ich habe, ist keine Krankheit.«

»Ich versteh nicht. Was ist es dann? Was hast du?« Selbst seine Stimme klang jetzt krank vor Sorge.

Justina schluckte, stieß die Luft aus, schloss für einen Sekundenbruchteil die Augen, bevor sie ihn wieder ansah. »Ich … ich bin schwanger«, brachte sie schließlich mit brüchiger Stimme heraus. »Und ich weiß es bereits seit sechs Wochen.« Sie hob die Schultern, als sie sein Gesicht entgleisen sah, kämpfte gegen die Tränen an. »Ich hatte Angst, es dir zu sagen.«

Seine Augen weiteten sich. »Angst? Aber warum denn?«

Sie senkte den Blick. »Wir haben nie darüber gesprochen, ob gemeinsamer Nachwuchs ein Thema ist. Ich schätze, ich hatte Panik, du könntest dich von mir überrannt fühlen.«

Er sah sie an, dann verzog sich sein Mund zu einem schiefen Grinsen.

»Was?«, fragte sie verunsichert.

Anstelle einer Antwort zog er sie fest in seine Arme. »Das ist die größte Freude, die du mir heute Morgen machen konntest. Was sag ich da ... das ist die wunderbarste Nachricht überhaupt.«

»Ehrlich?«, fragte sie verdutzt.

Er nickte heftig. »Und Silja … sie wird aus dem Häuschen sein. Sie hat sich immer ein Geschwisterchen gewünscht.«

Justina verzog zweifelnd den Mund. »Ob das jetzt immer noch so ist?«

Er sah sie an, seine Augen strahlten vor Glück. »Warum hab ich das Gefühl, dass in Wahrheit du es bist, die diese Neuigkeit nicht verdauen kann?«

Justina schluckte.

Arjan kannte sie einfach zu gut. Manchmal hatte sie das Gefühl, er kenne sie besser als sie sich selbst.

»Ich bin neununddreißig.«

»Na und? Ich werde im Januar fünfundvierzig. Was spielt das Alter für eine Rolle?«

Justina sah ihn an, schüttelte den Kopf. »Nichts, schätze ich. Dennoch mach ich mir meine Gedanken.«

Er nahm ihre Hände, drückte sie sanft. »Das musst du aber nicht. Du wirst eine wundervolle Mutter sein und ich hab das Ganze ja sowieso schon einmal durch.« Er sah sie mit gespielter Strenge an. »Wir kriegen das hin, verstanden? Egal was auch kommt, wir beide schaffen alles!«

Justina war gerade dabei, das Geschirr vom Frühstück wegzuräumen, als sie Arjans Arme spürte, die sich von hinten um ihren Körper schlangen. »Ich wünschte, ich könnte hierbleiben«, raunte er dicht an ihrem Ohr. »Bei dir.«

Sie drehte sich in seiner Umklammerung um, sodass sie sein Gesicht sehen konnte, lächelte ihn an.

Nachdem sie ihm von der Schwangerschaft erzählt und er so freudig reagiert hatte, war es ihr tatsächlich gelungen, noch ein wenig zu schlafen. Arjan hatte sie gegen acht Uhr zum Frühstück geweckt und fast schien es, als sei alles, wie es sein sollte.

Seine Worte von letzter Nacht fielen ihr wieder ein.

Wir beide schaffen das!

Wie gerne würde sie daran glauben.

Doch Arjan war nicht der erste Mann in ihrem Leben, der ihr das Gefühl vermittelte, geborgen und sicher zu sein. Meinte er es wirklich ernst? Glaubte er, in ihr die Frau gefunden zu haben, mit der er alt werden wollte?

Auch Simon hatte ihr damals seine Liebe geschworen, sie glauben lassen, immer für sie da zu sein, doch dann … dann hatte er sie mit ihrer besten Freundin betrogen. Sie beide hatten ihr bei lebendigem Leib das Herz aus der Brust gerissen, sie verraten und aus ihr einen Menschen gemacht, der sie niemals hatte sein wollen. Einen misstrauischen und selbstzweiflerischen Menschen, der den Glauben verloren hatte.

Den Glauben an das Gute im Menschen, an die Liebe, an sich selbst.

Sie sah Arjan prüfend an und fragte sich erneut: Meinte er es wirklich ernst?

Bis vor sechs Wochen hätte sie diese Frage mit Ja beantwortet, doch seit sie von der Schwangerschaft wusste, die Träume wieder angefangen hatten, war sie nicht mehr so sicher.

Sie spitzte die Lippen, küsste ihn sanft auf den Mund und versuchte, ihre Unsicherheit zu überspielen. »Die Zeit wird wie im Flug vergehen«, sagte sie leichthin, obwohl sich die Vorstellung, einen Tag und eine Nacht allein verbringen zu müssen, wirklich mies anfühlte. »Silja kommt ja auch irgendwann nach Hause. Uns wird gar nicht auffallen, dass du weg bist.«

»Na vielen Dank auch«, gab er in gespielter Beleidigung zurück, zog eine Schnute.

Sie lachte auf.

Er grinste breit. »Und du versprichst, dass du Silja nichts verrätst?«

Sie nickte, machte mit Daumen und Zeigefinger eine Reißverschlussgeste an ihrem Mund entlang. »Wir sagen es ihr morgen gemeinsam, wie abgemacht.«

Er zog sie ein letztes Mal an sich, küsste sie.

Dann sah sie ihm nach, als er in den Flur ging, in

seine Schuhe schlüpfte und ihr einen Blick über die Schulter zuwarf.

»Du weißt, dass ich dich liebe, oder?«

Sie räusperte sich, lächelte ihm zu. »Ich liebe dich auch.«

Sie folgte ihm zur Tür, wartete, bis er hinter dem Steuer seines Mercedes saß, winkte ihm zu. Sobald er außer Sichtweite war, verschloss sie die Tür. Dann drehte sie den Schlüssel zweimal um, eilte in den Keller, um sich zu vergewissern, dass auch der Hintereingang verschlossen war. Anschließend nahm sie sich jedes einzelne Fenster im Haus vor.

Nachdem sie alles verriegelt und verrammelt hatte, presste sie ihre Stirn gegen das kühle Glas des Schlafzimmerfensters, holte tief Luft. *Du bist in Sicherheit,* sagte sie wie ein Mantra vor sich hin. *Alles ist gut.*

Ein hysterisches Kichern entfuhr ihr.

Was für ein Schwachsinn!

Nichts war gut.

Und sie würde auch niemals in Sicherheit sein, das spürte sie doch nach dem Traum von letzter Nacht deutlicher denn je.

Nach ihrer Ankunft auf der Insel hatte sie sich selbst vorgemacht, dass ein echter Neuanfang möglich sei, und dann hatte sie sich alles so lange schöngeredet, bis sie selbst daran geglaubt hatte.

Wie dumm von ihr! Die Dämonen ihrer Vergangenheit würden sie immer finden. Egal wo, egal an wessen Seite, selbst in ihren Träumen … Gerade in ihren Träumen.

Sicherheit existierte nicht.

Sie war ein trügerisches und äußerst fragiles Konstrukt, dazu bestimmt, den Menschen etwas vorzumachen, sie unvorsichtig werden zu lassen.

Energisch drückte sie ihr Kreuz durch, erhob trotzig das Kinn. Nicht mit ihr!

Sie hatte sich schon einmal dazu hinreißen lassen und anschließend über viele Jahre mit den schrecklichsten Konsequenzen leben müssen.

Dieser Fehler durfte sich niemals wiederholen.

Dafür würde sie sorgen, um jeden Preis!

ZWEI
OY-MITTELBERG
2012

Er war ein Phantom. Leise, schwarz und nahezu lautlos. Der schleichende Tod. Der Gedanke gefiel ihm und entlockte ihm ein Grinsen.

Halb geduckt schlüpfte er aus der Scheune in die Werkstatt, tat dort, was getan werden musste, huschte dann weiter zum Haupthaus.

Längst kannte er jeden Quadratmillimeter des Grundstücks wie seine Westentasche und auch das Paar, das hier lebte, war in den letzten Wochen zu einem Teil von ihm geworden. Er hatte sie über Monate beobachtet, ihre Gewohnheiten studiert, kannte ihre Marotten und Eigenheiten.

Anfangs hatte er sich nur Zutritt verschafft, wenn er wusste, dass niemand da war. Bei seinen Streifzügen hatte er das Innere des Hauses nach Optionen durchsucht, die seinem Plan zuträglich waren. Hatte jedes einzelne Zimmer, jede Ecke, jeden Winkel verinnerlicht, damit er sich auch im Dunkeln zurechtfand.

Irgendwann war er mutiger geworden, war in der Nacht ins Haus eingebrochen, und hatte dem Paar einmal sogar beim Sex zugesehen.

Sie sah mit Mitte fünfzig noch ganz passabel aus, sogar nackt, doch er … Allein bei der Erinnerung an seinen entblößten, fetten Leib wurde ihm speiübel. Der Kerl hatte gegrunzt wie ein Schwein, während er seine Alte von hinten gefickt hatte. Wie konnte sie daran Spaß haben? Ihn schüttelte es. Einmal zusehen hatte ihm echt gereicht. Heute würde ihm das dank seiner Umsicht hoffentlich erspart bleiben.

Ein schräges Grinsen verzerrte sein Gesicht, als er sein Werkzeug in das Schloss der Haustür steckte. Er brauchte keine fünf Sekunden, um sie aufzusperren und ins Haus zu gelangen.

Leise zog er die Tür hinter sich wieder zu und machte sich gemächlich auf den Weg in Richtung Schlafzimmer.

Als sein Blick auf die schlafenden Leute fiel, spürte er ein Kribbeln im Leib.

Schon unzählige Male hatte er so wie jetzt hier gestanden und die beiden beim Schlafen beobachtet. Dabei hatte er sich ein wenig wie Gott gefühlt, weil er es war, der darüber entscheiden konnte, ob sie den nächsten Morgen erleben durften oder nicht.

Er hatte sich eine Art Spiel überlegt.

Sollten beide nicht aufwachen, während er dastand und sie beobachtete, würden sie weiterleben dürfen. Falls nicht … tja, dann Pech gehabt.

Doch heute war das Spiel zu Ende.

Heute wusste er, dass keiner von beiden wach würde, ehe er es zu Ende gebracht hatte.

Vor wenigen Tagen hatte er die Medikamente, die beide abendlich einnehmen mussten, gegen starke Betäubungsmittel vertauscht. Bei seiner gestrigen Stichprobe war keiner von beiden wach geworden.

Er sah auf das nackte Paar, verzog das Gesicht. Dann glitt sein Blick zu dem Kreuz oberhalb des Bettes.

Beide waren in der katholischen Gemeinde des winzigen Ortes fest verankert, gingen regelmäßig zu den Gottesdiensten, schienen nach außen hin gottesfürchtige Menschen zu sein.

Doch er wusste, wie die beiden wirklich waren.

Wer sie waren und was sie getan hatten.

Er trat näher, hob den Kanister in seiner Hand, tränkte die Laken rings um das Paar und begoss auch ihre schlafenden Leiber mit der Flüssigkeit.

Obwohl er wusste, dass das Medikament, das sie unwissentlich genommen hatten, so stark war, dass sie unter normalen Umständen erst morgen Mittag aufwachen würden, brach ihm der Schweiß aus.

Als der Kanister halb leer war, warf er einen letzten Blick auf das schlummernde Paar und grinste erleichtert.

Der kritische Teil war geschafft.

Er machte sich auf den Weg nach draußen, vergoss auch noch den Rest des Benzins.

War es das?

Hatte er alles bedacht?

Ja! Er hatte es getan. Hatte alles für ein wahres Inferno vorbereitet.

Sekundenlang schloss er die Augen.

So lange hatte er davon geträumt.

Und heute wurde es endlich wahr.

Zumindest das hier. Auch wenn es nach ihrem Tod noch eine Menge für ihn zu tun gab. Oh ja!

Aber eins nach dem anderen!

Er holte tief Luft, zog die Streichholzpackung aus der Tasche, entnahm eines der Hölzer, achtete darauf, beim Entzünden seinen Handschuh nicht zu beschädigen.

Er durfte kein Risiko eingehen, geschnappt zu werden. Das hier war schließlich nur der erste Schritt zur Erlösung.

Er ließ das Streichholz fallen, trat den Rückzug an,

bedauerte ein wenig, nicht dabei sein zu können, wenn sie lichterloh brennend zu sich kamen, weil ihre Haut aufplatzte und Blasen warf, sie vor Schmerzen schrien und versuchten, sich zu retten, obwohl es vergeblich war.

Als er wenig später auf der kleinen Anhöhe oberhalb des Ortes stand und dem immer größer werdenden Feuer zusah, lächelte er verzückt.

So also fühlte sich pures Glück an.

Nie zuvor hatte er etwas Derartiges empfunden.

Dabei war das erst der Anfang …

DREI
KEMPTEN/RÜCKHOLZ
2014

Lukas

»Ist noch Kaffee da?« Lukas betrat den winzigen Küchenraum, beäugte die altertümliche Kaffeemaschine, in der sich noch ein kleiner Rest der heiß begehrten Flüssigkeit befand. Skeptisch hob er die gläserne Karaffe hoch und zeigte sie Antonia, die am Tisch saß und ein Stück Kuchen aß. »Weißt du, wie alt das Gesöff ist?«

»Von heute Morgen«, kam es zurück. »Aber du kannst gerne eine frische Ladung aufbrühen. Ich nehm auch noch einen.« Sie grinste.

Er fummelte den alten Filter aus dem Behälter, setzte einen neuen ein, gab Pulver hinzu. »In München haben sie schon einen Vollautomaten. Ich versteh echt nicht, wieso wir noch mit dem alten Zeug herumhantieren müssen.«

Antonia grinste. »Na dann beschwer dich doch bei denen da oben, vielleicht bringts ja was.«

Lukas ignorierte seine Kollegin, gab Wasser in den Behälter, drückte auf den Knopf.

Er spürte einen Luftzug im Rücken, drehte sich um

und bemerkte Marie, seine neue Kollegin, die vor ein paar Monaten frisch von der Polizeischule zu ihnen gestoßen war.

Sie lächelte unsicher. »Tut mir leid, aber aus der Kaffeepause wird wohl nichts. Grad kam ein Anruf rein. Ein Mann aus Rückholz meinte, dass irgendwas auf dem Hof seiner Nachbarn nicht stimmt. Ich schätze, das sollten wir uns mal näher ansehen.«

»Geht's auch etwas genauer?«, fragte Lukas unwirsch, warf einen bedauernden Blick auf die gurgelnde Maschine.

»Walter Bayerl heißt der Anrufer, er ist Landwirt. Seine Nachbarn sind Brigitte und Maximilian Neuhofer.«

»Na und, was ist mit ihnen …?« Er blickte ungeduldig zwischen der durchlaufenden braunen Flüssigkeit und Marie hin und her. Wenn sie weiter so stammelte, reichte es doch noch für ein paar Schlucke.

»Er hat sie seit Tagen nicht gesehen und macht sich wirklich Sorgen«, fuhr Marie fort. »Da die Höfe nicht mal zweihundert Meter nebeneinanderliegen, habe er die beiden sonst fast täglich zu Gesicht bekommen und auch mal ein Schwätzchen gehalten.«

Lukas runzelte die Stirn. »Sind vielleicht in den Urlaub gefahren?«

Marie schüttelte den Kopf. »Das hab ich auch überlegt und nachgefragt, doch Bayerl meint, das sei ausgeschlossen. Seine Nachbarn haben einen ganzen Stall voller Tiere und seien in den letzten zwanzig Jahren nicht einmal verreist. Außerdem sind da noch die Hunde. Bayerl hat sie gestern Abend und in der Nacht über Stunden hinweg jaulen gehört. Und das sei untypisch für die beiden. Es handelt sich um zwei Appenzeller – eigentlich lammfromme Tiere. Sie hätten noch nie über Stunden hinweg gejault.«

»Und auf die Idee, mal selbst bei den Nachbarn nachzuschauen, ist er nicht gekommen?«, fragte Lukas.

Marie zuckte mit den Achseln. »Offenbar nicht, ihm sei das unheimlich.«

»Wie bist du mit Bayerl verblieben?«

Marie warf einen verstohlenen Blick auf die noch immer röchelnde Kaffeemaschine. »Ich habe ihm versprochen, dass wir uns gleich auf den Weg machen.«

Als sie knapp dreißig Minuten später in Rückholz bei der angegebenen Adresse ankamen, hatte sich ein Menschenpulk vor dem Grundstück der Neuhofers versammelt. Ein Mann mittleren Alters – Lukas schätzte, dass es sich bei ihm um den Anrufer handelte – stand inmitten der Menschenmenge und schwang irgendeine Rede.

Ein Wichtigtuer, ging es ihm durch den Kopf. *Hoffentlich hab ich nicht wegen irgendwelcher Hirngespinste auf meinen Nachmittagskaffee verzichtet.*

Er sah Marie an. »Sollen wir?«

Sie nickte.

Als sie aus dem Wagen ausstiegen, verstummte der Mann, sah ihnen entgegen.

Lukas ging auf ihn zu, reichte ihm seine Hand. »Ich bin Lukas Zimmermann und das ist Marie Lauter. Wir sind von der Kripo Kempten.«

Lukas beobachtete, wie die Brust des Mannes noch mehr anschwoll. »Ah, ja, ich hab sie gerufen. Mein Name ist Bayerl«, erklärte er und bestätigte somit Lukas' Vermutung. »Im Moment sind die Hunde still, aber das heißt nichts. Sie waren die ganze Nacht unruhig und das hab ich in all den Jahren nicht einmal erlebt.«

»Brigitte ist auch nicht zur Gemeinderatssitzung

gekommen«, mischte sich eine ältere Frau mit Lockenwicklern im Haar ein.

Lukas blickte sie fragend an, wobei er wohl etwas zu irritiert auf ihren Kopfschmuck stierte. Die Frau fuhr sich verlegen an die Wickler. »Mein Mann und ich haben Hochzeitstag«, erklärte sie. »Wir wollten ausgehen, deswegen hab ich ...«

»Ja sicher«, unterbrach Lukas sie und wandte sich wieder dem Anrufer zu. »Wo genau wohnen Sie?«

Bayerl deutete auf ein Haus mit blumenbewachsenen Holzbalkonen, das in etwa hundertfünfzig Metern Entfernung stand. »Max und ich sind befreundet, wissen Sie … Also wenn er weggefahren wäre, dann wüsste ich das. Er hätte mich dann gebeten, seine Hunde zu nehmen, und Anneliese hätte sich um Brigittes Katzen kümmern müssen. Aber sie haben nichts gesagt, keinen Ton. Da stimmt doch was nicht. Außerdem …« Er stockte, wirkte plötzlich verunsichert, ja, fast ängstlich.

»Ist Ihnen noch etwas aufgefallen?«, schaltete sich Marie ein.

Bayerl nickte. »Ja, schon ... deshalb hab ich mich auch nicht getraut, einfach rüberzugehen und nachzufragen, ob alles in Ordnung ist.«

»Ja?«, fragte Lukas ungeduldig nach.

»Na ja, ich hab ein paar Mal in der Nacht einen Typen hier herumschleichen sehen. Das erste Mal vor ungefähr einer Woche und dann noch mal vor drei Tagen. Ich konnte nicht schlafen, war auf dem Balkon und habe eine Zigarre geraucht, dabei ist er mir aufgefallen.«

»Sie haben aber nicht gesehen, wer es war?«

Kopfschütteln.

»Und Sie haben auch nicht genau sehen können, ob er es auf das Grundstück der Neuhofers abgesehen hatte?«

»Leider nicht«, kam es von dem Mann. »Beim ersten Mal hab ich nur gesehen, wie jemand an meinem Haus vorbei ist und in Richtung des Neuhofer-Anwesens lief. Da hab ich mir noch nichts dabei gedacht. Max und Brigitte waren ja auch noch da. Hätt ja irgendwer sein können. Oder ein Besuch. Aber ein paar Tage später hab ich ihn noch mal gesehen. Wieder um die gleiche Zeit wie beim ersten Mal.«

»Um welche Uhrzeit war das?«, fragte Marie.

»Na mitten in der Nacht. Das kam mir dann schon seltsam vor. Wer schleicht denn hier um die Zeit noch rum, wenn er hier nichts zu schaffen hat?«

»Haben Sie Maximilian Neuhofer von dieser Person erzählt?«

Bayerl schüttelte bedauernd mit dem Kopf. »Wie gesagt, ich dachte mir beim ersten Mal nichts dabei. Und als ich ihn später erneut bemerkte, hab ich Max nicht mehr zu Gesicht bekommen.«

»Wann genau haben Sie Ihre Nachbarn zuletzt gesehen?«

»Das war am Montag«, erklärte Bayerl. »Ich hab Max auf dem Feld getroffen, als er mit den Hunden unterwegs war. Und Anneliese hat Brigitte noch mal beim Einkaufen getroffen.«

»Und danach?«

Bayerl hob die Schultern, verneinte stumm.

»Und sonst sahen Sie einander jeden Tag?«

»So ziemlich, ja.«

»Okay.« Lukas seufzte, sah zu Marie. »Sehen wir uns das mal an.«

Marie nickte und wandte sich an die Umstehenden. »Hat jemand von Ihnen einen Schlüssel zum Haus der Neuhofers?«

Allgemeines Kopfschütteln. Nur Bayerl kratzte sich

unbeholfen am Kopf. »Ich hab einen, aber ich weiß nicht ob ich den weitergeben darf.«

Lukas räusperte sich. »Sie haben uns angerufen, weil sie sich Sorgen machen. Und Sie haben sich nicht mal getraut, nachzufragen, ob etwas passiert ist. Und jetzt stehen wir hier rum und Sie wissen nicht, ob Sie uns den Schlüssel geben dürfen? Mann, Sie haben uns angerufen und um Hilfe gebeten.«

Marie fasste ihn leicht an der Schulter, bevor sie sich lächelnd einmischte. »Herr Bayerl, es wäre wirklich das Beste, wenn Sie uns den Schlüssel aushändigen, nur für den Fall, dass sich auf unser Klingeln hin niemand im Haus meldet. Andernfalls müssten wir den offiziellen Weg gehen, um das Haus betreten zu dürfen. Und das kann dauern. Wenn Ihren Nachbarn etwas zugestoßen ist, könnte es schon zu spät sein.«

Bayerl wurde blass, nickte schließlich.

»Haben die Neuhofers Angehörige, die bereits verständigt worden sind?«, wollte Marie wissen.

Bayerl nickte. »Raphael und Magdalena, das sind die Kinder. Ich hab versucht, einen von beiden an die Strippe zu bekommen, aber …«

»Sie haben keinen von beiden erreichen können?«

»Leider nicht, aber ich hab auf Magdas Mailbox gesprochen. Und die Nummer, die ich von Raphi habe, scheint nicht mehr aktuell zu sein.«

»Okay.« Lukas neigte seinen Kopf zur Seite, sah Bayerl auffordernd an. »Wären Sie dann so nett, uns die Schlüssel zu geben?«

Bayerl nickte entschlossen. »Ja, ich hab sie dabei.« Er fingerte in seiner Hosentasche herum. »Aber ich sollte vorausgehen«, erklärte er. »Wegen der Hunde. Ich weiß nicht, wie sie reagieren, wenn Fremde kommen.«

Lukas sah zu Marie, die ihm besorgt zunickte. Ihm ging es nicht anders, auf eine Konfrontation mit zwei

Appenzellern hatte auch er keine Lust. Aber falls sich die Geschichte nicht als harmlos herausstellen sollte, konnte er auch nicht riskieren, dass Bayerl etwas zu sehen bekam, das nicht für seine Augen bestimmt war. Er nickte. »Okay. Wir machen es so: Sie gehen voraus, rufen die Hunde zur Tür und versuchen, sie nach draußen zu locken und dort festzuhalten, klar?«

Der Mann nickte.

Gemeinsam folgten sie ihm durch das Tor über den Hof bis zur Wohnungstür des Haupthauses.

Bayerl wirkte jetzt noch blasser und sah sich ständig ängstlich um. Auch Lukas hatte inzwischen kein besonders gutes Gefühl bei der Sache. Wenn die Bewohner sich nur verschanzt hätten oder krank wären, hätten sie doch längst den Pulk vor ihrem Grundstück bemerken müssen. Und wieso hörte man auch keinen Mucks mehr von den Hunden, die doch angeblich in der Nacht stundenlang gejault hatten?

Es war still.

Zu still.

Angespannt beobachtete er, wie Bayerl sich zögernd der Haustür näherte, und blieb mit Marie zwei Schritte zurück.

»Seppi?«, rief Bayerl mit beruhigender Stimme, ehe er den Schlüssel ins Schloss steckte, ohne ihn umzudrehen. Er trommelte mit den Fingern gegen das Milchglas der Tür, holte Luft. »Sammy?«

Ein leises Knurren ertönte, aus dem nur wenig später ein Kläffen wurde. »Ich bin es, Walter«, versuchte Bayerl es weiter. »Ganz ruhig, Jungs, okay? Ihr müsst keine Angst haben.«

Doch die Hunde bellten weiter.

Lukas sah Marie an, die nickte, zog ihren Taser aus dem Holster.

Bayerl machte große Augen. »Ist das nötig?«

Lukas schluckte. »Das werden wir sehen. Ist nur für den Fall, dass sie uns angreifen.«

Bayerl nickte. »Na gut, dann wollen wir mal, bleiben Sie besser zurück.«

Lukas und Marie gingen noch etwas weiter auf Abstand, bevor Bayerl den Schlüssel drehte, und es war, als stünde für den Bruchteil von Sekunden die Welt um sie herum still. Selbst das neugierige Volk vor dem Grünstück verstummte. Er öffnete die Tür zunächst nur ein paar Finger breit, ging vor dem Spalt in die Hocke, damit die Hunde ihn sehen konnten, und redete beruhigend sie ein. »Gut, ich denke, wir können es wagen.« Er drehte sich halb zu Lukas und Marie um. »Bereit?«

Lukas nickte und bemerkte, wie Marie sich neben ihm in Position brachte.

Augenblicklich schossen die Appenzeller aus der Tür sprangen erst auf Bayerl, dann auf Marie und ihn zu, rannten schließlich zum Tor, wo die Nachbarn lange Hälse bekamen, um ja nichts von dem Schauspiel zu verpassen.

Lukas sah zu Bayerl. »Ab hier übernehmen wir, in Ordnung?«

Bayerl nickte, sein Gesicht schien wie erstarrt.

»Was ist los?«

Der Mann sah ihn nur mit weit aufgerissenen Augen an, tippte sich dann wortlos gegen die Nase.

Erst jetzt wurde Lukas klar, dass Marie neben ihm merkwürdig gepresst atmete. Und dann roch auch er es.

Den süßlich widerlichen Gestank nach Tod.

VIER
SYLT/RANTUM

2019

Justina

Justina war gerade dabei, etwas für Silja und sich zum Abendessen zu kochen, als das Telefon klingelte. Sie sah aufs Display und lächelte automatisch.

»Hi Schatz«, trällerte sie betont fröhlich in den Hörer. Arjan sollte ja nicht auf den Gedanken kommen, dass es ihr nicht gut ging. Nicht dass er noch dachte, er hätte sich ein psychisches Wrack ins Haus geholt.

»Geht es dir gut?«, wollte er wissen.

»Klar«, gab sie zurück. »Ich war am Strand laufen, hab mich danach in den Sand gesetzt und den Wellen gelauscht. Kann sein, dass ich eine Stunde da gesessen habe, doch mir kam es nur wie ein paar Minuten vor. Ich liebe das Meer einfach, davon bekomme ich wohl niemals genug.«

»Das hoffe ich doch.« Arjan lachte. »Was machst du gerade?«

»Kochen. Ein Risotto mit Steinpilzen. Weißt du, ob Silja so was mag?«

Ein paar Sekunden herrschte Stille in der Leitung.

»Babe, das tut mir leid, ich dachte, Silja hätte sich auch bei dir gemeldet.«

»Nein, wieso? Ich hab nichts von ihr gehört. Was ist los?«

»Sie kommt heute Nacht nicht nach Hause, sie will bei Gisele übernachten.«

»Oh«, stieß Justina enttäuscht aus, dann riss sie sich zusammen. »Na egal, den Rest heb ich halt für dich auf, wenn du morgen nach Hause kommst.«

»Ist das wirklich okay für dich? Ich kann sie auch anrufen und sie bitten, dass sie ihre Übernachtung auf morgen verschiebt.«

Ein Teil von Justina wünschte, dass er genau das tat, doch schließlich straffte sie die Schultern. »Untersteh dich. Lass dem Mädchen seinen Spaß, ich komm schon klar.«

»Bist du sicher? Ich meine, nach letzter Nacht … Ich hab kein besonders gutes Gefühl dabei.«

Ich auch nicht, dachte sie, verkniff sich jedoch, ihre Bedenken auszusprechen.

»Ich bin sicher«, sagte sie fest. »Ich hab was Leckeres zu essen, einen Netflix-Anschluss und mindestens zwei Staffeln *Game of Thrones*, die ich noch nicht gesehen habe.«

Arjan am anderen Ende der Leitung lachte. »Okay, dann wünsche ich dir viel Spaß. Ich liebe dich.«

»Ich dich auch«, gab sie zurück und beendete hastig das Gespräch, damit er nicht hörte, wie sie laut gegen die Beklemmung in ihrer Brust ein- und ausatmete. Dann blickte sie zu den Kochtöpfen auf dem Herd, blinzelte die Tränen weg.

Sie vermutete, dass Silja einfach nicht dran gedacht hatte, sie über ihr Wegbleiben zu informieren. Aber es schmerzte dennoch.

Hätte ein Anruf etwas geändert?, hörte sie die Stimme in ihrem Kopf. *Allein wärst du jetzt dennoch.*

Justina schluckte, spähte in die beiden Töpfe, schnupperte. Der Geruch nach Pilzen, Butter und frischen Kräutern besänftigte sie ein wenig. *Egal. Dann lass ich es mir eben allein schmecken und mach es mir nett.*

Als sie zu sich kam, lief der Bildschirmschoner des Fernsehers. Sie musste also knappe zwei Stunden geschlafen haben. Sie gähnte, fühlte sich noch immer müde, was an der Schwangerschaft liegen mochte.

Ihr Blick fiel auf das schmutzige Geschirr auf dem Tisch und sie beschloss, dass sie schlicht keine Lust hatte, jetzt noch großartig aufzuräumen. Wenn sie morgen aufstand, wäre genügend Zeit, bis Arjan nach Hause kam. Sie schaltete den Fernseher aus, stand auf, löschte das Licht im Wohnzimmer und ging in die Küche, um sich eine Flasche Orangensaft mit nach oben zu nehmen.

Im Bad vollzog sie eine winzige Katzenwäsche, putzte sich die Zähne, wollte gerade ins Schlafzimmer, als sie wieder die übliche Unruhe befiel. Und nicht nur diese ...

Tief ein- und ausatmend, um runterzukommen, hastete sie wieder nach unten, um ihr übliches Ritual durchzuziehen, wann immer sie allein im Haus war. Sie kontrollierte alle Fenster und Türen.

Als sie sicher war, dass jedes einzelne Schloss verriegelt war, ging sie wieder nach oben ins Schlafzimmer.

Seit sie hier wohnte, war es schon ein paar Mal vorgekommen, dass Arjan über Nacht weggeblieben war, doch so verunsichert wie heute hatte sie sich noch nie gefühlt. Sie schaltete das Nachtlicht ein, legte sich hin, konzentrierte sich eine Weile auf ihre Atmung.

Den Tag über hatte sie es tatsächlich geschafft, alle negativen Gefühle zu verdrängen und nicht mehr an den Traum von letzter Nacht zu denken, doch jetzt, mitten in tiefster Dunkelheit, vollkommen allein in diesem Haus, kam alles wieder hoch.

Plötzlich hatte sie das Gefühl, die Wände atmen hören zu können. Sie zog sich die Decke über den Kopf, zwang sich, an Arjan zu denken, an das Baby in ihrem Bauch.

Doch es half alles nichts.

Die Geräusche wurden mit jeder Sekunde lauter. Es schien von überallher zu knarzen und zu quietschen.

Das Herz in ihrer Brust überschlug sich fast, ihr brach der Schweiß aus, die Luft wurde knapp. Sie riss an der Decke, keuchte, als ihr Kopf wieder im Freien war.

Dann fing sie an zu zählen …

Eins.

Du bist sicher.

Zwei.

Du hast sorgfältig jede Tür und jedes Fenster kontrolliert.

Drei.

Diese Geräusche bildest du dir ein.

Vier.

Und diese beschissenen Albträume – die sind nicht real. Nichts von alldem ist real.

Woher willst du das wissen?

Justina schreckte hoch.

Das hatte sie sich keinesfalls eingebildet. Ein Scharren, das von draußen zu kommen schien.

Erst jetzt fiel ihr auf, dass sie jedes Fenster im Haus geschlossen und verriegelt hatte, bis auf dieses hier. Das Schlafzimmerfenster stand nach wie vor auf Kippe, damit frische Luft hereinkam.

Allerdings befand sich das Zimmer im ersten Stock

des Hauses und war somit vor fremden Blicken geschützt. Es war nahezu unmöglich, an der Hauswand hochzuklettern und auf diesem Weg ins Haus zu gelangen.

Sie entspannte sich ein wenig.

Dann ein leises Klirren.

Es klang wie ein Stein, den jemand gegen die Fensterscheibe geworfen hatte.

Justina stockte der Atem.

Sieh einfach nach.

Sie schüttelte den Kopf.

Hier rumzuliegen und dir vor Angst in die Hose zu pinkeln, bringt auch nichts!

Seufzend schlug sie die Decke zurück, stand auf, ging zum Fenster. Auf dem Weg schaltete sie das Nachtlicht aus, damit – wer auch immer sich da draußen herumtrieb – sie nicht sehen konnte.

Ihre Finger zitterten, als sie den Vorhang vorsichtig zur Seite schob und durch den schmalen Spalt linste.

Sie blinzelte, zuckte zurück.

Ihr Herz fühlte sich an, als würde es jeden Moment vor Schreck explodieren.

Da stand ein Mann unter der Straßenlaterne. Er war schwarz angezogen, hatte seine Kapuze tief ins Gesicht gezogen. Doch sie erkannte trotzdem, dass er genau zu ihr hinauf starrte.

Eine Zeitlang blickten sie einander einfach nur an, dann hob Justina die Hand, wartete.

Es dauerte eine Weile, doch schließlich hob auch der Mann seinen Arm, winkte ihr zu. Erschrocken keuchte sie auf, verschwand hinter dem Vorhang.

Sie hatte sich also nicht getäuscht.

Was suchte dieser Kerl da draußen?

Und wer zur Hölle war das?

Doch die wichtigste Frage von allen lautete: Konnte er ihr gefährlich werden?

Sollte sie die Polizei rufen?

Was sollte sie denen sagen?

Was hatte der Typ bis jetzt getan?

Er stand da unten, sah zu ihr rauf. Okay … und er hatte ihr zugewunken. Zurückgewunken, korrigierte sie sich und kam sich mit einem Mal dämlich vor.

Wenn sie das jemandem erzählte, würde sie sich nur lächerlich machen … Allerdings war es nicht das erste Mal, dass sie etwas sah oder hörte, das ihr Angst machte.

Da war neulich dieser Kerl in Westerland gewesen. Er war ihr aufgefallen, als sie shoppen war. Die komplette Fußgängerzone war er hinter ihr gelaufen und gerade als sie sich umdrehen und ihn ansprechen wollte, war er plötzlich fort gewesen.

Nur Einbildung?

Und dann diese Anrufe. Zweimal hatte jemand auf dem Festnetz angerufen und wieder aufgelegt, als sie drangegangen war.

Das war nur jemand von Siljas Freunden, hatte sie sich eingeredet. Aber was, wenn nicht?

Justina nahm all ihren Mut zusammen, schob die Gardine ein Stück weit auf, sah hinaus, doch diesmal war der Platz unterhalb der Laterne leer.

Wer auch immer da gestanden hatte, war jetzt fort.

Ein Zufall?

So wie der auf der Promenade in Westerland?

Sie lehnte sich mit der Stirn gegen die Scheibe, schloss die Augen.

Als sie sie wieder öffnete, war noch immer keine Spur von dem finsteren Typen zu entdecken. Spielten ihre angeschlagenen Nerven ihr einen Streich? Hatte sie sich diesen Mann am Ende vielleicht nur eingebildet?

FÜNF
RÜCKHOLZ
2014

Lukas

In dem kleinen Vorraum, der die Wohnung vom Eingangsbereich trennte, zog Lukas seine Einmalfüßlinge hervor, stülpte sie über seine Schuhe. Seine Kollegin tat es ihm gleich.

»Am besten bindest du auch deine langen Haare zusammen«, wies er sie an.

Marie nickte, flocht ihre Haare zu einem festen Zopf zusammen und befestigte sie mit einem Gummi, den sie aus ihrer Handtasche holte. Als sie fertig war, bedeutete Lukas ihr, gleichfalls Einmalhandschuhe anziehen, bevor sie in den Hauptkorridor traten.

»Eine Atemmaske wäre auch hilfreich«, bemerkte Marie.

Lukas nickte nur und bemühte sich flach zu atmen.

Doch je weiter sie in die Wohnung vordrangen, desto beißender wurde der Geruch. »Riecht nach Kupfer und Exkrementen«, merkte Marie an und rümpfte die Nase.

Lukas warf ihr einen mitfühlenden Blick zu. »Nichts, woran man sich je wirklich gewöhnt.« Dann ging er voran, öffnete die erste Tür und betrat den Raum. Die Küche.

Alles war ordentlich, als hätte jemand noch vor Kurzem aufgeräumt. Es stand kein schmutziges Geschirr herum, die Ablageflächen blitzten. Einzig am Fußboden lagen ein paar Haarballen herum, die wohl von den Hunden stammten.

Er verließ die Küche, ging weiter. Marie folgte ihm. Das nächste Zimmer war ein Abstellraum. Auch hier war alles tadellos aufgeräumt. Lebensmittel standen nach Kategorie sortiert in den Regalen, darunter mehrere Kästen mit Getränken.

Danach kam ein kleines Badezimmer, wo es ebenfalls vor Sauberkeit blitzte.

»Sieh mal her.« Marie, die hinter ihm hergelaufen war, kauerte im Gang, starrte auf etwas zu ihren Füßen.

»Was siehst du?«, fragte er, kam neben ihr zum Stehen, ging ebenfalls in die Hocke.

»Das Muster auf dem Läufer«, erklärte sie. »Das sind Blumen, deswegen ist es mir zuerst nicht aufgefallen, aber genau hier ...« Sie tippte auf eine dunkle Stelle auf dem Stoff. »Siehst du das? Könnten Fußspuren von den beiden Hunden sein.«

Er betrachtete die dunklen Flecke, stand dann auf, sah sich den kompletten Teppichläufer an. »Die sind über das gesamte Ding verteilt«, erklärte er.

»Wenn es stimmt, was der Nachbar sagt, dann sind die Tiere seit Tagen hier im Haus eingesperrt, haben also irgendwo ihr Geschäft verrichten müssen. Vielleicht sind sie da drin rumgestiegen, haben es verteilt. Oder aber ...« Sie brach ab.

Lukas sah sie düster an. »Könnte auch Blut sein«, beendete er ihren Gedankengang.

Sie nickte, stand auf, kam zu ihm.

Er sah, dass sie blass war und nervös wirkte.

»Wird es gehen?«, fragte er.

»Falls du willst, dass ich das Haus verlasse – vergiss es.«

Er grinste. »Dann passt es ja, machen wir weiter.«

Das nächste Zimmer war das Wohnzimmer, doch anders als bei den Räumen davor stand die Tür offen. Die Sofakissen lagen überall verstreut, auf der Tischplatte konnte man Abdrücke der Hundepfoten erkennen.

»Die beiden hatten Panik«, vermutete Lukas. »Deswegen sind sie herumgesprungen und haben gejault, um gehört zu werden.«

»Hier«, kam es von Marie. Sie stand neben der verschlossenen Terrassentür, deutete auf den Fußboden.

»Ach du liebe Güte«, rief Lukas, als er die Hundekothaufen und mehrere Lachen Urin sah.

»Die armen Tiere«, murmelte Marie. »Hunde machen nicht ins Haus«, erklärte sie ihm. »Nur im äußersten Notfall, und selbst das ist ihnen schrecklich unangenehm. Die beiden müssen vollkommen verzweifelt gewesen sein, dass sie sich tatsächlich hier im Wohnzimmer neben der Tür nach draußen erleichtert haben.«

»Hast du Hunde?«, fragte er.

»Mein Verlobter«, erklärte sie. »Vier Stück sogar.«

Er nickte, wies nach oben. »Weiter gehts.«

Marie folgte ihm und mit jeder Stufe, die er betrat, verstärkte sich eine üble Vorahnung und er hätte am liebsten seine junge Kollegin gebeten, zu warten. Unten zu warten. Zugleich wusste er, dass sie das nie zulassen würde. Der Gestank verdichtete sich und verstärkte das beklemmende Gefühl in seiner Brust. Mit jeder Faser seines Körpers spürte er, dass sie hier etwas Furchtbares zu Gesicht bekämen.

Der Geruch nach Blut war jetzt unverkennbar. Doch er roch auch noch etwas anderes, Beißendes.

»Ich glaube, die Hunde waren hier oben und haben gesehen, was passiert ist«, kam es zögerlich von Marie.

»Wie kommst du drauf?«

»Dieser penetrante Geruch neben dem Kupfer. Ich glaube, das ist pure Panik. Die armen Tiere wissen, was passiert ist, deswegen waren sie so aufgeregt. Und sie müssen Hunger gehabt haben. Ist dir aufgefallen, dass die Näpfe unten im Gang leer waren?«

Er nickte, verzog das Gesicht, schmeckte plötzlich Bitterkeit im Rachen. Aber er zwang sich, weiterzugehen, stieß die nur angelehnte erste Tür auf, die, wie sich herausstellte, zum Homeoffice führte. Es stank nach Urin, wahrscheinlich ebenfalls von den Hunden, doch ansonsten schien alles normal. Beim Zimmer nebenan war die Tür zu. Als Lukas sie öffnete, empfing ihn ein leicht blumiger Geruch.

»Das muss das ehemalige Zimmer der Tochter sein«, kam es von Marie, die hinter ihm stand. »Wie süß, dass die Eltern alles so gelassen haben.«

Lukas drehte sich um, winkte Marie weiter.

Als er ins geöffnete Schlafzimmer trat, zuckte er zurück. Er hatte seinen Blick starr auf die blutbespritzte Wand oberhalb des Bettes gerichtet, denn er brauchte einen Moment, ehe er ihn auf das fixieren konnte, was darunter lag.

Er sog die Luft ein, während er auf den vollkommen zertrümmerten Kopf der Frau starrte.

»Wer macht so etwas?«, fragte Marie geschockt.

»Wer auch immer das gewesen ist, hat sie im Schlaf überrascht«, antwortete Lukas.

»Er hat die Tatwaffe liegen gelassen.« Marie deutete auf den kleinen Schafwollläufer neben dem Bett, auf dem ein bluttriefender Hammer lag, der die weiße Wolle verfärbt hatte.

Lukas zog sein Handy hervor, machte ein Foto von

der Leiche, dem Hammer und der blutbesudelten Wand. Dann bemerkte er die Spuren auf dem Kissen neben dem Kopf der Toten. Hundepfoten … Sie führten über das komplette Laken.

Ihm drehte sich der Magen um. Aber er riss sich zusammen, sah zu Marie, die erstaunlich gefasst schien. »Ruf Verstärkung und die Spurensicherung. Und geh raus, sag den Leuten draußen vor dem Tor, dass sie sich vom Acker machen sollen. Das ist jetzt offiziell ein Tatort.«

Marie nickte knapp, machte aber keine Anstalten, seiner Anweisung zu folgen.

»Was ist noch?«, fragte er und hörte selbst, dass er unwirsch klang.

»Wir haben den Mann noch nicht gefunden. Laut Bayerl lebt hier ein Paar. Außerdem wissen wir nicht, was passiert ist. Ich werd also einen Teufel tun und abhauen, ehe ich nicht weiß, dass das Haus safe ist, klar?« Sie zog ihre Dienstwaffe aus dem Holster, entsicherte sie.

»Sag mal, spinnst du?«, herrschte er sie an. »Was glaubst du, wo wir sind? In Mexico City oder was?«

Sie erwiderte trotzig seinen Blick, trat den Rückzug an.

Entnervt folgte er ihr.

Das nächste Zimmer war eine Art Rumpelkammer, in der jede Menge Krempel herumstand. Kisten, alte Küchengeräte, alles, was das Paar, das hier lebte, ausrangiert hatte, von dem es sich aber noch nicht trennen konnte.

»Wo ist das Zimmer des Jungen?«

Er blieb stehen, wandte sich ihr zu. »Was meinst du?«

»Bayerl sagte, das Paar habe zwei Kinder. Ein Mädchen und einen Jungen. Das Zimmer des Mädchens haben wir gesehen, aber wo ist das des Jungen?«

Lukas stieß die Luft aus.

Marie hatte recht. Sie waren mit dem ersten Stock durch, aber ein ehemaliges Jugendzimmer eines männlichen Teenagers hatten sie nicht gefunden. »Vielleicht war das jetzige Homeoffice das Zimmer des Jungen und er hat sein Zeug mitgenommen oder weggeworfen. Wir Männer sind da ja weniger sentimental als das weibliche Geschlecht.«

»Mmh, möglich«, sagte Marie und starrte zur Dachluke hinauf. »Da oben sollten wir uns auch umsehen.« Sie griff nach dem Haken an der Wand, streckte sich, bis sie die Öse erwischte, zog kräftig daran. Schließlich drehte sie sich zu ihm um. »Soll ich oder willst du?«

Er hob die Schultern, was Marie veranlasste, die Stufen zuerst hochzusteigen. Auf der vorletzten Stufe angekommen, zog sie mit der linken Hand ihr Smartphone aus der Tasche, aktivierte die Taschenlampenfunktion und nahm die letzte Stufe.

»Sei vorsichtig«, rief Lukas ihr nach und folgte ihr.

Oben roch es muffig und nach Staub. Auf den ersten Blick bemerkte er nur ein paar Kisten, einige Wäscheleinen, die unterhalb der Decke gespannt waren, und eine Matratze am Boden, samt verdrecktem Bettzeug.

»Sieht aus, als hätte jemand hier oben gehaust.« Marie wies auf das vergammelte Lager. »Ziemlich versifft.«

»Oder die Leute haben den Raum für ausrangierten Unrat genutzt.«

Sie sah ihn zweifelnd an, sagte aber nichts. »Wir müssen noch in den Keller«, erklärte sie nach einer Weile..

»Das übernehme ich, während du die Anrufe endlich erledigst.«

Marie zögerte, nickte aber dann und griff bereits nach ihrem Handy, als sie einen spitzen Schrei hörten.

Marie jagte an ihm vorbei, er ihr nach. Unten angekommen, riss seine Kollegin die Tür auf, eilte nach draußen.

Eine Frau stürzte aus einem der Nebengebäude. Leichenblass im Gesicht, warf sie sich in die Arme von Bayerl, der immer noch vor der Haustür stand.

»Anneliese, Schatz, was hast du?«, fragte Bayerl und strich der Frau hilflos über den Rücken, bis sie sich heftig atmend von ihm löste und mit fahrigem Zeigefinger in Richtung Scheune wies. »Da drin …« Ihre weiteren Worte gingen in einem Schluchzen unter.

Marie war bereits unterwegs und Lukas schaffte es gerade noch, sie einzuholen, ehe sie ins Innere trat. Auch hier stank es gotterbärmlich nach Verwesung und Tod.

Er sah sich um, entdeckte eine Katzenfamilie, die auf einem Strohballen vor sich hin döste. Lediglich das Muttertier beobachtete die Eindringlinge mit unruhig zuckendem Schweif. Ein Stück weiter hinten gackerten ein paar Hennen vor sich hin.

»Da oben«, rief Marie.

Lukas legte den Kopf in den Nacken und dann sah er ihn auch. Von einem der Holzbalken baumelte der leblose Körper eines Mannes.

»Wenn das nicht Maximilian Neuhofer ist«, murmelte Marie.

SECHS
SYLT/RANTUM

2019

Justina

Ein leises Klirren weckte sie.

Justina schreckte aus ihrem Kissen hoch, tastete nach dem Schalter der Nachttischlampe, schaltete sie ein ... und stutzte.

Hatte sie die Lampe nicht angelassen?

Sie starrte auf den Anschaltknopf. Überlegte. Sie hatte das Licht ausgeschaltet, damit dieser Typ sie nicht am Fenster sah. Später hatte sie nicht gleich einschlafen können und das Licht wieder eingeschaltet, um noch ein wenig zu lesen.

Wieder ein Klirren.

Es klang, als hätte jemand unten die Scheibe eingeschlagen. Sie wollte nach ihrem Handy greifen, doch es war nicht da. Wie konnte das sein? Es hatte doch dort gelegen, genau neben ihrer Flasche mit dem Orangensaft. Sie hatte damit noch eine Nachricht an Arjan geschickt.

Wo war das Ding, zur Hölle?!

Sie schlug die Decke zurück, bemerkte, dass sie vor Panik gepresst atmete, dass ihr leicht schwindelig war.

Schließlich roch sie es.

Was war das? Schweiß?

Alter Schweiß. Herber Schweiß, von einem ungewaschenen männlichen Körper?

War es möglich, dass sie Arjans Geruch aus seinem Bettbezug riechen konnte?

Doch Arjan stank nicht so penetrant. Sie liebte seinen Geruch, seinen leicht moschusartigen, angenehmen Geruch, den sie blind erkennen würde.

Oder doch nicht?

Du darfst nicht vergessen, dass du schwanger bist, wisperte ihre innere Stimme. *Alle deine Sinne sind geschärft, sensibler.*

Sie stieß die Luft aus. Das stimmte. Schwangere rochen manchmal merkwürdige Dinge, nahmen Düfte anders wahr als vor der Schwangerschaft.

Trotzdem.

Ihr Blick fiel auf ihre Unterarme, wo sich die feinen Härchen aufgerichtet hatten. Ein untrügliches Zeichen dafür, dass ihr gesamter Körper in Alarmbereitschaft war. Ihr Schutzinstinkt war stark ausgeprägt, das war schon seit jeher so gewesen.

Sie stand auf, schlich zur Tür, öffnete sie behutsam, bedacht darauf, keinen Laut zu verursachen.

Ein schwaches Knarzen drang von unten zu ihr hoch.

Das Geräusch von leisen Schritten auf den Holzdielen, die Arjan, wie er stolz jedem erzählte, selbst verlegt hatte.

Justina schluckte.

Da unten war jemand, das stand fest.

Jemand war ins Haus eingebrochen und trieb jetzt dort unten sein Unwesen.

Sie musste die Polizei rufen, doch ihr Handy war

nicht da und das Festnetztelefon stand in der Station im Wohnzimmer.

Verdammt, dachte sie.

Ihr blieben nur zwei Möglichkeiten.

Sie konnte sich in ihrem Zimmer einschließen und warten, bis, wer auch immer, fort war, oder es riskieren und nach unten gehen.

In den allermeisten Fällen eines Einbruchs ergriffen die Täter die Flucht, sobald die Bewohner des Hauses wach wurden.

Sie schlich in Arjans Büro, schnappte sich den silbernen Brieföffner vom Schreibtisch, hielt ihn wie ein Messer zur Abwehr vor ihren Körper, während sie Stufe für Stufe nach unten schlich.

Als sie ein weiteres Klirren vernahm, blieb sie wie angewurzelt stehen, kämpfte gegen den Impuls an, umzudrehen und nach oben zu stürmen, sich einzuschließen, bis es vorbei war.

Doch was dann?

Nein! Sie würde nicht den Schwanz einziehen und weglaufen. Wenn sie jemals wieder Vertrauen in sich selbst haben wollte, dann musste sie jetzt verdammt noch mal da durch.

Sie sammelte all ihren Mut, nahm die letzten Stufen, blieb unten angekommen stehen und lauschte ins Dunkle.

Dass sie kein Licht im Treppenhaus angemacht hatte, war richtig gewesen. Aber wie sollte sie jetzt sehen, was und wer sich hier herumtrieb? Die Vorstellung, ein paar Hände könnten jeden Augenblick aus dem Nichts hervorschießen und ihren Hals umklammern, ließ ihr den Atem stocken.

Dann vernahm sie ein leises Zischen. Es kam von rechts. Aus der Küche.

Justina schlich langsam in die andere Richtung.

Mit viel Glück schaffte sie es unbemerkt ins Wohnzimmer, von wo aus sie die Polizei zu Hilfe rufen könnte. Langsam huschte sie Meter für Meter vorwärts, als sie plötzlich einen Luftzug im Rücken spürte. Sie wirbelte herum, sah einen Schatten vor sich. Schwarz, größer als sie selbst. Vor Panik wusste sie im ersten Augenblick nicht, was sie machen sollte. Dann siegte ihr Überlebensinstinkt. Nicht fliehen, sondern angreifen. Das Dreckschwein überraschen!

Sie machte einen Satz nach vorn, stach mit dem Brieföffner zu.

Ein Schrei erklang. Dann ein Wimmern, das in ein wütendes Jaulen überging.

»Bist du vollkommen irre?«

Silja …

Justina wankte rückwärts, stolperte, plumpste auf den Boden. Keine Sekunde später ging das Licht an und sie sah sich der Tochter ihres Lebensgefährten gegenüber.

Silja hielt sich den rechten Oberarm, das Gesicht schmerzverzerrt. »Du hättest mich umbringen können«, stieß sie hervor und Justina bemerkte, dass ihre Stimme zitterte. Das Mädchen schien genauso erschrocken wie sie selbst.

Dann fiel ihr das dunkelrote Blut auf, dass zwischen Siljas Fingern hervorquoll und auf den Boden tropfte.

Blitzschnell war Justina wieder auf den Beinen.

»Himmel, was hab ich gemacht?«, brachte sie mit brüchiger Stimme hervor. »Was machst du hier?«

»Ich wohne hier!«

»Aber dein Vater sagte, du kämst heute Nacht nicht heim. Ich dachte, du seist ein Einbrecher.«

Silja starrte sie verständnislos. »Soll das entschuldigen, dass du mich beinahe abgestochen hättest? Wieso hast du nicht einfach die Bullen gerufen, wenn du glaubst, hier geistert ein Einbrecher herum?«

Justina schluckte. »Mein Handy ist weg. Ich hab es mit nach oben genommen, das weiß ich genau, doch jetzt ist es weg. Und dann ist da noch dieser Schweißgeruch im Schlafzimmer … Ich hatte einfach Angst, dass dieser Kerl zurückgekommen ist.«

»Was für ein Kerl?«, fragte Silja, schwankte leicht.

»Mist«, stieß Justina aus, rannte ins Wohnzimmer, riss das Telefon aus der Station, tippte die Nummer des Notrufs ein. Als sich ein Mann meldete, brachte Justina ihn mit wenigen Worten auf den Stand der Dinge.

»Ich schicke jemanden vorbei«, gab der Telefonist der Leitstelle zurück.

Justina legte auf, ging zu Silja, die mittlerweile auf den Dielen saß. Sie wirkte blass und Justina hatte Angst, dass sie jeden Augenblick wegkippen könnte. Sie riss einen Streifen Stoff von ihrem Nachtshirt, wickelte ihn als Druckverband um Siljas Arm.

»Das ist zu fest«, keuchte das Mädchen, als sie zugezogen hatte.

Justina schüttelte den Kopf. »Das muss so fest sein, damit die Blutung stoppt.«

»Vielleicht hättest du mich gar nicht erst attackieren sollen …«

»Es tut mir schrecklich leid. Aber ich hatte solche Angst und hab nur einen Schatten gesehen. Ich konnte doch nicht ahnen, dass du doch nach Hause kommst.«

Silja hob die Schultern, sah nicht glücklich aus, wirkte aber mittlerweile nicht mehr ganz so wütend. »Was für ein Kerl hat dich erschreckt?«, fragte sie. »Du hast eben was von einem Kerl gesagt, der dich überfallen hat.«

Justina räusperte sich. »Er stand unterhalb des Schlafzimmerfensters im Schein der Laterne und starrte zu mir hoch. Als ich dann zum Test gewunken habe, winkte er zurück.«

»Und was ist dann passiert?«

Justina hob die Schultern. »Nichts. Als ich das nächste Mal hingesehen habe, war er verschwunden.«

Die Wunde an Siljas Oberarm war tiefer als erwartet, hatte die Schlagader nur knapp verfehlt und musste genäht werden. Die Ärzte hatten sich für eine Lokalanästhesie entschieden, Silja noch in der Nacht genäht und darauf bestanden, dass sie noch ein paar Stunden zur Beobachtung in der Klinik blieb.

Inzwischen hatte Justina Arjan angerufen, ihm alles erzählt und sich gefühlt tausendmal entschuldigt. Doch nachdem er erfahren hatte, dass sie seine Tochter verletzt hatte, war er für nichts anderes mehr empfänglich gewesen.

Jetzt saß sie hier an Siljas Bett und wartete auf ihn. Zugleich wünschte sie, weit fort zu sein. Sie hatte Angst davor, Arjan gegenüberzutreten, zumal das alles noch viel schlimmer hätte ausgehen können. Sie hätte sein einziges Kind umbringen können.

Wieder blickte sie auf ihre Armbanduhr.

Inzwischen war es nach sechs, ihr Anruf bei Arjan lag beinahe vier Stunden zurück.

Die Fahrt von Hamburg nach Niebüll dauerte bei normalem Verkehr etwas über zwei Stunden, eher drei, überlegte sie und ahnte, dass er die komplette Strecke über das Gaspedal durchgetreten hatte, also bald hier sein würde. Der erste Autozug fuhr um kurz nach fünf Uhr, es sollte also nicht mehr lange dauern.

Sie schluckte hart, musterte die schlafende Silja. Ihr tat von ganzem Herzen leid, was sie dem Mädchen angetan hatte, und natürlich wusste sie, dass es nicht zu entschuldigen war, dennoch hoffte sie, dass Arjan ein Einsehen haben würde. Sie musste ihm einfach in Ruhe erklären, wie es dazu hatte kommen können.

Die Sache war nur die … Selbst ihr war mittlerweile klar geworden, dass sie vollkommen überreagiert hatte. Einfach so mit dem Brieföffner auf jemanden loszugehen, war unentschuldbar. Sie hatte die Fassung verloren, war vollkommen hysterisch gewesen, völlig außer Kontrolle. Vor Angst, okay. Doch eine plausible Erklärung war das nicht.

Sie machte sich bittere Vorwürfe und ging gedanklich alles wieder und wieder durch. Überlegte fieberhaft, ab welchem Zeitpunkt sie nicht mehr hatte klar denken können.

Wie war sie nur darauf gekommen, dass irgendwer außer Silja mitten in der Nacht im Erdgeschoss herumklirren würde?

Du dachtest, jemand hätte die Fensterscheibe eingeschlagen. So was hört sich genauso an!

Sie holte Luft.

Ob Arjan das auch so sah?

Zumindest bei Silja hatte sie das Gefühl gehabt, sie könne nachvollziehen, wie es zu dem Unglück gekommen war.

»Wie geht es ihr?«

Justina sprang auf, sah Arjan an, als wäre er ein Geist. Sie hatte ihn weder kommen hören noch bemerkt, wie die Türe aufging. Sie wollte zu ihm, ihm in die Arme fallen, doch seine vor dem Bauch verschränkten Arme wiesen sie ab.

Sie blieb vor ihm stehen, sah ihn mit tränennassen Augen an. »Gut … Es geht ihr gut. Sie haben den Schnitt genäht und ihr etwas gegen eine eventuelle Entzündung und zum Einschlafen gespritzt.« Sie sah ihn an, doch sein Blick war auf Silja gerichtet. Es schien, als würde er einen inneren Kampf ausfechten. Schließlich sah er sie an.

»Lass mich dir erklären«, begann sie, doch er schüttelte den Kopf.

»Ich übernehme hier. Und du fährst nach Hause.«

Sie wollte etwas sagen, doch sein abweisender Blick ließ sie innehalten, daher nickte sie nur. Während sie an ihm vorbei aus dem Zimmer lief, hatte sie erneut das Bedürfnis, ihn zu umarmen, doch sie wagte es nicht. Auf dem Gang draußen begann sie zu laufen. Sie rannte, bis sie nach Atem ringend vor der Kliniktür stand.

Erst jetzt fiel ihr ein, dass sie im Krankenwagen mitgefahren war. Wenigstens war sie so umsichtig gewesen, ihr Portemonnaie mitzunehmen, sodass sie sich ein Taxi nach Hause leisten konnte.

Nach Hause …

Bei dem Gedanken durchzuckte sie ein scharfer Schmerz.

Durfte sie diese Insel, Arjans und Siljas Haus auch jetzt noch so nennen?

Sie wusste es nicht.

Allein bei der Vorstellung, beide könnten sie nach allem, was passiert war, aus ihrem Leben verbannen, fühlte sie sich elend.

Sie schloss für den Bruchteil einer Sekunde die Augen. Als sie sie wieder öffnete, wusste sie, was zu tun war …

Sie würde kämpfen und nicht wie damals einfach aufgeben, ohne wenigstens versucht zu haben, zu retten, was noch zu retten war.

Diesmal nicht!

Sie würde nicht zulassen, Arjan und Silja zu verlieren.

Sie winkte einem wartenden Taxi zu, stieg ein,

nannte dem Fahrer die Adresse, lehnte den Kopf zurück und plante in Gedanken den nächsten Schritt.

Als Erstes würde sie sich eine Therapeutin auf der Insel suchen. Den Rest würde sie dann schon irgendwie schaffen.

SIEBEN
RÜCKHOLZ/KEMPTEN

2014

Lukas

»Wenn du willst, kannst du heimfahren«, schlug er Marie vor, die mit jeder Stunde blasser geworden war. »Du hast dich heute wacker geschlagen, aber ich brauch dich morgen früh in alter Frische.«

Seine Kollegin hob die Schultern. »Ich bleibe, und keine Sorge, bis morgen bin ich wieder topfit. Darf ich ehrlich sein ...?«

»Nur zu!«

»Wenn ich dich so anschaue, bist eher du derjenige von uns beiden, dem es so langsam reicht.«

Lukas grinste. Sie hatte den Nagel auf den Kopf getroffen.

Mal wieder.

»Warte mal ab, bis du in meinem Alter bist.«

»Ich glaube, das hat nichts mit dem Alter zu tun«, antwortete sie. »So was wie heute wirst auch du früher nicht alle Tage zu Gesicht bekommen haben.«

»Stimmt«, gab er zu. »Hast du die Leute von der Hundepension erreicht?«

Marie nickte. »Leo bringt die Hunde dorthin. Jetzt können wir nur hoffen, dass die Tochter oder der Sohn die Tiere später zu sich nehmen. Ansonsten geht's ins Tierheim, was ich schade fände. Es muss schlimm für sie sein. Erst verlieren sie ihre Bezugspersonen, dann noch ihr Zuhause.«

»Wenigstens haben wir die Katzen gut bei den Nachbarn untergebracht.«

Marie schluckte. »Darf ich dich etwas fragen?«

»Nur zu.«

»Glaubst du wirklich, dass es sich um eine Familientragödie handelt? Also, dass Maximilian zuerst seine Frau im Schlaf erschlagen und sich dann selbst erhängt hat?«

Er starrte sie an. »Du klingst, als würdest du daran zweifeln.«

Sie zuckte nur mit den Achseln, antwortete aber nicht.

Lukas räusperte sich. »Na ja, alle Hinweise deuten genau in diese Richtung. Da ist zum Ersten die Tatsache, dass es keinerlei Einbruchspuren gibt. An keinem Fenster, an keiner Tür. Sämtliche Schlösser sind unversehrt. Dann die Hunde …«

»Was ist mit ihnen?«

»Appenzeller sind wachsame Tiere mit einem ordentlichen Beschützerinstinkt. Im Dunkeln würde ich denen nur ungern begegnen. Einen Fremden, der ins Haus eingedrungen wäre, hätten die beiden zerlegt … im wahrsten Sinne des Wortes. Dann die Fingerabdrücke auf dem Hammerstiel … Sie passen eindeutig zum Ehemann. Und er muss sich selbst aufgehängt haben.«

»Wieso das?«

»Wer sonst sollte einen Mann seiner Gewichtsklasse da hochschaffen? Nein, das muss er selbst gemacht haben.«

»Wie denn?«, fragte Marie. »Da war kein Stuhl, keine Leiter, nicht mal ein Schemel.«

»Er kann sich locker von oben herabgelassen haben«, widersprach Lukas.

Marie schüttelte zweifelnd den Kopf. »Ich weiß nicht. Überleg mal: Die Hunde könnten betäubt worden sein. Dass Schlösser und Fenster nicht beschädigt sind, sagt nichts aus. Diese Einbruchwerkzeuge heutzutage hinterlassen keine Spuren. Das ist Profizeug. Und der Hammer … okay … aber auch da gäbe es noch die Möglichkeit, dass der wahre Täter Handschuhe trug. Die Tatwaffe gehörte dem Ehemann. Demzufolge hat er darauf seine Abdrücke hinterlassen. Bleibt noch der Todeszeitpunkt der beiden. Der Arzt sagte nur, dass beide ungefähr zur selben Zeit gestorben sind. Wer von beiden zuerst verstarb, konnte er nicht sagen. Wir nehmen an, dass es Brigitte Neuhofer gewesen sein muss, weil die Umstände der Tat dafür sprechen.«

Lukas runzelte die Stirn. »Welches Szenario hältst du denn für möglich?«

Marie straffte die Schultern. »Der Täter könnte die Hunde betäubt und die Ehefrau zunächst außer Gefecht gesetzt haben. Dann hat er den Ehemann bedroht und ihn gezwungen, sich selbst zu töten, um seine Frau zu retten. Anschließend hat er die Frau doch umgebracht – warum auch immer.«

»Es gibt keine fremden Schuhabdrücke im Haus«, gab Lukas zu bedenken.

»Der Täter könnte solche Füßlinge getragen haben wie wir. Die bekommt man heutzutage im Internet.«

»Und das Motiv? Wir haben mit den Bayerls gesprochen, die mit dem Paar befreundet waren. Laut Walter und Anneliese hatten die Neuhofers keine Feinde. Sie vertrugen sich mit jedem im Ort, waren sehr fromme Menschen. Brigitte Neuhofer war jahrelang Haushälterin des ortsansässigen Pfarrers, er hat früher selbst Landwirtschaft betrieben, in den letzten Jahren auf den Höfen anderer Bauern mitgeholfen. Wir haben etliche Leute befragt und niemand hat auch nur ein böses Wort über das Paar verloren.«

Marie grinste. »Also wenn ich jemanden umgebracht hätte, würde ich mich auch nicht hinstellen und lauthals verkünden, wie cool ich es finde, dass das Arschloch endlich hinüber ist. So dämlich ist doch niemand.«

Lukas seufzte. »Mag sein. Aber ich halte es für wahrscheinlicher, dass Neuhofer irgendwie durchgedreht ist.«

»Von den Leuten, die das Paar näher kannten, wusste keiner etwas von einem Streit der beiden«, widersprach Marie. »Sie galten als Vorzeige-Ehepaar, all die Jahre lang.«

»Ach Marie, du weißt doch selbst, wie weit Schein und Realität oft auseinanderklaffen. Niemand weiß, was hinter verschlossenen Türen vorgeht.«

»Wir haben noch nicht mit den Kindern gesprochen.«

»Das werden wir noch, doch ich schätze, dabei wird nicht viel rauskommen. Beide wohnen seit Längerem nicht mehr bei den Eltern und ich vermute, dass sie nicht in eventuelle Probleme zwischen den Eheleuten eingeweiht waren. Wenn es da was gab, werden sie es kaum ihren erwachsenen Kindern auf die Nase gebunden haben.«

»Sollten wir nicht dennoch Blutproben der Hunde nehmen, um auszuschließen, dass sie betäubt wurden?«

Lukas legte den Kopf in den Nacken, stieß die Luft aus. »Okay«, gab er schließlich nach. »Wir veranlassen das, wenn es dir damit besser geht.«

Marie nickte dankbar. »Ja, das beruhigt mich einigermaßen.«

»Was genau irritiert dich eigentlich so?«

Marie strich sich die Haare zurück, die sie ohnehin heute zu einem strengen Pferdeschwanz zusammengebunden hatte. »Ich hab einfach nur ein total seltsames Gefühl bei der Sache, verstehst du? Das alles hier … die beiden Toten, der Tatort, das ganze Drumherum. Das ist mir irgendwie zu glatt, zu offensichtlich hingebügelt.«

»Hast du etwas Schlaf gefunden?«

Marie grinste in Lukas' Richtung und wies auf seine Augen. »Wenn ich mir diese dunklen Ringe da ansehe, schätze ich, genauso wenig wie du.«

Er schnaubte. »Nee, war wohl nichts mit Nachtruhe. Sollen wir dann?«

Schweigend liefen sie in Richtung Pathologie, wo sie bereits von der Ärztin erwartet wurden.

Lukas reichte Emilia Wortberg die Hand und deutete auf Marie. »Meine neue Kollegin.«

Die beiden stellten sich einander vor, dann nickte Emilia in die Runde. »Legen wir los.«

Lukas und Marie folgten der Ärztin in einen Raum, in dem zwei ihrer Kollegen bei der Arbeit waren.

In der Mitte des Raums blieb Emilia zwischen zwei Obduktionstischen stehen, nickte Lukas und Marie zu und wies auf die aufgebahrten Leichname. »Wir haben die Nacht durchgearbeitet und sind schon recht weit gekommen.« Sie räusperte sich. »Die Ergebnisse der Blutuntersuchungen stehen aber noch aus. Sobald ich was habe, schicke ich es euch.«

»Kannst du schon was über die Todesursache sagen?«, fragte Lukas.

Emilia nickte. »Die Ehefrau starb wie vermutet an den schweren Kopfverletzungen. Der Mann erlitt durch die Strangulation einen Genickbruch. Es gibt keinerlei Hinweise darauf, dass beiden anderweitig Gewalt angetan wurde.«

»Also nichts was auf die Tat eines Eindringlings hinweist?«, fragte Marie.

»So weit ich das beurteilen kann, nein. Die Körper des toten Ehepaares sind unversehrt, bis auf die Verletzungen, die zum Tod führten. Bei keinem von beiden habe ich die typischen Abwehrverletzungen feststellen können, die man findet, wenn sich ein Opfer wehrt.«

»Könnten sie betäubt worden sein?«

»Wir haben den Mageninhalt der Toten überprüft, auch da gab es nichts Auffälliges. Bei der Frau fanden sich Reste von Weintrauben, beim Ehemann eine Mischung aus Oliven, Resten von Ballaststoffen und Eiweiß.«

»Hinweise auf Vergiftungen, Krankheiten?«, fragte erneut Marie.

»Nichts davon, jedenfalls nichts Lebensbedrohliches. Beide litten unter einer leichten rheumatischen Erkrankung, die sie nach meiner Einschätzung mit Tabletten behandelten, zudem hatten beide Bluthochdruck, der vermutlich ebenfalls medikamentös ausgeglichen wurde.«

»Könnte die Blutuntersuchung noch was ergeben?«

»Das bezweifle ich«, gab Emilia zurück.

»Wir konnten keine Krebserkrankung und keinen Gehirntumor beim Ehemann feststellen, der ihn zu einer Kurzschlussreaktion veranlasst haben könnte. Aber vielleicht sollten Sie noch mit dem Hausarzt des Paares sprechen, um abzuklären, ob eine psychische Erkrankung bei einem von beiden vorlag. Meiner Ansicht nach handelte es sich jedoch um ihrem Alter entsprechend relativ gesunde Menschen.«

»Was ist mit dem Todeszeitpunkt? Ist es möglich, dass

der Ehemann zuerst gestorben ist?«, plapperte Marie erneut dazwischen.

»Was den Zeitpunkt angeht, gehe ich mit dem Kollegen, der den Totenschein ausstellte, konform. Auf die Minute genau kann so etwas niemand sagen, so leid es mir tut.«

Marie seufzte. »Sind die Proben der Hunde inzwischen angekommen?«

Die Ärztin nickte. »Da gibt es auch schon ein negatives Ergebnis, was jedoch wenig aussagt. Das Ehepaar starb ja bereits vor zwei Tagen. Falls die Hunde betäubt wurden, haben sie das Mittel längst ausgeschieden, auch wenn der Stoffwechsel eines Hundes anders funktioniert als der des Menschen. Wir könnten noch zusätzlich Kotproben untersuchen, aber ob das was bringt?«

»So ein Mist«, stieß Marie aus, schüttelte den Kopf.

»Sonst noch irgendwas, das uns nützen könnte?«

Die Ärztin schüttelte bedauernd den Kopf. »Wann kommt denn jemand von den Angehörigen vorbei, um die beiden offiziell zu identifizieren? Notfalls könnte ich auch jeweils einen Zahnstatus …«

»Nicht nötig«, unterbrach Marie sie, nach einem Blick auf ihr surrendes Handy, auf dem eine Nachricht eingegangen war. Sie zupfte Lukas am Ärmel. »Die Tochter ist unterwegs nach Kempten, deswegen sollten wir jetzt auch, so schnell es geht, zurück. Vielleicht kann sie uns einen Hinweis geben, der uns erklärt, was auf dem Hof wirklich passiert ist.«

ACHT
SYLT/RANTUM
2019

Silja

»Hi Schätzchen, wie geht es dir?«

Silja blinzelte verwirrt, dann lichtete sich das Dunkel in ihrem Kopf. »Fuck«, stieß sie aus, »tut das weh. Was zur Hölle haben die mir gespritzt, Dad? Es fühlt sich an, als hätte ich Watte im Hirn.«

»Das vergeht«, schaltete sich eine fremde Stimme ein und erst jetzt bemerkte Silja, dass neben ihrem Vater noch eine weitere Person stand.

»Hallo Silja. Ich bin Dr. Engelbrecht«, stellte der Mann sich vor. »Erinnern Sie sich an mich? Ich habe letzte Nacht Ihre Wunde genäht.«

Silja nickte schwach, zuckte zusammen, als ein jäher Schmerz durch ihren Kopf fuhr.

»Das kommt von den Medikamenten«, erklärte der Arzt. »Bei manchen Patienten lösen sie Kopfschmerzen aus.«

Silja schluckte angestrengt. »Verstehe. Und wann kann ich nach Hause?«

Dr. Engelbrecht grinste. »Haben Sie es so eilig?«

»Das nicht, aber ich hasse Krankenhäuser, seit meine Mom …« Sie brach ab, als ihr Vater nach ihrer Hand griff, sie sanft drückte. »Ich will einfach nur raus, bitte!«

Der Arzt nickte. »Das dürfen Sie, aber zuvor muss ich etwas mit Ihnen besprechen. Es ist Vorschrift.«

»Okay ...« Silja sah ihn irritiert an. »Das klingt nicht gut. Ist was nicht Ordnung?«

»Diese Verletzung«, begann der Arzt, »gehe ich recht in der Annahme, dass Sie angegriffen wurden?«

Silja schluckte, sah Hilfe suchend zu ihrem Vater, dessen Miene jedoch nichts verriet. Schließlich nickte sie. »Die neue Freundin meines Vaters … Sie ist irgendwie durchgedreht und mit dem Brieföffner auf mich los. Sie hat mich wohl etwas unglücklich erwischt. Ist keine große Sache.«

Der Arzt runzelte die Stirn. »Was meinen Sie, wenn Sie sagen, die Frau sei durchgedreht? Ist was vorgefallen?«

Silja schnaubte. »Sie dachte, ich sei ein Einbrecher.«

Der Arzt sah verständnislos von ihr zu ihrem Dad.

»Eine unglückliche Verkettung von Vorfällen«, erklärte Arjan. »Meine Tochter sollte über Nacht bei einer Freundin sein, kam aber unverhofft doch nach Hause. Meine Lebensgefährtin hat wohl nicht damit gerechnet und die Geräusche, die Silja bei ihrer Rückkehr machte, fehlgedeutet.«

»Es war einfach ein dummes Missverständnis«, schob Silja schnell hinterher.

Der Arzt wirkte noch immer nicht überzeugt. »Das hätte weit schlimmer ausgehen können. Das ist Ihnen hoffentlich bewusst?«

Silja nickte. »Justina hat mir erzählt, dass sie jemanden vor unserem Haus hat herumlungern sehen. Sie wollte die Polizei rufen, doch dann war der Mann weg. Ich schätze, sie hat schlicht die Nerven verloren und glaubte wirklich, dass der Kerl in unser Haus eingebrochen sei.«

»Ist etwas Ähnliches schon mal passiert?«

Silja schüttelte den Kopf. »Nein. Eigentlich ist Justina ganz in Ordnung.«

Sie sah ihren Vater an.

Der nickte bestätigend. »Justina ist im Moment vielleicht etwas angeschlagen. Sie hat ein paar Sorgen, von denen sie mir erst kurz vor meiner Geschäftsreise erzählt hat. Ich hätte sie nicht allein lassen dürfen.«

»Dann wollen Sie keine Anzeige erstatten?«

Silja erschrak. »Natürlich nicht. Wie ich sagte, es war nur ein Missverständnis und ich bin okay.«

Der Arzt sah sie nachdenklich an, dann räusperte er sich. »Ich sage in der Verwaltung Bescheid, dass man Ihre Unterlagen fertig machen soll. Sobald der Bericht für den weiterbehandelnden Arzt erstellt ist, dürfen Sie gehen.«

»So und jetzt noch mal ganz von vorne«, sagte ihr Vater, als sie neben ihm im Wagen Platz genommen hatte.

Silja seufzte genervt. »Es war genauso, wie ich es dem Doktor gesagt hab. Ich kam heim, hab gesehen, dass im Wohnzimmer noch ein Haufen Geschirr herumstand, und hab angefangen, alles wegzuräumen. Mittendrin hab ich was im Flur gehört, bin raus und dann war da plötzlich Justina, die mich mit vollkommen verängstigtem Gesichtsausdruck anstarrte und den Brieföffner nach vorne stieß.«

»Sie hat dich nicht erkannt?«

Silja schüttelte den Kopf. »Im Flur brannte kein

Licht. Ich hab sie auch nicht deutlich gesehen. Aber es konnte ja nur Justina sein.«

»Und wieso hast du nichts gesagt? Selbst wenn sie dich nicht sehen konnte, deine Stimme hätte sie doch erkennen müssen.«

Silja stöhnte. »Ich hab geschrien – *ich bins … ich bins …* – aber sie war total neben der Spur. Sie zitterte am ganzen Körper, sah aus, als hätte sie Todesangst.«

»Und dann hat sie einfach zugestochen?«

Silja schluckte, spürte, wie ihr die Tränen kamen, hielt sie jedoch zurück. »Ja, das hat sie. Aber ich bin absolut sicher, dass sie nicht wusste, dass ich es war. Sie schien vollkommen paralysiert zu sein. Ich weiß nicht … ein bisschen, als würde sie schlafwandeln und hätte gerade einen Albtraum.«

Sie lehnte den Kopf zurück. »Was hast du eigentlich gemeint, als du zu dem Arzt sagtest, dass sie ein paar Probleme hat? Stimmt etwas nicht mit ihr?«

Sie spürte den Blick ihres Vaters auf sich, drehte ihren Kopf in seine Richtung, bemerkte, dass er mit sich kämpfte.

»Was?«

Er schluckte hart. »Du sagtest vorhin, dass Justina jemanden vorm Haus gesehen habe?«

Silja nickte unwirsch. »He, lenk nicht ab!«

»Mach ich nicht«, beteuerte er.

»Na gut«, gab Silja nach. »Justina sagte, sie habe einen Kerl gesehen, direkt unter dem Fenster vorm Schlafzimmer.«

»Hat sie sonst noch was gesagt?«

Silja stöhnte. »Sie hat die ganze Zeit aufgeregt herumgeplappert, doch das meiste davon hab ich vergessen, sorry, hatte wohl andere Probleme.« Sie hob ihren verbundenen Arm nach oben, zischte vor Schmerzen.

»Schon gut, Schatz«, beruhigte ihr Vater sie. »Und

was deine Vermutung angeht, dass ich von etwas ablenke, das stimmt. Aber ich möchte dich um etwas Geduld bitten. Justina und ich wollten es dir gemeinsam erzählen und ich sollte nicht vorgreifen.«

Silja spürte, wie sich ihr Magen verkrampfte. »Von mir aus«, gab sie zurück, schloss die Augen.

Den Rest der Fahrt schwiegen sie und als der Wagen plötzlich abrupt anhielt, zuckte sie zusammen.

»Was ist los?«, fragte ihr Vater.

Sie sah ihn an, verzog das Gesicht. »Ich kann nicht gerade behaupten, dass ich ein gutes Gefühl habe, jetzt da reinzugehen.«

Arjan nickte verständnisvoll. »Das versteh ich. Aber ich bin sicher, dass so etwas nie wieder vorkommt. Ich rede mit Justina, versprochen. Und für die Zukunft müssen wir wohl alle drei an unserer Kommunikation arbeiten.«

Silja stieg aus dem Auto, ging an ihrem Vater vorbei, wartete, bis er ihr aufgesperrt hatte. Dann machte sie sich wortlos auf den Weg in ihr Zimmer.

Sie wollte sich gerade hinlegen, als sie die laute Stimme ihres Vaters vernahm, unter die sich wenig später Justinas Widerworte mischten. Sie stritten, und eine Zeitlang versuchte Silja, das Gekeife zu ignorieren, doch dann wurde es ihr zu blöd. Sie war erschöpft, ihr Kopf schmerzte noch immer und sie wollte einfach nur schlafen, um bis heute Abend wieder einigermaßen fit zu sein. Sie wollte sich mit Timo treffen – dessentwegen sie sich in der vorigen Nacht mit Gisele gestritten hatte.

Leise öffnete sie die Tür, trat hinaus, um nach unten zu gehen, doch die lauten Stimmen hielten sie zurück. Es war nicht ihre Art zu lauschen, aber bei dem Streit zwischen ihrem Vater und Justina schien es um ihre Person zu gehen.

»Wie kannst du sie nicht erkannt haben?«, schrie

Arjan gerade Justina an, woraufhin diese anfing zu weinen.

»Silja hätte sterben können, du hast die Schlagader nur um Millimeter verfehlt.«

»Das tut mir leid«, gab Justina schniefend zurück. Es hörte sich an, als sei sie völlig eingeschüchtert. »Woher hätte ich wissen sollen, dass es deine Tochter ist?«

»Sie stand doch wohl direkt vor dir.«

»Noch mal, ich hab sie im Dunkeln nicht erkannt. Sie hat kein Licht angemacht und keinen Ton gesagt. Ich hab erst mitbekommen, dass es Silja ist, als ich sie schon verletzt hatte und sie geschrien hat. Ich dachte wirklich, es sei dieser Kerl, den ich vorm Haus gesehen habe.«

Silja schüttelte den Kopf. Das stimmte so nicht. *Ich hab schon vorher was zu ihr gesagt.* Doch dann verdrängte sie den Gedanken, lauschte weiter.

»Und warum hast du mir nichts von ihm erzählt, als wir telefoniert haben?«, warf Arjan ihr vor.

»Das alles ist später passiert, als ich zu Bett gehen wollte.«

»Du hättest noch mal bei mir anrufen sollen. Oder es der Polizei melden.«

»Ich wollte dich nicht beunruhigen. Oder mich lächerlich machen.«

»Warum hättest du dich lächerlich machen sollen, wenn da jemand draußen herumlungert?«

»Als ich wenig später noch mal nachgesehen habe, war er fort. Ich dachte, ich hätte mir alles nur eingebildet.«

»Wie kann man sich einen Kerl, der vorm Haus steht, nur einbilden?« Arjans Stimme erhob sich wieder.

»Ich weiß es doch auch nicht!«, antwortete Justina immer leiser werdend.

»Stattdessen dachtest du, stichst du mal eben auf mein Kind ein?«

Justina schluchzte verzweifelt und Silja bekam so langsam Mitleid mit ihr. Es war ja richtig, dass Dad ihr klarmachte, wie kopflos sie reagiert hatte, aber irgendwann musste es auch mal genug sein. Silja wollte schon einschreiten, als sich Justina wieder zu Wort meldete. »Alles wäre gar nicht so weit gekommen, wäre mein Handy nicht verschwunden.«

»Was soll das heißen? Wo ist das Ding?«

»Ich hab keine Ahnung«, gab sie zurück. »Ich weiß nur, dass ich es auf meinen Nachtschrank gelegt habe. Es war neben mir, im Schlafzimmer, da bin ich hundertprozentig sicher, doch als ich aufwachte, war es nicht mehr da.«

»Vielleicht hast du nur gedacht, es mit nach oben genommen zu haben.«

»Hab ich nicht«, schoss Justina wütend zurück.

»Bist du da ganz sicher?«

»Natürlich bin ich sicher. Zudem war da plötzlich dieser strenge Schweißgeruch im Zimmer und ich dachte, dass der Kerl in meiner Nähe ist. Ich hab Panik bekommen, weil ich nicht mal Hilfe rufen konnte. Wie auch? Ohne Handy.«

»Und wo ist das Handy jetzt?«

»Keine Ahnung. Ich hab überall nachgesehen, es aber nicht gefunden.«

Eine Weile herrschte Stille zwischen beiden, dann ein Rascheln, nur Sekunden später ein erleichtertes Seufzen.

Sie wusste, dass Dad kein Typ war, der lange auf etwas herumtrampelte. Bestimmt hatte er Justina in seine Arme genommen und tröstete sie.

»Und du hast wirklich überall gesucht?«, ertönte seine Stimme nach einer Weile erneut.

»Na ja … so ziemlich.«

Silja hörte, wie beide unten im Erdgeschoss herumliefen, dann klimperte etwas.

»Wo war das Ding?«, kam es von Justina. Sie klang vollkommen fassungslos.

»In der Schale im Gang.« Die Stimme ihres Vaters hörte sich amüsiert an, was dafür sprach, dass er sich beruhigt hatte.

»Da habe ich aber vorhin definitiv nachgesehen. Gleich, als ich aus dem Krankenhaus gekommen bin. Es war nicht da, das weiß ich genau.«

»Wie kommt es dann jetzt dorthin?«

Justina schluchzte wieder. »Das meinte ich, als ich sagte, hier passieren Dinge, die ich nicht erklären kann. Ich hab das Handy nicht dahin gelegt und den penetranten Schweißgeruch im Schlafzimmer hab ich mir auf gar keinen Fall eingebildet.«

»Schon gut«, besänftigte Arjan sie. Dann ein kurzer Augenblick Stille.

»Silja«, rief er nur Sekunden später, »kannst du kurz runterkommen?«

»Moment, bin gleich da«, rief sie und machte sich auf den Weg nach unten.

Als sie den beiden gegenüberstand, bemerkte sie Justinas rot geweinte Augen und auch ihr Dad sah mitgenommen aus. »Was ist los?«

»Beantworte mir zwei Fragen«, forderte Arjan sie ungewohnt streng auf und hielt Justinas Handy hoch. »Hast du das in die Schale im Gang gelegt?«

Sie starrte auf das Gerät in den Händen ihres Vaters, schüttelte verwirrt den Kopf.

»Warst du im Schlafzimmer, während Justina noch schlief?«

»Natürlich nicht«, gab sie zurück, sah Dads Freundin verdutzt an. »Warum sollte ich?«

»Dann wäre das ja geklärt«, sagte Dad mit seinem strengen Blick, den er jetzt wieder auf Justina richtete. Es war klar, dass er ihr und nicht Justina glaubte.

Justina schüttelte jedoch nur hilflos den Kopf, schien erneut gegen die Tränen zu kämpfen und wirkte völlig überfordert.

Keiner sagte etwas und die Stille war auch für Silja bedrückend. »Kann ich wieder gehen? Ich muss schlafen«, versuchte sie sich aus der Situation herauszustehlen.

»Ja sicher, Schatz«, antwortete Arjan. »Aber bleib noch einen Moment.« Er blickte von ihr zu Justina und sein Blick wurde weich. »Können wir uns vielleicht alle darauf einigen, dass so etwas niemals wieder vorkommt?«

»An mir solls nicht liegen«, beteuerte Silja.

Er sah Justina an. Diese nickte schniefend. »Ich werde mir jemanden suchen«, stieß sie aus.

»Wen suchen?«

»Jemanden, der mir hilft.«

»Du meinst einen Therapeuten?«

»Ja. Ist wegen meiner Albträume vielleicht eh keine schlechte Idee. Ganz davon zu schweigen, dass es auch mich völlig fertig macht, wenn ich mal wieder derartig durchdrehe. Und dem Baby schadet es auch. Stell dir vor, ich stürze in einem Moment der Panik, wie ich sie vergangene Nacht hatte, da kann schon was pass...«

»Welchem Baby?«, unterbrach Silja ihren Redeschwall. »Hab ich was verpasst?« Sie sah zu ihrem Dad. »Von was genau spricht sie da?«

Dad schloss die Augen und auch Justina sah aus, als sei ihr die Situation gerade entsetzlich peinlich. »Ich dachte, du hättest es ihr auf der Fahrt hierher gesagt«, entschuldigte sie sich.

»Schon gut«, gab Arjan zurück. »Dann hole ich es eben jetzt nach.« Er sah Silja an, wirkte plötzlich verlegen wie ein kleiner Junge. »Du bekommst ein Geschwisterchen, Schatz. Justina ist schwanger.«

»Das ist ja ...« Ihr blieb die Spucke weg, dann riss ihr

Vater sie in seine Arme. »Ich weiß, es ist einfach nur grandios, nicht wahr?«

Silja nickte stumm, dann traf ihr Blick den von Justina. Eine Weile starrten sie einander nur an, dann verzog sich Justinas Mund zu einem Grinsen, das ihr alles andere als freundlich vorkam.

Es wirkte ein wenig, als wolle sie demonstrieren – wie du mir, so ich dir!

Silja schluckte trocken.

Glaubte Justina tatsächlich, dass sie das blöde Handy genommen hatte? Was zum Geier stimmte nicht mit der?

NEUN

KEMPTEN/RÜCKHOLZ

2014

Lukas

»Ich danke Ihnen, dass Sie so schnell hergekommen sind.« Lukas lächelte die ihm gegenübersitzende junge Frau an.

Magdalena sah ihn aus rot geweinten Augen an. »Nachdem ich Ihre Nachricht über das, was meinen Eltern zugestoßen ist, erhalten hatte, sind mein Verlobter und ich gleich losgefahren. Leider mit Verspätung, da wir bis gestern Nacht im Urlaub waren und ich mein Handy zu Hause gelassen hatte.« Sie verzog entschuldigend das Gesicht. »Mein Verlobter besteht darauf, dass wir zumindest im Urlaub auf jegliche Technik verzichten.«

Er nickte. »Ich verstehe. Ich nehme an, dass sie zwischenzeitlich auch mit den Bayerls gesprochen haben?«

Magdalena nickte. »Anneliese hat mir gesagt, dass mein Vater tot in der Scheune hing und dass es wohl nach Selbstmord aussieht. Über meine Mutter konnten mir die Bayerls nichts weiter sagen. Sie meinten, sie hätten sich nicht getraut, ins Haus zu gehen und nachzusehen.«

»Ja, das ist richtig«, bestätigte Lukas. »Etwas befremdlich ist es schon, dass die Nachbarn nicht einfach bei Ihren Eltern nach dem Rechten gesehen haben, zumal sie ja befreundet waren und einen Schlüssel hatten. Stattdessen haben sie uns informiert.«

Magdalena lachte leicht verächtlich auf. »Ich glaube, das kann ich erklären. Walter Bayerl ist ein bisschen tranig und es ist meist Anneliese, die von Haus aus misstrauisch ist und schon mal die Pferde scheu macht. Es dauert lang, ehe sich Walter davon beeindrucken lässt. Doch als auch er so langsam unruhig wurde, haben beide nur deswegen die Polizei informiert und das Haus nicht betreten, weil sie Angst hatten, eventuelle Spuren zu verfälschen.«

Lukas zog die Brauen hoch. »Wie bitte? Kann der Mann hellsehen?«

»Na ja, dieser Typ, den er da beobachtet hat, der hat ihm wohl Angst eingejagt ...«

»Er hat Ihnen davon erzählt?«

»Hat er.«

»Das erklärt immer noch nicht, dass er gleich vom Schlimmsten ausgeht.«

Magdalena seufzte. »Doch, wenn man Walter ein wenig kennt, dann schon. Sie müssen wissen, dass er für sein Leben gern True-Crime-Serien sieht und sich schon mal was zurechtdichtet. Nicht zum ersten Mal. Deshalb war er auch ziemlich sauer, dass er draußen warten musste, als Sie in unser Haus sind. Er hat sich lautstark darüber beschwert, dass Sie und Ihre Kollegin ihn nicht ins Vertrauen gezogen haben, wo er doch den Fall überhaupt erst gemeldet hat.«

Lukas nickte. »Es ist besser, wenn so wenige Menschen wie möglich über die näheren Umstände des

Todes Ihrer Eltern Bescheid wissen. Wenn sich Details herumsprechen, könnte das die Ermittlungen gefährden.«

»Und was ist mit mir? Können Sie wenigstens mir sagen, wie meine Mutter zu Tode gekommen ist?«

Er sah sie ernst an. »Ich muss Sie aber bitten, absolutes Stillschweigen darüber zu bewahren.«

Sie nickte, kämpfte gegen die Tränen.

»Ihre Mutter wurde im Schlaf erschlagen.«

»Oh Gott.« Magdalena Neuhofer brach in Tränen aus.

Er ließ ihr Zeit, sich zu sammeln.

»Haben Sie eine Ahnung, wer das getan hat?«, brachte sie unter weiteren Schluchzern hervor.

Er sah sie ernst an. »Im Augenblick müssen wir davon ausgehen, dass es Ihr Vater gewesen ist und er sich anschließend selbst das Leben nahm.«

»Das ist absolut unmöglich«, stieß sie aus.

Lukas hob besänftigend die Hände. »Es gibt bis jetzt keinerlei Hinweise auf ein Fremdverschulden. Und was den Tod Ihres Vaters angeht, ist Suizid die wahrscheinlichste Erklärung. Alle Umstände sprechen dafür, dass er sich selbst erhängt hat.«

»Niemals!« Magdalena schüttelte heftig den Kopf.

»Was macht Sie so sicher?«

»Sie verstehen nicht. Mein Vater war Christ durch und durch. Sein Glaube ging ihm und meiner Mutter über alles. Meine Eltern gingen fast jeden Tag zur Kirche im Ort, nahmen jeden Sonntag am Gottesdienst teil, brachten sich aktiv in der Gemeinde ein. Mein Vater hätte meiner Mutter niemals etwas angetan. Er liebte sie abgöttisch und er hätte sich auch niemals das Leben genommen, weil er weiß, dass auch Selbstmord eine Sünde ist.«

»Hören Sie«, sagte Lukas vorsichtig zu der aufgebrachten Frau. »Vielleicht hatte Ihr Vater eine psychische Erkrankung, die eine Wesensveränderung erklären könnte.«

»Ist das alles, woraus Sie auf Selbstmord schließen?«, fragte Magdalena.

»Natürlich nicht«, beteuerte Lukas. »Entscheidend für diese Einschätzung ist das Fehlen von Einbruchspuren. Wir haben keine fremden Fußabdrücke, keine Fingerabdrücke, die nicht ins Haus gehören, gefunden. Selbst auf der Tatwaffe befanden sich ausschließlich Fingerabdrücke Ihres Vaters.«

Magdalena schüttelte heftig den Kopf. »Sie kannten meinen Vater nicht. Er hätte Mutter niemals auch nur ein Haar gekrümmt.«

»Ich verstehe Sie sehr gut«, versuchte Lukas weiter, sie zu besänftigen. »Um wirklich alle anderen Möglichkeiten auszuschließen, haben mein Team und ich gestern und heute mit den meisten Einwohnern von Rückholz gesprochen. Auch im Moment sind noch Leute von uns unterwegs, um mit Mitgliedern der Kirchengemeinde zu sprechen, die aus anderen Ortschaften stammen. Bis jetzt weiß niemand etwas von einem Streit mit Dritten, alle Befragten sagen dasselbe – nämlich, dass Ihre Eltern überall hoch angesehen waren und keine Feinde hatten. Wer also sollte Ihnen so etwas Schreckliches angetan haben?«

Magdalena lachte bitter auf. »So nett, wie die Leute sagen, war mein Vater auch wieder nicht.«

Lukas zog die Brauen empor. »Was meinen Sie?«

»Er hatte durchaus seine schlechten Seiten, genau wie meine Mutter. Meine Eltern waren sehr streng, hatten extreme und sehr konservative Ansichten, was Erziehung angeht. Und sie waren manchmal sogar … na ja radikalisiert. Mein Vater zum Beispiel hasste jede Art von Homosexualität. Fremden Nationalitäten war er auch nicht gerade zugewandt. Was ich sagen will: Meine Eltern waren nicht perfekt, bei Weitem nicht!«

»Was meinen Sie damit, dass Ihre Eltern extreme Ansichten hatten? Bezieht sich das auch auf Ihre Erziehung?«

Magdalena seufzte. »Ich war achtzehn Jahre alt, als ich zum ersten Mal offiziell erst nach zehn Uhr nach Hause kommen durfte. Einen Freund mitbringen? Und das übliche Leben eines Teenagers führen? Vergessen Sie es! Das wäre niemals infrage gekommen! Einen Gottesdienst ausfallen zu lassen: ausgeschlossen! Meine Mutter bestand darauf, dass ich anzog, was sie mir am Abend zuvor rausgelegt hatte. Miniröcke, hübsche Kleider – damit hätte sie mich niemals aus dem Haus gelassen. Und Vater? Der hätte mich in meinem Zimmer eingeschlossen, wenn ich es auch nur gewagt hätte, mich zu schminken, zu rauchen, Alkohol zu trinken. Und Partys? Du lieber Himmel, das hätte eine Predigt über Hölle und Teufel plus wochenlanger Ausgangssperre nach sich gezogen.«

»Klingt nicht nach einer glücklichen Kindheit und Jugend«, warf Lukas sein.

»Nein, glücklich war ich nicht, überbehütet, drangsaliert, eingesperrt trifft es eher. Meine Eltern bestimmten viele Jahre lang, mit wem ich befreundet sein durfte und mit wem nicht. Im Grunde bestand meine gesamte Kindheit aus totaler Kontrolle durch meine Eltern. Und was meinen Bruder angeht …«, sie winkte verärgert ab. »Am besten ist, Sie reden selbst mit ihm darüber, wie er das alles rückblickend sieht, bevor ich etwas Falsches sage.«

Lukas bemerkte, wie sich Magdalenas Tonlage bei ihren letzten Worten verändert hatte. Sie wirkte verbittert und als sei es ihr unangenehm weiterzusprechen.

»Wie ist denn Ihre persönliche Sicht auf das

Verhältnis zwischen Ihren Eltern und Ihrem Bruder? Und wie stehen Sie zu ihm?«

Magdalena hob die Schultern, ließ sie wieder sinken. »Raphael ist ausgezogen, sobald er volljährig war. Hauptsache weg von zu Hause. Das sagt eigentlich schon alles, nicht wahr?«

»Und Sie? Haben Sie Kontakt zu ihm?«

»Ich hab es versucht, doch er hat stets abgeblockt. Ich glaube, er will endlich frei sein, keine Regeln mehr befolgen müssen, sein eigenes Leben führen.«

»Ist er im Streit ausgezogen?«

»Das weiß ich nicht«, gab die junge Frau zu. »Ich bin sechs Jahre älter als er, zog mit Anfang zwanzig aus, als ich einen Job in Österreich gefunden hatte. Dort lernte ich auch meinen Verlobten kennen. Mutter und Vater haben nie erfahren, dass er und ich in wilder Ehe zusammenleben. Ich glaube, es hätte Ihnen das Herz gebrochen. Was Raphael angeht …«

»Er ist erst neunzehn, oder?«

»Raphi ist zwanzig«, korrigierte Magdalena. »Letzten Monat hatte er Geburtstag.«

»Hatten Sie beide da Kontakt miteinander?«

Sie schüttelte den Kopf. »Ich hab ihm eine Nachricht geschrieben, doch er hat nicht mal geantwortet. Das letzte Mal, als er sich gemeldet hat, gab er mir seine Handynummer, mit dem Hinweis, ich solle sie wirklich nur im Notfall benutzen.«

»Und wie war früher ihr Verhältnis zueinander? Als Sie beide noch zu Hause lebten?«

Magdalena schluckte angestrengt, schien einen inneren Kampf auszufechten. »Schwierig«, sagte sie schließlich und stand auf. »Allerdings war das nicht meine Schuld. Und jetzt … jetzt möchte ich bitte gehen. Er reicht mir für heute!«

»Sicher. Ich hab nur noch eine letzte Frage.«

»Okay?« Magdalena Neuhofer sah ihn misstrauisch an.

»Haben Sie Ihre Eltern geliebt? Ich meine, trotz allem, was in Ihrer Kindheit war?«

Sie starrte ihn bestürzt an. »Selbstverständlich! Sie haben das ja alles nur getan, um mich zu beschützen. Um uns zu beschützen.«

»Und Ihr Bruder? Was denken Sie? Hat er das genauso gesehen?«

Magdalena hielt seinem Blick noch ein paar Sekunden stand, dann sah sie zur Seite. »Ehrlich gesagt, weiß ich das nicht.«

ZEHN
SYLT/RANTUM

2019

Justina

Am nächsten Morgen fühlte sich Justina nach einer erfrischenden Dusche trotz des Schlafmangels einigermaßen fit. Kurz hatte sie überlegt, sich noch mal hinzulegen, um den Schlaf nachzuholen, aber sie wusste, dass das zwecklos war. Sie war viel zu aufgewühlt und entschied sich, diesen Tag mit ganz normalen Alltagstätigkeiten zu füllen.

»Was hast du vor?«, fragte Silja, die unbemerkt hinter ihr im Badezimmer aufgetaucht war. Ihre Blicke begegneten sich im Spiegel. Ihr fiel auf, dass das Mädchen mitgenommen und blass aussah, und die Tatsache, dass sie daran schuld war, ließ Justinas Laune auf den Tiefpunkt sinken.

Vergeblich versuchte sie sich an einem Lächeln. »Ich fahre einkaufen«, erklärte sie schließlich knapp, wandte sich dann wieder ihrer Gesichtspflege zu.

»Bist du sauer auf mich?«, fragte Silja.

Sie hielt inne, sah auf. »Wie kommst du darauf?«

»Ich sehe es dir an. Du bist sauer auf mich, weil du

denkst, dass ich lüge. Ich hab es schon gesehen, als Dad noch wach war und wir zu dritt über alles geredet haben.«

Justina schluckte angestrengt. Dann drehte sie sich zu Silja um. »Sauer bin ich nicht«, erklärte sie. »Eher vollkommen ratlos. Ich weiß genau, dass ich mein Handy mit ins Bett genommen habe. Es lag auf meinem Nachtkästchen, als ich eingeschlafen bin. Und als ich plötzlich diese Geräusche von unten gehört habe, war es verschwunden. Und dieser Geruch im Zimmer … er hat mich erschreckt, verstehst du? Alles passte auf einmal zusammen. Der Kerl vorm Fenster, die Geräusche von unten, obwohl ich sicher war, dass niemand im Haus sein sollte. Wie hättest du reagiert?« Justina sah Silja an, hob die Schultern. »Ich lehne mich mal weit aus dem Fenster und sage, du wärst genauso verängstigt gewesen wie ich.«

»Schon möglich«, gab Silja zu. »Aber ich hab dein Handy nicht genommen. So etwas würde ich mir niemals erlauben. Es gibt Grenzen, die man niemals übertreten sollte, und dazu gehört für mich die Privatsphäre. Das Handy ist ein wichtiger Teil davon. Ich würde auch niemals einfach das Schlafzimmer anderer Leute betreten. Ich will ja auch nicht, dass du in mein Zimmer geplatzt kommst. Warum also sollte ich das bei dir tun?«

Justina sah das Mädchen an, nickte langsam.

»Du glaubst mir doch, oder?«

Justina nickte zögernd. Doch wenn sie ehrlich zu sich selbst war, wusste sie nicht, ob sie überhaupt noch jemandem glauben konnte.

Ein Gedankengang ließ sie zusammenzucken.

»Stimmt was nicht?« Silja sah sie misstrauisch an.

»Doch, Süße, alles gut, es ist nur … ich muss jetzt langsam los.«

»Einkaufen?«

Justina nickte. »Ich hab gesehen, dass wir kaum noch Vorräte haben, und dachte, ich fahr rasch los.«

»Soll ich mitkommen?«

Justina zwang sich zu einem Lächeln, sah von Siljas Gesicht zu deren Arm. »Mir wäre es lieber, wenn du dich wieder hinlegst und dich ausruhst.«

Das Mädchen nickte, verschwand aus dem Badezimmer.

Als sie endlich wieder alleine war, stieß Justina einen tiefen Seufzer aus.

Die Ereignisse der letzten Nacht hatten ihr eins klar gemacht: Sie vertraute sich nicht mal mehr selbst und brauchte Hilfe.

Als sie kurze Zeit später hinter dem Steuer ihres Wagens saß, verspürte sie noch immer einen heftigen Druck auf der Brust.

Sie sollte jetzt wirklich in die Tat umsetzen, was sie Arjan versprochen hatte, und sich um einen Therapeuten kümmern. Sie zog ihr Handy hervor, gab passende Stichworte in die Google-Suchleiste ein, drückte auf Enter.

Sofort erschienen die ersten Ergebnisse mit Rufnummern. Sie hob ihren Finger, wollte schon bei der ersten Adresse auf Anruf klicken, zögerte aber, als sie ein unangenehmes Kribbeln auf der Kopfhaut spürte. Es breitete sich innerhalb von wenigen Augenblicken über ihren gesamten Körper aus.

Was war das?

Bekam sie etwa eine Panikattacke?

Doch ihre Atmung und ihr Herzschlag fühlten sich vollkommen normal an.

Was also war los?

Es dauerte eine Weile, ehe ihr klar wurde, dass sie das Gefühl hatte, angestarrt zu werden. Sie blickte durch den Rückspiegel die Auffahrt hinunter, doch außer ein paar Autos der Nachbarn fiel ihr nichts auf. Da war kein herumlungernder Kerl, der sie im Visier hatte und Böses im Schilde führte.

Das ist der Schlafmangel. Ich bin einfach nur müde und erschöpft und bilde mir ein, etwas sei nicht in Ordnung.

»Etwas ist nicht in Ordnung, verdammt! Schließlich hab ich die Tochter meines Lebensgefährten angegriffen!«

Sie erschrak, als ihr bewusst wurde, dass sie das laut ausgesprochen hatte.

Nach Luft japsend, startete sie den Wagen.

Sie musste dringend weg von hier, sich ablenken, sonst drehte sie noch vollends durch.

Sie war schon fast in Wenningstedt, als ihr der dunkle Wagen auffiel. Soweit sie erkennen konnte, war es ein BMW oder ein Audi, der ihr schon seit Minuten folgte.

Sie trat auf die Bremse, um herauszufinden, ob es sich um eine männliche oder weibliche Person handelte, die den Wagen fuhr.

Ihr brach der Schweiß aus, als sie erkannte, dass es ein Mann sein musste, der hinter dem Steuer saß. Ein breitschultriger Typ, der seine Kapuze tief ins Gesicht gezogen hatte.

Welcher Vollidiot zieht sich im Auto eine Kapuze über den Kopf?

Sie erstarrte. Ein hysterisches Lachen brach aus ihrer Kehle hervor.

Ihr Gefühl vorhin hatte sie also nicht getäuscht. Da hatte jemand sie aus dem Verborgenen angestarrt.

Und sie hatte sich eingeredet, paranoid zu sein.

Sie beschleunigte, trat das Gaspedal fast durch, ungeachtet der Tatsache, dass auf dieser Strecke gerne geblitzt wurde.

Der andere Wagen blieb dicht hinter ihr, was Justina befeuerte, noch schneller zu werden. Als sie endlich die Ortsausfahrt erkannte, hatte sie fast hundertvierzig auf dem Tacho. Im Falle eines Blitzers drohten ihr ein bis zwei Punkte, wenn nicht gar Führerscheinentzug.

Nicht nur dir, flüsterte es in ihrem Kopf.

Sie grinste, warf einen Blick in den Rückspiegel.

Als sie bemerkte, dass der andere Wagen ebenfalls die Ausfahrt nahm, wurde ihr mulmig.

Ist doch egal, was kann er dir am helllichten Tag antun?

Sie streckte die Schultern durch, setzte den Blinker, bog auf den Parkplatz von Feinkost Meyer ab. Erst als sie in ihrer Parklücke stand, wagte sie es, wieder in den Rückspiegel zu blicken.

Der andere Wagen war ihr nicht bis hierher gefolgt.

Ein Ablenkungsmanöver?

Wollte der Kerl, dass sie sich in falscher Sicherheit wog?

Justina bemerkte, dass sie am ganzen Körper zitterte.

Trotzdem zwang sie sich, auszusteigen.

Sie wollte unbedingt ein paar Leckereien einkaufen, von denen sie wusste, dass Arjan und Silja sie mochten. Das war sie ihnen schuldig, nach allem, was sie in ihrer Panik angerichtet hatte.

Sie verriegelte ihr Auto, eilte auf den Eingang des Supermarkts zu, seufzte erleichtert, als die Schiebetüren hinter ihr zuglitten.

Gleich am Eingang nahm sie sich einen der Körbe, konzentrierte sich auf die Liste in ihrem Kopf. Zuerst nahm sie ein wenig Obst und Gemüse, machte sich dann auf den Weg zur riesigen Frischetheke. Nachdem sie sich durch die Käseauswahl gekämpft hatte, ließ sie sich einige hauchdünne Scheiben des Serranoschinkens einpacken, den Arjan liebte. An der Fischtheke entschied sie sich für eine Auswahl verschiedener Salate. Zu guter Letzt verschlug es sie zu den Süßwaren. Sie angelte nach der teuren Mandelschokolade, die Silja verschlingen würde, und legte gleich zwei Tafeln davon in ihren Korb.

Ihre Hand war bereits an den Orangenkeksen, als es wieder losging. Dieses Kribbeln auf der Haut, das sie wahnsinnig machte. Sie blickte nach links, ließ vor Schreck den Korb fallen.

Da stand er.

Keine fünf Meter von ihr entfernt.

Ein Mann, dunkle Jeans, schwarzer Hoodie, die Kapuze tief ins Gesicht gezogen.

Stocksteif stand er da, starrte auf etwas im Regal vor sich.

Für Unbeteiligte hätte diese Situation nichts Unheimliches an sich gehabt, doch für sie …

Justina spürte regelrecht die Gefahr, die von diesem Typen ausging.

Seine Aggressivität, die Wut, die ihn anzutreiben schien.

Kurz erwog sie, ihn zu stellen. Ihn genau hier, in diesem Supermarkt und vor allen Leuten zurechtzustutzen, was ihm einfiel, sie regelrecht zu beschatten.

Doch das eine war ihr allzeit tapferes Kopfkino, das andere die bittere Realität.

Sie rührte sich nicht vom Fleck, blieb stumm, ließ zu, dass er sie verfolgte und beobachtete.

Feigling, wisperte die Stimme in ihrem Kopf.

Halts Maul, schrie sie stumm zurück.

Oder hatte sie das laut gesagt?!

Wahrscheinlich.

Die irritierten Blicke der Umstehenden sprachen Bände. Sie drehte sich auf dem Absatz um und lief davon.

»Ich dachte, du wolltest einkaufen?«, fragte Silja, ihr verwundert entgegenblickend. Sie saß mit ihrem Vater am Tisch in der Küche, hielt eine Tasse Tee in der Hand.

Justina zögerte. Ein Teil von ihr drängte sie, den beiden zu erzählen, was sie erlebt hatte, doch der andere Teil ihrer Selbst wusste, dass dies ein Fehler wäre.

»Ich … mir ist schlecht geworden«, stammelte sie und versuchte, hundeelend dreinzublicken, was ihr nicht sonderlich schwerfiel, denn genau so fühlte sie sich.

Sofort war Arjan auf den Beinen, nahm sie, drückte sie auf einen der freien Stühle. »Ich mach dir einen Ingwertee. Der soll hervorragend gegen Schwangerschaftsbeschwerden helfen.«

Justina sah ihn verwundert an, während er an der Anrichte herumhantierte. »Woher weißt du das?«

Er grinste, nickte in Richtung Silja und sie begriff.

»Sorry«, gab sie zurück. »Du hast das ja alles schon mal durch.«

Als das Wasser kochte, gab er etwas davon in eine Tasse, stellte sie vor ihr auf den Tisch.

»Danke Schatz«, sagte sie und verspürte den Anflug eines schlechten Gewissens.

»Warum legst du dich nicht ein wenig hin, wenn du ausgetrunken hast?«

»Das hatte ich vor«, erklärte sie, nippte an dem Gebräu und hätte es am liebsten gleich wieder ausgespuckt. Sie hasste den Geschmack von Ingwer, wollte Arjan aber nicht verletzen.

»Wo warst du denn beim Einkaufen?«, fragte er.

»In Wenningstedt. Ich hab den Korb schon voll gehabt, als mir so richtig übel wurde. Ich hatte Angst, alles vollzukotzen, deswegen bin ich rausgerannt und schließlich nach Hause gefahren.«

»Und die Einkäufe?«

»Hab ich bei den Süßwaren stehen gelassen.«

Arjan stand auf, grinste. »Du legst dich jetzt aufs Ohr und ich ziehe los und hol die Beute heim, okay?«

»Scheiße verdammt!«

Justina schreckte aus dem Schlaf hoch, sah sich verwirrt um. Wusste nicht, ob sie sich den Schrei nur eingebildet, ihn geträumt hatte oder ob er real gewesen war. Als ihr Blick auf den Wecker fiel, stieß sie scharf den Atem aus. Es war fast sechzehn Uhr. Demnach hatte sie den halben Nachmittag verpennt.

Sie richtete sich auf, als erneut ein wütender Schrei erklang.

»Verdammt! Wo ist das blöde Ding? Ich hab es doch an seinen gewohnten Platz gehängt.«

Das war Silja. Und sie schien sich über irgendwas aufzuregen. Justina schlug die Decke zurück, stand auf, ging zur Tür, öffnete sie. Und da war sie auch schon. Silja kam nach oben gestürzt und rannte fast in sie hinein. »Hast du meinen Autoschlüssel gesehen?«

Justina schüttelte den Kopf. »Ich nehme ausschließlich meinen Wagen, wenn ich unterwegs bin.«

Silja sah aus, als würde sie jeden Augenblick durchdrehen. »Und ich hab meinen Schlüssel genau dorthin gehängt, wo er immer ist – ans Schlüsselboard.«

Justina schluckte. »Wie gesagt, ich hab ihn nicht gesehen. Ist es möglich, dass du ihn verloren hast?«

»Und wie sollte ich dann mein Auto hierher gefahren haben?« Silja schnaubte aufgebracht, stapfte wieder nach unten.

»Wo willst du überhaupt hin?«, hörte sie Arjan seine Tochter fragen.

»Ich treffe mich mit jemandem.«

»Mit Gisele?«

Schweigen.

Dann ein Seufzer. »Das geht dich zwar nichts an, Papa, aber nein, ich treffe mich nicht mit Gisele. Wir reden gerade nicht miteinander, das hab ich dir doch gesagt.«

»Es ist doch wohl nicht zu viel verlangt, dass du deinem Vater sagst, wohin du gehst und mit wem du dich triffst. Noch dazu, wo du nicht hundertprozentig fit bist.«

»Fürs Autofahren reicht es. Ist ja nicht weit. Und gegen die Schmerzen hab ich was dabei.«

»Ich weiß nicht«, setzte Arjan erneut an, doch Silja fuhr ihm sofort über den Mund.

»Hast du vergessen, dass ich achtzehn bin? Ich muss nicht fragen, was ich tun und lassen darf.«

»Na und?«, antwortete Arjan. »Ich wüsste trotzdem gern …«

»Er heißt Timo«, unterbrach Silja ihn. »Und ehe du weiter bohrst: Timo ist mein Freund. Seinetwegen hatte ich den Streit mit Gisele.«

»Worum gings da?«

»Gisele ist eine egoistische Kuh. Sie findet, dass ich zu viel Zeit mit Timo verbringe statt mit ihr. Dabei hat sie mich selbst mehr als einmal versetzt, als sie noch mit Alex zusammen war.«

»Timo?«, stieß Arjan aus und Justina hörte das Misstrauen in seiner Stimme.

»Ganz ruhig, okay?«, antwortete Silja. »Timo und ich kennen uns schon länger. Ein Jahr, um genau zu sein. Wir haben uns im Internet kennengelernt, die ersten Monate nur hin und her geschrieben, ab und zu telefoniert.«

»Aha, und er lebt hier auf Sylt?«

»Nein, in Hamburg, stammt aber aus Berlin und studiert Kunst. Während seiner Semesterferien jobbt er hier auf der Insel, was uns die Gelegenheit gibt, einander besser kennenzulernen.«

»Wie alt ist der Kerl?«

»Anfang zwanzig. Und er ist wirklich okay, Dad.«

»Warum hast du ihn noch nicht mit hergebracht?«

»Genau deswegen! Weil du zum Pitbull wirst, wenn es um mich geht. Allein dieses Verhör gerade, das ist total schräg. Fehlt nur noch, dass du mir einen Vortrag über Verhütung hältst.«

Justina musste sich das Lachen verkneifen und auch Arjan stieß ein amüsiertes Grunzen aus.

»Schon gut«, sagte er schließlich. »Bist du sicher, dass du tatsächlich selbst fahren kannst?«

»Wenn ich einen Schlüssel hätte ...«

Sie vernahm ein Klimpern, dann ein erstauntes Zischen. »Du gibst mir deinen Mercedes?«

»Ich hoffe, ich bereue das nicht. Und wenn du zurück bist, sehen wir gemeinsam nach, ob wir deinen Schlüssel wiederfinden, ja?«

Als sie die Tür ins Schloss fallen hörte, machte sich Justina auf den Weg nach unten.

Arjan grinste ihr entgegen.

Zumindest war zwischen ihnen beiden soweit alles wieder einigermaßen in Ordnung.

»Hast du ein wenig schlafen können?«

Sie nickte. »Was ist mit dem Korb?«

Er lachte. »Lara hat an der Kasse gesessen und dich rausrennen sehen. Sie hat einem Kollegen Bescheid gegeben und der hat ihn auf die Seite gestellt, also alles okay. Deine Einkaufsbeute ist gesichert.«

Sie seufzte. »Eigentlich wollte ich das erledigen, um wenigstens ein bisschen wiedergutzumachen, was vorgefallen ist, doch nicht einmal einzukaufen kriege ich hin.«

Er zog sie in seine Arme. »Du bist schwanger, Babe, da ist es doch normal, dass die Übelkeit ganz plötzlich kommt. Du machst dir zu viele Gedanken.« Er küsste sie, dann schob er sie eine Armbreite von sich weg, grinste. »Was hältst du davon, wenn wir ein wenig am Strand spazieren gehen? Nur wir beide, ganz gemütlich.«

Sie schluckte schwer, nickte. »Okay, dann lass mich schnell nach oben gehen und mir was Passenderes anziehen.«

Sie machte auf dem Absatz kehrt, sprintete die Treppe rauf, tauschte Chino und Seidenbluse gegen eine bequeme Jogginghose und ein Shirt.

Als sie wieder nach unten kam, war Arjan bereits fertig.

Sie schlüpfte in ihre Laufschuhe, folgte ihm nach draußen. Er wollte gerade abschließen, als ihr noch etwas einfiel.

»Lass mich noch mal rein, ich nehme für alle Fälle einen Kaugummi mit, falls die Übelkeit zurückkommt.«

Sie schlüpfte hinein, nahm ihre Handtasche von der Kommode, zerrte am Reißverschluss, kramte sich durch die Tiefen des Taschenchaos. Sie wollte gerade nach der Packung Kaugummis greifen, als sie daneben etwas glitzern sah.

Ihr Herz setzte einen Schlag aus, als sie begriff, dass es Siljas Schlüsselbund war.

Wie kam der in ihre Tasche?

Sie überlegte fieberhaft, doch es wollte ihr einfach nicht in den Kopf.

Im Krankenhaus hatte sie ihre Tasche dabeigehabt. Und sie hatte das Taxi hierher bezahlt, war sicher, dass sich der Schlüssel zu diesem Zeitpunkt noch nicht in der Tasche befunden hatte.

Und danach?

Als sie daheim gewesen war, hatte sie Tee getrunken, eine Kleinigkeit gegessen, danach mindestens eine Stunde auf der Terrasse gesessen und einfach nur aufs Meer gesehen. In Situationen, in denen sie das Gefühl bekam, alles entgleite ihr, hatte ihr das Innehalten immer geholfen.

Sie zog den Schlüssel hervor, starrte ihn an.

Hatte Silja ihn in ihre Tasche getan?

Aus Rache, weil sie ihr unterstellt hatte, das Handy genommen zu haben?

Doch ein solch kindisches Verhalten traute sie ihr eigentlich nicht zu.

Woher willst du wissen, was in ihrem Kopf vorgeht? Vielleicht hasst sie dich, gerade jetzt, wo du ein Kind von ihrem Vater erwartest.

Sie sog die Luft ein, spürte, wie ihr Tränen in den Augen brannten, dann rannte sie nach oben. In Siljas Zimmer angekommen, pfefferte sie den Schlüssel auf deren Bett, dann machte sie sich wieder auf den Weg nach unten.

Arjan stand in der Tür, blickte ihr besorgt entgegen.

»Was ist mit dir? Wieso weinst du?«

Erschrocken hob Justina die Hand, berührte ihre Wange. Sie war tatsächlich feucht.

Sie keuchte, grinste verlegen. »Babyhormone«, sagte sie schließlich und schob sich an ihm vorbei ins Freie.

ELF
KEMPTEN/MÜNCHEN

2014

Lukas

»Hast du Lust, mich nach München zu begleiten?«, fragte Lukas.

»Da fragst du noch? Natürlich«, antwortete Marie. »Demnach hast du den Sohn der Neuhofers erreicht?«

»Ja, Raphael Neuhofer hat endlich zurückgerufen, ich hatte ihm eine Nachricht auf der Mailbox hinterlassen. Da er kein eigenes Auto hat, hab ich ihm angeboten, dass wir ihn besuchen.«

»Und wie hat er reagiert?«

»Wie man es vermuten würde. Er hat die Fassung verloren, geweint, wollte wissen, was passiert ist.«

»Hast du es ihm gesagt?«

Lukas nickte. »Warum auch nicht. Seine Schwester Magdalena weiß im Grunde das meiste, sie hätte es ihm genauso sagen können.«

»Und was denkt er darüber?«

»Wie es scheint, dasselbe wie seine Schwester. Er sagt, dass sein Vater zu so etwas niemals fähig wäre, dass etwas anderes dahinterstecken muss.«

»Hast du ihn auf die etwas zu strengen Erziehungsmethoden der Eltern angesprochen?«

»Nein, ich möchte seine Reaktion sehen, wenn ich das anspreche.«

»Mmh, kann es sein, dass du inzwischen doch Zweifel an deiner Selbstmordtheorie hast? Oder was beschäftigt dich? Jetzt schiebst du schon zum zweiten Mal deinen Kaffeebecher hin und her.«

»Ach, und den Rest liest du aus meinem Kaffeesatz, oder was?«

»Brauch ich nicht, ein Kaffeejunkie wie du lässt seine Brühe nicht grundlos kalt werden. Also, was stört dich?«

»Ach, es ist nur …« Er brach ab, hob hilflos die Hände. »Ich hab irgendwie das Gefühl, wir übersehen etwas.«

Marie schluckte. »Und dieses Gefühl hast du, seit du mit der Tochter geredet hast?«

Lukas nickte. »Sie wirkte so offen und vollkommen ehrlich, während sie mit mir über ihre Kindheit sprach. Doch sowie das Gespräch auf ihren Bruder kam, hat sie dicht gemacht.« Er schüttelte den Kopf, erwiderte den fragenden Blick seiner Kollegin. »Sie verschweigt uns etwas Wichtiges. Wenn ich nur wüsste, wie ich das aus ihr oder ihrem Bruder rauskitzeln könnte.«

Raphael Neuhofer wirkte auf den ersten Blick wie ein völlig normaler junger Mann. Erst als Lukas ihn eine Weile beobachtet hatte, fiel ihm auf, dass seine Schultern permanent ein Stück nach oben gezogen schienen, als stünde er unter extremer Anspannung.

Auch sein Äußeres überraschte ihn. Raphael hatte hellblondes Haar und wasserblaue Augen, war rein optisch das genaue Gegenteil seiner Schwester, die eher ein dunkler Typ war. Auch seinen Eltern sah er nicht besonders ähnlich, bis auf die hellen Haare, die er wohl von seinem Vater geerbt hatte.

Nach den üblichen Begrüßungs- und Vorstellungsfloskeln, in die er auch Marie mit einbezog, ließ Lukas sich Zeit mit seinen ersten direkten Fragen. »Wie geht es Ihnen?«, fragte er ihn zunächst freundlich.

»Was denken Sie denn?«, kam es schroff zurück. »Meine Eltern sind tot … abgeschlachtet von einem Irren.«

»Von abgeschlachtet kann keine Rede sein«, versuchte Marie ihn zu beschwichtigen. »Ihre Mutter wurde zwar erschlagen, doch Ihr Vater …«

»Bitte«, unterbrach Raphael sie. Schüttelte um Fassung ringend den Kopf. »Ich kann nicht ... ich meine …« Er brach ab, wirkte vollkommen verzweifelt.

Marie verstummte, sah fragend zu Lukas.

Der nickte ihr unmerklich zu und übernahm. »Ihre Schwester sagte mir etwas darüber, dass ihre Kindheit und auch die Ihre, nun ja, schwierig gewesen seien?«

Raphael zuckte zusammen. Dann stieß er einen bitteren Lacher aus. »Das hat sie Ihnen gesagt? Ihre Kindheit sei schwierig gewesen? Das hat Magda Ihnen aufgetischt?« Wieder kickste er verächtlich. »Sie wurde von unseren Eltern auf Händen getragen. Musste kaum im Haushalt helfen, konnte sich ganz auf die Schule konzentrieren, wurde behütet und umsorgt wie eine Prinzessin ...«

»Sie nicht?«, unterbrach Lukas ihn.

Raphael schüttelte den Kopf. »Ich war mehr Knecht als Sohn.«

»Inwiefern? Mussten Sie mit anpacken zu Hause?«

»Das wäre selbstverständlich gewesen. Aber es war weit mehr. Als ich klein war, hatten wir Kühe und ein paar Schweine, außerdem etliche Felder voll mit Futtermais, den wir verkauft haben. Die Arbeit draußen auf dem Feld, im Stall – alles auf dem Hof blieb an mir hängen. Ich hatte keine Freizeit, oftmals nicht einmal die Ruhe, meine Hausaufgaben zu machen. Mein Vater verlangte von mir, dass ich funktioniere, und wenn das nicht der Fall war, dann …« Er seufzte leise.

»Dann wurden Sie bestraft?«

»Sehr hart, ja.«

»Ihr Vater hat Sie geschlagen?«

»Oft. Aber er hat mir auch auf andere Art zu verstehen gegeben, dass er nicht zufrieden mit mir war. Manchmal bekam ich kein Essen, dann kam es vor, dass er mich tagelang auf dem Dachboden einsperrte.«

Lukas spürte Maries Blick auf sich. Er erinnerte sich an die verschmutzte Matratze auf dem Dachboden, während er zunehmend entsetzt Raphaels Schilderung lauschte.

»Einsperrte«, hakte er nach. »Heißt das, Sie konnten nicht mal runter, zum Essen oder in die Dusche?«

»Genau das heißt es. Er ließ mich nicht einmal herunter, um auf die Toilette zu gehen, zwang mich, einen Eimer zu benutzen.«

»Und Ihre Mutter? Hat sie Ihnen nicht beigestanden und ihren Ehemann zurechtgewiesen, dass dies untragbar für ein Kind ist?«

Raphael verzog das Gesicht. »Mutter war noch schlimmer. Egal was passiert war, sie gab stets mir die Schuld, verlangte, dass ich um Vergebung bete. Ich musste ellenlange Bibelverse auswendig lernen und aufsagen. Wenn ich keinen Fehler machte, durfte ich wieder am Familienleben teilnehmen, wenn nicht, verlängerte sich meine Dachbodenhaft um so viele Tage, wie ich nach ihrer Ansicht Fehler gemacht hatte.«

»Und was war mit der Schule?«

»Wenn ich eingesperrt war, meldeten sie mich krank.«

»Und Ihre Schwester? Hat sie Ihnen geholfen?«

»Ich vermute, sie war froh, dass es mich getroffen hat und nicht sie.«

»Dann waren Sie während dieser schweren Zeit auf sich allein gestellt?«

Raphael nickte. »Erträglicher wurde es erst, nachdem meine Eltern die Maisfelder verkauft hatten.«

»Wie alt waren Sie damals?«, fragte Marie.

»Gerade dreizehn. Ich weiß noch, dass sie richtig fett Kohle dafür bekamen. Sie hatten es nicht mehr nötig, zu arbeiten und Geld zu verdienen. Sie verkauften die Tiere. Meine Mutter hätte nicht mehr beim Pfarrer als Haushälterin arbeiten müssen, wollte es aber trotzdem. Vater half seinem Kumpel nur noch zum Spaß auf dessen Hof. Das hat den Druck auch für mich ein wenig rausgenommen, doch wirklich gut behandelten sie mich trotzdem nicht.«

»Was meinen Sie damit?«

»Theoretisch hatte ich jetzt mehr Freizeit, doch ich durfte nicht frei darüber entscheiden, wie ich diese verbrachte. Im Grunde ging es mir jetzt wie Magdalena, nur dass sie bei mir noch härter durchgriffen. Sie kontrollierten mich rund um die Uhr, zwangen mich zu Dingen, die ich nicht wollte.«

»Zum Beispiel?«

»Ich sollte Ministrant werden, mich in der Gemeinde einbringen, solche Sachen eben.«

»Hört sich nicht allzu schlimm an«, bemerkte Lukas.

Raphael lachte bitter. »Ich wäre lieber mit Klassenkameraden um die Häuser gezogen, hätte gern Fußball gespielt oder Tischtennis im Jugendzentrum – alles, was auch meine Schulkameraden so machten.«

»Aber das erlaubten Ihre Eltern nicht?«

Kopfschütteln. »Selbst darum zu bitten, war schon ein schlimmer Fehler, wie ich sehr oft zu spüren bekam.«

»Ihr Vater schlug sie wieder?«

»Manchmal, ja. Aber die schlimmere Strafe war, dass meine Eltern mich zwangen, in die Kirche zu gehen und Abbitte zu leisten. Ich musste mich hinknien und beten. Das ging oft stundenlang so und sie sahen mir dabei zu und taten nach außen hin so, als sei ich es, der das wollte. Die Leute im Ort hielten mich für einen Freak. Für einen durchgeknallten, zwanghaften Frömmler. Damit isolierten meine Eltern mich von allen. Deswegen hatte ich damals auch keinen einzigen echten Freund, geschweige denn ein Mädchen, das sich für mich interessiert hätte.«

»Und trotzdem liebten Sie Ihre Eltern?«

Raphael dachte eine Weile darüber nach. »Ja, trotzdem liebte ich sie. Im Grunde wusste ich, dass sie all das nur taten, um einen guten Menschen aus mir zu machen.«

»Und ist ihnen das gelungen?«

Raphael hob die Schultern. »Ich hab meinem Vater die Fresse poliert, kurz bevor ich ausgezogen bin. Seine Erziehung hat also nicht zu hundert Prozent angeschlagen.«

»Sie haben Ihren Vater geschlagen?«

Raphael lief knallrot an, nickte. »Mich wundert, dass Magda es nicht erwähnt hat.« Er holte Luft, stieß sie gleich wieder aus. »Das war kurz nach meinem achtzehnten Geburtstag. Zu dem Zeitpunkt ging ich auf die Fachoberschule, hatte eine Prüfung nach der anderen, war logischerweise ziemlich angeschlagen. Mein Vater hat versucht, mich davon abzuhalten, am Abend mit einem Klassenkameraden etwas trinken zu gehen, und da kam es halt zum Eklat. Er schlug mich. Aber ich war kein kleiner Junge mehr. War so groß wie er. Und dennoch schlug er mich.«

»Das muss erniedrigend für Sie gewesen sein«, warf Marie ein.

Raphael nickte verbissen. »Es ist mit mir durchgegangen. Ich packte ihn, schrie ihn an, dass ich volljährig sei, er mir nichts mehr zu sagen habe, und haute ihm voll eine rein. Ich wollte einfach nur, dass er begreift, dass ich nicht mehr der schwache Junge von damals bin.«

»Haben Ihre Eltern Sie rausgeworfen?«

»Nein. Das war nicht nötig. Ich bin unmittelbar nach der letzten Prüfung freiwillig gegangen, als mir klar wurde, dass sich unser Verhältnis zueinander niemals ändern würde, wenn ich bleibe. Ich hatte die Hoffnung, dass wir uns wieder annähern, wenn Vater begreift, dass ich mein Ding mache, mein Leben im Griff habe, genau wie Magda. Ich wollte, dass meine Eltern stolz auf mich sein können, dass sie mich respektieren, doch jetzt …« Ein Schluchzen brach aus ihm hervor. »Jetzt hat mir irgendein Irrer diese Möglichkeit für immer genommen.« Er starrte ins Leere, verschränkte die Arme vor seiner Brust.

Marie wechselte einen Blick mit Lukas, bevor der das Thema wechselte.

»Darf ich fragen, von was Sie nach ihrem Auszug gelebt haben?«, hakte er nach.

Sofort lockerte sich Raphaels Haltung wieder, er ließ die Arme sinken, blickte offen zwischen ihnen hin und her.

»Ich musste mir überlegen, welche Möglichkeiten mir offenstanden.« Er seufzte. »Zuerst wollte ich studieren, doch dann wurde mir klar, dass ich kein BAföG bekommen würde, nachdem meine Eltern Hunderttausende auf dem Konto hatten.«

»Sie haben Sie nicht unterstützt?«, fragte Marie.

Wieder lachte er bitter auf. »Wohl kaum. Aber ich habs auch überhaupt nicht versucht. Ich war zu stolz, um sie um Geld zu bitten, also hab ich mich stattdessen um einen Ausbildungsplatz beworben. Ich hatte die Zusage schon in der Tasche, als ich nach München gezogen bin, hatte das Glück, ein günstiges Zimmer in einer WG zu ergattern.«

»Was ist mit der Nacht, in der Ihre Eltern starben?«, mischte sich jetzt Marie wieder ein. »Wo waren Sie da?«

Raphael sah sie an, zuckte zurück. »Denken Sie etwa, ich hätte damit was zu tun?«

Marie lächelte sanft. »Selbstverständlich nicht, doch wir müssen jeden Beteiligten überprüfen, dasselbe haben wir auch Ihre Schwester gefragt.«

Er schluckte, wirkte erleichtert, sah erst Marie, dann Lukas an. »Ich war bei Conny. Sie ist meine Freundin und ich habe die Nacht bei ihr verbracht.«

ZWÖLF
SYLT/RANTUM
2019

Silja

»Hi, meine Schöne.« Timo umarmte und küsste sie. Als er während seiner Umklammerung gegen ihre Wunde am rechten Oberarm drückte, zischte sie vor Schmerz auf.

»Was hast du?« Er ließ sie erschrocken los, hielt sie auf Armbreite von sich weg. Erst jetzt schien er ihren Verband zu bemerken. »Was ist das denn?«

»Puh, ist ne lange Geschichte«, erklärte Silja. »Deswegen wollte ich, dass wir uns bei dir treffen und nicht hier draußen.«

Er krauste verwirrt die Stirn. »Warum hast du am Telefon nichts gesagt? Ich dachte nur, es wäre nett, wenn wir zusammen an den Strand gehen, bei dem herrlichen Wetter.«

Sie legte ihren Kopf in den Nacken, blinzelte gegen die Sonne, dann sah sie zu ihm. »Du hast recht, draußen ist es viel schöner und mir tut die frische Luft auch richtig gut.« Sie drückte auf den Knopf des Autoschlüssels, verriegelte die Türen.

Timo starrte auf den Wagen, dann grinste er. »Schickes Gefährt. Hast du Geburtstag gehabt und ich weiß davon nichts?«

Sie lachte. »Beruhig dich, der Wagen gehört meinem Dad. Ich hab nur meinen Schlüssel nicht gefunden und da er ein schlechtes Gewissen hat, erlaubt er mir, dass ich seine Luxuskarre benutze.«

»War er das etwa?« Timo deutete auf den Verband.

»Quatsch«, wehrte sie ab. »Das war Justina. Ich sagte ja, ist ne lange Story. Sollen wir los?«

Er nickte, nahm sie bei der Hand, zog sie mit sich.

»Also? Wie ist das passiert?«, fragte Timo, als sie ein paar Meter die Dünen hochgelaufen waren. »Nun red schon«, drängelte er.

Während sie ihm von der vergangenen Nacht erzählte, unterbrach er sie kein einziges Mal. Er hörte einfach nur zu, ließ sie reden, selbst als sie sich vor lauter Aufregung ein paar Mal wiederholte.

»Krasse Geschichte«, sagte er, als sie fertig war, blieb stehen und starrte sie nur an.

»Was?«, fragte sie, als sie sich unter dem Blick seiner bernsteinfarbenen Augen unwohl zu fühlen begann.

Er seufzte, fuhr sich mit der Hand durch das dunkle Haar. »Ich weiß nicht«, stieß er aus, »irgendwie kommt mir deine zukünftige Stiefmutter ein wenig … na ja … strange vor.«

Silja kicherte. »Ein wenig? Sie ist sogar ziemlich irre.«

Inzwischen waren sie ganz oben angekommen, hatten von hier aus einen sagenhaften Blick über den gesamten Strandabschnitt.

»Sollen wir uns gleich hierher setzen?«, fragte sie. »Hier stört uns keiner.«

Er nickte, ließ sich in den Sand fallen, legte den Kopf in den Nacken. Schließlich sah er sie wieder an.

»Muss ich mir Sorgen machen?«

Sie lachte. Dann schüttelte sie den Kopf. »Eigentlich ist Justina ganz in Ordnung. Sie tut meinem Vater gut. Zum ersten Mal seit Jahren habe ich das Gefühl, dass sein Lachen echt ist, verstehst du? All die Frauen, die er vor Justina und nach Mutters Tod hatte – die meisten nur für kurze Zeit –, keine von denen hat ihn auf diese Weise zum Strahlen gebracht. Du hättest dabei sein sollen, als er mir erzählt hat, dass sie schwanger ist. Seine Brust wäre fast explodiert, so stolz war er.«

»Sie ist schwanger?« Timo starrte sie an. »Wie alt ist diese Frau eigentlich?«

»Justina wird bald vierzig, mein Vater ist bereits Mitte vierzig, aber was macht das schon? Die Hauptsache ist doch, dass dieses Baby ganz viel Liebe bekommt, und ich schwöre dir, mein Dad ist der Beste, den sich ein Kind nur wünschen kann, auch wenn er mir manchmal auf die Nerven geht.«

Er nickte, senkte den Blick. Für den Bruchteil einer Sekunde hatte Silja das Gefühl, das irgendwas zwischen ihnen sich verändert hatte, doch dann sah er wieder auf, grinste sie an. »Dann freust du dich für die beiden?«

Sie nickte zögernd. »Und ich mag Justina, trotz allem. Ja, sie ist komisch, und manchmal habe ich das Gefühl, dass sie Dad und mir einen Teil ihrer Vergangenheit bewusst verschweigt, doch im Grunde geht mich das ja nichts an. Mein Vater muss mit ihr leben, nicht ich.« Sie stoppte, verzog das Gesicht.

»Du kannst mir alles sagen, das weißt du hoffentlich.«

»Gestern Nacht … als sie vor mir stand, mit diesem Ding in der Hand … für einen winzigen Augenblick hatte ich richtig Angst vor ihr und auch jetzt noch. Ich weiß nicht, irgendwie ist sie mir manchmal ein wenig unheimlich.«

»Wie meinst du das? Generell oder erst seit dieser seltsamen Messerattacke?«

Silja schloss die Augen, überlegte sich ihre nächsten Worte ganz genau. »Sie war mir von Anfang an ein klein wenig suspekt«, begann sie schließlich. »Ich kann es nicht genau beschreiben, doch da geht etwas Dunkles von ihr aus. Das ist mir gestern Nacht erst so richtig bewusst geworden. Außerdem hab ich neulich etwas in ihren Sachen gefunden …«

Timo sah sie neugierig an. »Sie hat eine Leiche im Keller?«

Silja grinste. »Wenn ich wetten müsste, würde ich sagen, nicht nur eine, doch das meinte ich nicht. Als ich neulich ein paar Klamotten in ihren Schrank geräumt habe, hab ich mehrere Tablettenröhrchen gefunden. Das waren echt viele und das meiste Zeug davon sind Antidepressiva, Beruhigungstabletten und Schlafmittel. Das und der Vorfall von letzter Nacht haben mich echt misstrauisch gemacht.«

Timo stieß die Luft aus, sah sie ernst an. »Das klingt, als hätte sich dein Vater eine ehemalige Psychiatrie-Patientin ins Haus geholt.«

Silja nickte. »Du sagst es.« Sie lehnte sich mit dem Kopf gegen seine Schulter, genoss die Nähe zu ihm. »Da ist übrigens noch was.«

»Eine echte Leiche in eurem Keller?«

»Blödmann!« Sie grinste. Boxte ihn spielerisch in die Rippen. »Nein. Es geht um dich. Mein Dad will dich unbedingt kennenlernen.«

Timo lachte auf. Dann schob er sie von sich weg, sah sie amüsiert an. »Du hast ihm von uns erzählt?«

»Ist das ein Problem?«

»Für mich nicht«, sagte Timo und stand auf.

»Wo willst du hin?«

»Sagtest du nicht etwas davon, dass dein Dad …«

Silja lachte, zog ihn zu sich in den Sand zurück.

»Jetzt doch nicht, du Blödi. Und jetzt komm und küss mich endlich.«

Als Silja den Mercedes die Auffahrt hinauflenkte, sah sie, dass Justinas Wagen dort stand. Demnach waren ihr Dad und Justina zu Hause. Sie parkte das Fahrzeug, stellte den Motor ab und blickte in den Rückspiegel.

Timo war gerade dabei, sein Auto direkt hinter ihr abzustellen. Sie stieg aus, ging auf ihn zu, wartete, bis er ausgestiegen war. »Bist du sicher, dass du das willst?«

Er grinste. »Ich hab den Eindruck, du könntest darauf verzichten.«

Sie erwiderte sein Grinsen, wurde dann schlagartig ernst. »Ich hab nur irgendwie Schiss, mein Vater könnte was Blödes sagen. Er ist super lieb, aber manchmal auch total peinlich.«

Timo winkte ab. »Das haben Väter so an sich, warte, bis du meinen kennenlernst.«

Sie hakte sich bei ihm unter und gemeinsam gingen sie auf die Haustür zu. Nachdem sie aufgeschlossen hatte, bedeutete sie ihm, reinzukommen, dann lauschte sie. Es war vollkommen still im Haus. »Ich glaube, die sind gar nicht da«, sagte sie und lief in die Küche, danach ins Wohnzimmer.

Als sie zurückkam, stand Timo gerade im Gang und starrte auf den dunklen Fleck auf den Dielen.

Silja stöhnte. »Das ist mein Blut. Justina hat versucht, den Fleck wegzukriegen, aber er ist hartnäckig. Dad meint, dass man das abschleifen muss.«

Timo sah sie an. »Es ist also keiner da?«

Sie schüttelte den Kopf. »Allerdings liegt nirgends ein Zettel für mich und Dad hat mir auch keine Nachricht geschickt, was bedeutet, dass sie nicht weit sein können. Ich schätze, sie kommen bald.«

»Zeigst du mir in der Zwischenzeit dein Zimmer?«

»Klar, komm mit.«

Sie stiegen die Treppen nach oben und als Silja schon fast an der Tür war, hatte sie auf einmal ein seltsames Gefühl im Nacken. Sie schluckte, lachte im Stillen über sich selbst. Justinas Paranoia schien langsam auf sie abzufärben. Sie stieß die Tür auf, trat ein, drehte sich zu Timo um. »Das ist es.« Sie machte eine Drehung, sah aus dem Augenwinkel etwas Glitzerndes auf ihrer Bettdecke. »Das gibt's doch nicht«, stieß sie aus.

»Was?«

»Na hier«, rief sie, nahm den Schlüssel vom Bett, wedelte damit vor Timos Nase herum.

Der starrte erst sie, dann den Schlüssel verwirrt an. »Na und?«

Einem Impuls nachgebend schleuderte Silja den Schlüssel gegen die Wand, stieß einen Schrei aus, der Timo zurückweichen ließ.

»Was ist denn mit dir los? Drehst du jetzt auch durch?«

»Sorry«, sagte sie, »Aber das musste sein. Dieser Schlüssel, ich hab dir vorhin doch erzählt, dass er weg war und dass ich überall danach gesucht habe.«

»Ja?«

Sie hob ungeduldig die Schultern, seufzte. »Natürlich hab ich auch auf dem Bett nachgesehen und da war er nicht.«

»Und das heißt?«

Silja funkelte ihn böse an, wohl wissend, dass er nichts dafür konnte. »Das bedeutet, dass Justina mich wohl für ganz schön bescheuert hält, wenn sie denkt, dass ich das einfach so hinnehme oder gar glaube, dass es meine Blödheit war, dass ich den Schlüssel nicht gesehen hab.«

»Ich versteh immer noch nicht. Worauf beziehst du dich?«

Im gleichen Moment quietschte unten die Haustür.

»Wenn man vom Teufel spricht«, knurrte sie, machte auf dem Absatz kehrt, ließ ihn stehen und sprintete nach unten.

»Warte«, rief Timo und eilte ihr nach.

Sie blieb stehen, drehte sich zu ihm um, nickte ihm zu. »Sorry, du hast recht, ich sollte mich zusammenreißen und mich beruhigen. Mein Vater soll dich nicht kennenlernen, nachdem ich kurz davor seine Freundin angeschissen habe. Das heb ich mir für später auf.« Sie stieß die Luft aus, streckte ihm die Hand hin. »Komm, ich stell dich ihm vor.«

Sie gingen gemeinsam die Treppe nach unten, wo ihr Vater gerade dabei war, sich seine Schuhe auszuziehen. Als er sie hörte, sah er auf, dann fiel sein Blick auf Timo.

Er ging zum Treppenabsatz, sah ihnen abwartend entgegen.

»Dad, das ist Timo – Timo, mein Dad.« Sie wartete, bis beide sich die Hände gereicht hatten, dann war es ihr Vater, der der Situation die Peinlichkeit nahm. »Magst du Fisch, Timo?«

Er nickte.

»Dann fühl dich herzlich zum Abendessen eingeladen.«

Silja bemerkte, dass Timo sich bei der Einladung leicht versteifte, griff nach seiner Hand, drückte sie sanft.

»Justina«, rief ihr Dad in Richtung Küche, »kommst du kurz, Silja hat jemanden mitgebracht.«

»Sekunde«, antwortete Justina und Silja hörte etwas klappern, dann die Kühlschranktür zuschlagen und

Schritte. Keine Sekunde später öffnete sich die Küchentür und Justina kam auf sie zu.

Timo streckte ihr die Hand entgegen, lächelte freundlich. Anders Justina. Statt seine Geste zu erwidern, starrte sie ihn nur aus weit aufgerissenen Augen an.

Silja sah irritiert zu ihrem Dad, dann zu Timo. »Kennt ihr euch etwa?«

»Nicht dass ich wüsste«, gab Timo genauso irritiert zurück.

»Schatz? Alles gut?« Ihr Vater blickte Justina besorgt an. »Was ist denn?«

Justina reagierte nicht, stand stocksteif da, dann wandte sie sich abrupt ab, würgte, hielt sich die Hand vor den Mund, machte auf dem Absatz kehrt und stürzte davon..

Dad sah ihr kurz nach, wandte sich dann an Timo und grinste erleichtert. »Nimm es nicht persönlich, okay? Justina ist nur schwanger, nicht verrückt.«

Timo erwiderte das Grinsen und wandte sich Silja zu.

Doch sie schaffte es nicht, in das Lachen einzufallen. Noch immer hatte sie Justinas panischen Gesichtsausdruck vor Augen.

Was hatte das zu bedeuten?

Sie schluckte angestrengt.

Plötzlich war das unheimliche Gefühl von vorhin wieder da und diesmal ließ es sich auch nicht abschütteln.

Sie konnte es ganz deutlich spüren …

Etwas Schlimmes würde geschehen.

Und es hatte etwas mit Justina zu tun!

DREIZEHN
KEMPTEN

2014

Lukas

»Das Alibi des Jungen ist wasserdicht«, sagte Marie, ließ sich neben Lukas auf dem Stuhl nieder und nippte an ihrem Kaffee.

»Hast du etwas anderes erwartet?«

»Was meinst du?«

»Na ja, seine Freundin scheint bis über beide Ohren verschossen in den Jungen, logisch, dass sie alles sagt, was ihn entlastet.«

Marie grinste. »Nicht jedes Mädchen ist so naiv, aus Liebe zu lügen, vor allem nicht gegenüber der Polizei.«

Lukas schnaubte. »Ich weiß nicht so recht. Einerseits bin ich geneigt, Raphael zu glauben. Er hat ganz offen über den Ausraster gegenüber seinem Vater gesprochen und auch nicht so getan, als ginge ihm das, was seine Eltern ihm früher zugefügt haben, nicht mehr nahe. Er ließ keinen Zweifel daran, dass er noch heute unter der Erziehung leidet, dass er vielleicht sogar ein Trauma erlitten hat.«

»Aber? Was stört dich an seinen Aussagen?«

»Die Sache mit dem Verkauf der Felder war mir neu. Darüber hat Magdalena kein Wort verloren, und mir war daher nicht klar, dass die Neuhofers über richtig viel Asche verfügten. Ich hab die Kollegen, die das Haus überprüfen, angewiesen, die technischen Geräte samt aller Unterlagen zu den Vermögensverhältnissen der Familie zu überprüfen. Vielleicht finden sie ja Kontoauszüge oder sonstige Abrechnungen auf dem PC oder als Papierausdruck in irgendwelchen Schubladen. Notfalls müssten wir uns mit dem Kreditinstitut der Familie in Verbindung setzen und eine Verfügung erwirken, die uns Einblick in die Vermögensverhältnisse verschafft. Ich möchte schon wissen, über wie viel Kohle wir eigentlich reden. Das rückt alles womöglich noch mal in ein anderes Licht.«

»Du meinst, weil die Kinder eventuell als alleinige Erben ein Mordmotiv hätten?«

Er nickte. »Wir wissen beide, dass es keinerlei Hinweise auf einen Einbruch gibt, und dann sind da noch die Hunde.«

»Ganz genau!«, stimmte Marie zu. »Sowohl Magdalena als auch Raphael haben sicher einen Schlüssel zum Haus. Und für die Hunde gehören beide zur Familie.«

»Na, das ist ja ein Ding!« Lukas starrte Marie an. »Wie alt sind diese Formulare?«

Beide sichteten seit Stunden Unterlagen, die ihr Team im Haus der Neuhofers gefunden hatte. Marie überprüfte kurz das Datum auf einem Papier, in dem die Eheleute verfügt hatten, was mit ihrem Nachlass geschehen sollte.

»Das älteste Schriftstück ist fünf Jahre alt«, stellte sie fest.

»Und laut dieser Dokumente ist Magdalena die Alleinerbin?«

Marie runzelte die Stirn, überprüfte noch einmal die Angaben. »Das war wohl der Wille der Eltern, den sie auch schriftlich festgehalten haben. Aber ganz so einfach ist es nicht. Raphael kann zumindest seinen Pflichtteil einfordern. Die Frage ist, ob er das auch machen wird.«

»Das heißt, die Eltern wollten nicht erst nach dem Streit vor einem Jahr, dass ihr Sohn leer ausgeht. Sie hatten das bereits Jahre zuvor verfügt.«

»Sieht ganz so aus.«

Lukas schüttelte den Kopf. »Manche Eltern verstehe ich nicht. Warum schaffen die sich Kinder an, wenn sie sie am Ende dermaßen mies behandeln? Oder noch schlimmer, warum müssen es mehrere Kinder sein, wenn sie am Ende eines dem anderen vorziehen? Nicht auszudenken, was das bei diesen armen Seelen auslösen kann.«

»Glaubst du, Raphael könnte die Tat verübt haben, um sich bei seinen Eltern für die Erlebnisse in der Kindheit zu rächen?«

Lukas sah seine Kollegin an, hob die Schultern. »Ehrlich gesagt finde ich, dass die Umstände der Tat, also der Vater stranguliert, die Mutter erschlagen, viel zu durchdacht scheinen. Der Junge hatte Streit mit seinem Vater, war schrecklich wütend. Hätte er ihn damals im Affekt erschlagen, okay, dann würde ich das nachvollziehen können. Aber ein Jahr später eine solche Rache-Inszenierung nur aufgrund von ein paar Trachten Prügel, die seine Schwester im Gegensatz zu ihm nicht bekommen hat? Das ist mir schlicht zu überzogen. Unter all den anderen extremen Erziehungsmethoden litten beide ja gleichermaßen.«

»Na ja, ganz so drastisch wie Raphael ständig drangsaliert und gestriezt wurde, erging es seiner älteren Schwester augenscheinlich nicht. Im Gegensatz zu ihm wurde sie weder auf dem Dachboden eingesperrt noch hat man ihr das Essen entzogen. Zumindest hat sie nichts davon erwähnt.«

»Ja gut, dennoch weiß ich nicht, was ich davon halten soll. Wenn ich ehrlich bin, ist mir das Ausmaß der Tat, im Vergleich zu dem, was die Eltern getan haben, doch etwas zu rabiat. Irgendwas passt da noch nicht, wir übersehen was. Doch ich weiß ums Verrecken nicht, wo wir noch ansetzen könnten.«

»Dann glaubst du inzwischen auch nicht mehr daran, dass Maximilian Neuhofer zuerst seine Frau und dann sich selbst umgebracht hat?«

»Wir ermitteln natürlich auch in dieser Richtung weiter, trotzdem kann es nicht schaden, ein wenig deinem ersten Instinkt nachzugehen.« Er brach ab, grinste sie an. »Du bist es ja gewesen, die unmittelbar nach dem Anblick der Toten zu bedenken gab, dass alles auch ganz anders gewesen sein könnte.«

Marie räusperte sich und Lukas bemerkte, dass ihre Wangen sich verfärbten. Das taten sie immer, wenn sie nervös oder aufgeregt war.

»Was hast du noch auf dem Herzen?« Lukas sah sie prüfend an.

»Du weißt, dass ich nicht weit weg von hier lebe, oder?«

»Ja. Worauf willst du hinaus?«

»Mein Verlobter hat mich drauf gebracht, als er hörte, was in Rückholz passiert ist. Er weiß natürlich nichts Genaues und ich hab ihm auch keine Interna verraten, aber er meinte, dass ihn der Neuhofer-Fall an eine zurückliegende schreckliche Geschichte erinnert. Das alles muss vor meiner Zeit hier passiert sein, daher erinnere ich mich nicht daran. Damals sei ein Ehepaar ungefähr im selben Alter in einem schrecklichen Feuer umgekommen.«

Lukas sah sie an, nickte nachdenklich. »Das war mein Fall. Ist jetzt zwei Jahre her – eine üble Geschichte. Zumal wir den oder die Täter bis heute nicht gefunden haben.«

»Der Fall ist ungelöst?«

»Manchmal kommt so was vor, leider.«

»Was genau ist damals passiert?«

»Du hast die Akte nicht gleich eifrig studiert?«

»Ich wollte dir nicht vorgreifen, nicht naseweis erscheinen.«

Er grinste. »Wir haben nicht den kleinsten Hinweis, der uns zum Brandstifter führen könnte. Und Brandstiftung war es definitiv, denn das Feuer wurde vorsätzlich mitten in der Nacht, als die Leute schliefen, auf dem gesamten Hof gelegt. Der Täter hat Benzin benutzt, es angezündet. Und was die Leichen angeht – von dem Paar ist nicht allzu viel übrig geblieben, weil der Brennstoff unter anderem auch auf dem Bett und den Opfern selbst verteilt worden ist.«

Marie starrte ihn mit offenem Mund an. »Wie ist so was denn möglich? Die Leute hätten doch aufwachen müssen, wenn jemand über ihnen eine stinkende Flüssigkeit ausgießt.«

»Sollte man meinen«, bestätigte Lukas. »Aber wir gingen damals davon aus, dass man sie vorher betäubt hat.«

»Wie kamt ihr darauf?«

»Wir fanden die beiden im vollkommen ausgebrannten Schlafzimmer, zwischen Resten des Bettes, was bedeutet, dass sie es nicht einmal aus den Federn geschafft haben. Wir haben damals vermutet, dass sie erst zu sich kamen, als sie bereits brannten.«

Marie schnappte nach Luft. »Ein grauenhafter Tod«, brachte sie schließlich mit leiser Stimme hervor.

Er nickte, hob die Brauen empor. »Das war definitiv Mord. Und das ist auch ein Punkt, der den alten von unserem jüngsten Fall unterscheidet. Damals hatten wir keinen Zweifel daran, dass jemand diese Leute auslöschen wollte, wogegen es bei den Neuhofers auf den ersten Blick nach einem Familiendrama aussieht.«

»Du sagtest, das sei ein Punkt. Was sind die anderen?«

Er stieß die Luft aus. »Das familiäre Konstrukt war ein vollkommen anderes. Das Paar, das bei dem Brand umkam, hatte nur ein Kind, eine Tochter, und diese hatte bis zum Tod der Eltern ein wundervolles Verhältnis zu ihnen. Sie vergötterte die beiden und umgekehrt war es ebenso. Die Familie war auch sehr christlich und in die Kirchengemeinde eingebunden, allerdings auf eine gesunde Art und Weise. Sie gingen zur Kirche, im Haus hingen Kreuze, es wurde jeden Abend gebetet, doch einen Zwang zum Glauben, wie bei dem Neuhofer-Sohn, gab es nicht.«

Marie legte den Kopf schräg, schien über seine Worte nachzudenken. »Aber der Glaube des Paares, das im Feuer starb, und die Verbundenheit zur Gemeinde, das stimmt mit unserem aktuellen Fall überein.«

»Das ist aber das Einzige«, gab Lukas zurück. »Zumindest fällt mir aus dem Stegreif, und ohne mich noch mal durch die damalige Akte zu blättern, keine weitere Gemeinsamkeit ein.«

Marie sah aus, als sei sie noch immer nicht ganz zufrieden. »Und der Rest des Umfeldes? War da gar nichts, was dir damals irgendwie komisch vorkam? Eine Kleinigkeit, die vor zwei Jahren vielleicht keinen Sinn ergab, aber nach dem gewaltsamen Ableben der Neuhofers in einem anderen Licht erscheint?«

Lukas krauste nachdenklich die Stirn. »Wenn du willst, geh die Akte durch und mach dir selbst ein Bild. Ich persönlich finde, dass das Zeitverschwendung ist, weil es vollkommen unterschiedliche Fälle sind. Allein die Todesursachen sind verschieden, dann das gegensätzliche Drumherum. Dem Brandstifter ist es damals piepegal gewesen, dass jedem klar sein musste, dass das weder ein Unfall noch ein Suizid, sondern Mord war. Warum sollte er sich bei den Neuhofers plötzlich solche Umstände machen, um das zu vertuschen?«

Marie fummelte nervös an ihrer Bügelfalte, strich sie schließlich glatt, sah ihn dann fest an. »Vielleicht aus genau diesem Grund, Lukas! Er oder sie will möglicherweise um jeden Preis verhindern, dass wir beide Fälle miteinander in Verbindung bringen, weil genau das am Ende vielleicht eine Gemeinsamkeit zutage fördern könnte, die wir ansonsten übersehen hätten.«

»Moment mal, das ist mir doch etwas weit hergeholt. Jedem Mord liegt ein Motiv zugrunde. Das zumindest müsste übereinstimmen.«

»Vielleicht sehen wir diese Übereinstimmung nur noch nicht«, warf Marie ein.

»Das hieße ja, der Täter hätte den Neuhofer-Fall aus der Angst heraus, doch noch gefasst zu werden, auf diese Weise inszeniert? Willst du das sagen?«

VIERZEHN
SYLT/RANTUM

2019

Justina

»Wir sehen uns heute Abend, okay?«

Justina erschrak, wirbelte herum. Sie hatte Silja nicht kommen gehört und jetzt stand sie mit gerunzelter Stirn unmittelbar hinter ihr.

»Alles klar bei dir?«, fragte sie. »Geht es dir gut?«

Justina schluckte. »Warum sollte es mir nicht gut gehen?«

Silja biss sich auf die Unterlippe, wich ihrem Blick aus. Als sie wieder aufsah, hatte sich in ihren Augen etwas verändert. Sie funkelte sie mit einer Mischung aus Wut und Misstrauen an. »Ich wollte die letzten paar Tage nichts sagen, weil Dad da war und ihr … na ja. Ihr wart mit euch beschäftigt.«

»Ja, und um was geht es?«

Silja zögerte, druckste herum, als würde sie sich ihre Worte genau überlegen. »Das mit meinem Schlüssel«, stieß sie schließlich hervor. »Ich weiß, dass du das warst.«

Justina nickte. Das ganze Wochenende über hatte sie darauf gewartet, dass Silja sie darauf ansprechen würde, doch nichts war passiert. Kurz überlegte sie, das Thema zu wechseln, doch dann entschied sie sich für die Wahrheit. »Ich hab den Schlüssel in meiner Handtasche gefunden. Schon am Freitag, kurz nachdem du mit dem Wagen deines Vaters weg bist.«

Silja starrte sie an. »In deiner Tasche? Wie ist er denn dahin gekommen?«

»Ehrlich gesagt, wollte ich dich das auch schon fragen.«

»Du denkst doch nicht etwa, ich hätte den Schlüssel in deine Handtasche getan? Warum sollte ich?«

Justina seufzte. »Ich weiß es nicht, Silja. Ich habe keine Ahnung, wie der Schlüssel sonst in meine Tasche gelangt sein soll. Ich hatte ihn vorher nicht mal angerührt.«

Silja verzog den Mund zu einem angedeuteten Lächeln. »Vielleicht hast du ihn unbewusst genommen. Oder du dachtest, es wäre deiner. Das ist doch keine große Sache.«

In Justinas Kopf drehte sich alles. Dann stieß sie einen Seufzer aus. »Für dich vielleicht nicht. Aber für mich. Deshalb glaub mir bitte, ich habe deinen Schlüssel weder genommen noch ihn in meine Handtasche gesteckt. Dessen bin ich mir absolut sicher.«

Silja hob die Schultern. »Lassen wir es doch einfach gut sein, okay? Ich hab ihn wieder und alles ist in Ordnung.«

Für dich, ja, schoss es Justina durch den Kopf, aber sie beließ es dabei.

»Was war das eigentlich mit Timo und dir?«, fragte Silja.

Justina zuckte zusammen. »Was soll mit ihm sein?«

»Ich hab gesehen, wie du ihn angestarrt hast, als ich euch einander vorgestellt habe. Und beim Essen am Freitagabend warst du auch irgendwie seltsam drauf. Viel stiller als sonst.«

Justina hob die Schultern. »Ich finde deinen Freund nett. Genau wie dein Vater. Und dass ich seltsam war, als du mir Timo vorgestellt hast, hatte nichts mit ihm zu tun. Mir ist nur übel geworden. Ich weiß, das war ausgesprochen blödes Timing, aber das Kleine da drin hat wohl schon sein eigenes Köpfchen.« Sie tippte sich auf den noch flachen Bauch und deutete ein Lächeln an. »Glaub mir, das war mir ausgesprochen peinlich.«

An Siljas Gesichtsausdruck sah sie, dass ihr das Mädchen diese Erklärung nicht so richtig abzukaufen schien. »Ehrlich, Silja, mach dir keine Gedanken. Mir geht es gut, alles ist in bester Ordnung, und was deinen Freund angeht, dein Vater und ich freuen uns, dass du glücklich bist. Timo scheint wirklich nett zu sein.«

»Okay.« Silja nickte langsam, ohne sie aus den Augen zu lassen. »Ich muss dann jetzt zum Dienst. Du kommst klar?«

»Aber sicher. Ich habe den Tag schon voll durchgeplant. Zuerst laufe ich meine Strecke am Strand und danach setze ich mich hin und suche mir jemanden zum Reden.«

»Wie meinst du das?«

»Ich suche mir einen Therapeuten. Auch in München habe ich mal eine Gesprächstherapie gemacht und das tat mir gut. Ist ja heutzutage fast schon normal, dass Leute zum Therapeuten gehen.«

»Okay«, sagte Silja und klang noch immer ein wenig zweifelnd. »Aber wenn du wieder Katastrophengedanken hast oder irgendetwas Seltsames passiert, dann rufst du mich an, okay?«

»Welche Katastrophengedanken? Was willst du andeuten?«

»Ich meine damit nur, dass ich für dich da bin, wenn du mich brauchst.«

Justina starrte Silja nur an.

»Du denkst vielleicht, dass ich dich nicht mag, weil du nicht meine Mutter bist. Doch die Wahrheit ist, dass ich durchaus sehe, wie gut du meinem Vater tust. Er war lange nicht mehr so glücklich und das ist dein Verdienst.«

Eine knappe Stunde später dachte Justina immer noch an das Gespräch mit Silja. Es war das erste Mal gewesen, dass Arjans Tochter etwas so Nettes zu ihr gesagt hatte. Und es schien, als hätte sie es ganz ehrlich gemeint. Das schenkte ihr ein warmes Gefühl und eigentlich sollte sie glücklich darüber sein. Wäre da nicht noch die Sache mit dem Schlüssel.

Sie hatte ihn nicht eingesteckt. Noch nie war sie sich einer Sache so sicher gewesen.

Aber wie war er dann in ihre Tasche gekommen?

Hatte Arjan ihn versehentlich dort hineingetan?

Möglich war das.

Vielleicht interpretierte sie ja wirklich viel zu viel in alles hinein, was in den letzten Tagen geschehen war.

Die Sache mit dem Typen vor ihrem Fenster.

Das Auto, von dem sie dachte, es folge ihr.

Der Kerl im Supermarkt … Wie viele junge Leute trugen heutzutage selbst bei der größten Affenhitze einen Hoodie?

Und dann war da noch Siljas Freund …

Ja, sie hatte ihn angestarrt, ganz so wie Silja es beobachtet hatte. Sie hatte das zwar geleugnet, aber sie war wirklich zu Tode erschrocken, als sie den Jungen gesehen hatte. Es war, als hätte sie einen Geist gesehen. Irgendwas an dem Jungen machte ihr Angst, ohne dass sie es begründen konnte. Er sah nett aus, war freundlich zu ihr gewesen, doch irgendwie hatte sie das Gefühl gehabt, er betrachte sie mit einer Intensität, die nicht angebracht war. Und da war noch etwas, was sie rational nicht erklären konnte. So nett er zu sein schien, glaubte sie, dass etwas Finsteres von ihm ausging.

Spann sie sich das zurecht?

War sie die Einzige, die das so empfand?

Während des Essens am Freitag hatte sie die ganze Zeit über gegen eine anrollende Panikattacke gekämpft und all ihre Kraft aufbringen müssen, um nicht die Nerven zu verlieren. Arjan, der damit beschäftigt gewesen war, sich mit seiner Tochter und Timo zu unterhalten, hatte davon Gott sei Dank nichts mitbekommen. Doch es schien, als hätte zumindest Silja bemerkt, dass etwas nicht mit ihr stimmte.

Was konnte sie nur tun, um ihre irrationalen Ängste in den Griff zu bekommen? So etwas wie neulich nachts durfte nicht noch einmal passieren.

Eine weitere Therapie zu beginnen, war sicher ein erster richtiger Schritt. Doch sie wusste natürlich, dass es ein weiter Weg war, bis sich die ersten Erfolge einstellten. Hinzu kam, dass gute Therapeuten rar waren und es oft Monate dauerte, ehe man einen Termin bekam.

Vielleicht sollte sie wirklich einfach tun, was Arjan ihr vor seiner Abfahrt ans Herz gelegt hatte – sich entspannen und die Vorfreude aufs Baby genießen. Andererseits ahnte er ja nicht einmal, was sie in der Vergangenheit durchlitten hatte.

Das wusste niemand außer ihr.

Wieder spürte sie das altbekannte Spannungsgefühl in ihrem Körper und atmete eine Weile dagegen an.

Dann beschloss sie, genau das zu tun, was sie Silja gegenüber vorgegeben hatte. Laufen gehen. Sich den

Kopf freipusten zu lassen, hatte ihr auch früher schon geholfen, wieder einigermaßen klar zu denken.

Sie wollte schon in ihre Schuhe schlüpfen, als das Telefon klingelte.

Kurz erwog sie, es klingeln zu lassen, doch dann fiel ihr ein, dass Arjan sich ja melden wollte. Also ging sie zum Apparat, sah aufs Display, seufzte enttäuscht, als sie sah, dass es sich um eine unbekannte Nummer handelte.

Besser sie ging nicht dran.

Und dann tat sie es doch. Sie drückte auf Annehmen, meldete sich mit einem »Hallo?«

Ein Rascheln drang aus dem Hörer.

»Hallo? Wer ist da?«

Nichts.

»Was wollen Sie?«, rief Justina entnervt.

Noch immer war es absolut still in der Leitung, bis auf dieses Rascheln.

Dann ein leises Atmen.

Justina spürte, wie heiße Wut in ihr emporschoss. »Wichser!«, schrie sie, knallte den Hörer zurück auf die Station.

Als sie sich eine knappe Stunde später erschöpft und ausgepowert in den Sand fallen ließ, ging es ihr ein wenig besser. Sie fühlte sich ruhiger, beschloss, den merkwürdigen Anruf unter der Kategorie *Muss nichts bedeuten* abzuspeichern.

Vielleicht handelte es sich um einen Verehrer von Silja. Sie meinte, sich erinnern zu können, dass Arjan vor einigen Monaten etwas in dieser Richtung erwähnt hatte.

Sie musste wirklich aufhören, alles, was um sie herum passierte, sofort auf sich zu münzen. Ihr Leben in

München war vorüber. Sie hatte alles hinter sich gelassen, wirklich alles, und auch wenn es anfangs wehgetan hatte, war es letztendlich doch eine unglaubliche Erleichterung gewesen, neu anfangen zu dürfen.

Also genieß es!

Nicht jeder bekommt eine zweite Chance im Leben.

Lass dir das nicht kaputt machen. Vor allem nicht von dir selbst!

Ohne dass es ihr bewusst war, hatte sie mit dem Zeigefinger ein Ausrufezeichen in den Sand gemalt und sie musste unwillkürlich lächeln.

Das sollte ich mir in Stein meißeln und nicht nur in den Sand schreiben.

Immer noch lächelnd starrte sie aufs Meer, atmete die salzige Luft tief ein.

Eigentlich hatte sie so ein verdammtes Glück. Arjan vergötterte sie, verzieh ihr sogar, dass sie sein Kind verletzt hatte. Und Silja mochte sie wohl doch mehr als angenommen und sie dufte anstatt in der Großstadt jetzt hier leben, wo andere teuer Urlaub machten.

Sie holte tief Luft, stieß sie langsam wieder aus, spürte, wie auch das letzte bisschen Anspannung von ihr abfiel, wie sich sogar ihre Muskeln endlich wieder locker und leicht anfühlten.

Es tat so unglaublich gut, einfach nur hier zu sitzen und den Augenblick zu genießen …

Und das tat sie. Sie genoss diesen Zustand mit all ihren Sinnen.

Vergaß die Zeit, lebte auf, schloss die Augen.

Bis etwas sie aufschreckte.

Ein kühler Schauer überkam sie.

Sie riss die Augen auf, sah zum Himmel, bemerkte, dass dunkle Wolken über sie hinwegzogen. Inzwischen ging auch ein leichter Wind, der sie noch stärker frösteln ließ.

Aber das war es nicht alleine.

Es war, als befände sie sich in einer Art Vakuum, aus dem von Sekunde zu Sekunde mehr Sauerstoff entwich. Ihre Brust fühlte sich schwer an. Obwohl sie fröstelte, spürte sie, wie ihr der Schweiß den Rücken herunterlief.

Einem Impuls nachgebend drehte sich sie um.

Und da stand er.

Ein Mann, hochgewachsen, in dunklen Klamotten, die Kapuze seines Hoodies tief ins Gesicht gezogen. Er hielt seinen Kopf nach unten geneigt, was ihm ein noch unheimlicheres Aussehen verlieh. Er wirkte, als sei er einem Horrorfilm entsprungen.

Der steht nur da.

Das ist nicht verboten.

Sie zwang sich, weiterhin gleichmäßig zu atmen.

Bleib einfach ruhig sitzen. Vielleicht wartet er auf jemanden.

Justina richtete ihren Blick wieder aufs Wasser, zwang sich dazu, nicht nach ihm zu sehen.

Sie fing an, lautlos bis zehn zu zählen, dann nahm sie all ihren Mut zusammen, drehte sich wieder in seine Richtung.

Noch immer stand er stocksteif da, in genau derselben Position. Es schien, als habe er sich keinen Millimeter bewegt.

Entspann dich, wiederholte sie im Kopf wie ein Mantra, blinzelte weiter aus dem Augenwinkel zu ihm.

Er hob den Arm.

Was machte er da?

Sekunden verstrichen zäh und quälend. Dann sah sie, wie er seine Hand waagerecht ausstreckte, sich langsam damit über den Hals fuhr. Eine nicht misszuverstehende Geste.

Ihr Herz setzte einen Schlag aus.

Sie blinzelte.

Plötzlich kam Bewegung in den Mann. Aus ungefähr dreißig Meter Entfernung wurden zwanzig, fünfzehn …

Justina schrie, sprang auf, raste los.

Ohne sich umzudrehen, rannte und rannte sie, bis sie strauchelte. Sie war über etwas gestolpert, ruderte mit den Armen in der Luft, versuchte noch, sich abzufangen.

Vergeblich.

Sie verlor das Gleichgewicht, stürzte, knallte so heftig mit dem Gesicht in den Sand, dass ihr schwarz vor Augen wurde.

»Hallo?« Die Stimme eines Mannes drang wie durch wabernden Nebel in ihr Bewusstsein.

Sie spürte, wie jemand an ihr zerrte, fand sich plötzlich auf dem Rücken liegend wieder.

Verwirrt blinzelte sie.

Was war passiert?

In ihrem Kopf drehte sich alles. Es dröhnte und hämmerte.

Plötzlich fiel ihr alles wieder ein.

Dieser Kerl.

Sie riss die Augen auf, sah das Gesicht eines Mannes über dem ihren, schrie auf, ballte ihre Hände zu Fäusten, stieß nach oben.

»Hey«, hörte sie seine Stimme, spürte, wie kräftige Hände ihre Unterarme umfassten, sie nach unten drückten.

»Ganz ruhig! Ich will Ihnen doch nur helfen. Sie sind hingefallen, waren minutenlang nicht ansprechbar.«

Sie blinzelte wieder, registrierte, dass der Mann über ihr ein helles Shirt trug, sie freundlich ansah. Erleichtert atmete sie auf.

»Dieser Typ, der mich verfolgt hat, wo ist er hin?«

Der Mann starrte sie ratlos an. »Jemand hat sie verfolgt?«

Justina nickte.

»Mir ist niemand aufgefallen. Aber ich war auch beschäftigt, hab mit meinem Sohn gespielt.« Er drehte sich nach links. »Habt ihr jemanden gesehen?«

Justina vernahm das leise Tuscheln einer Frau, dann das Geplapper eines Kindes.

»Meine Frau und mein Sohn haben auch niemanden gesehen, aber wir haben auch nicht auf die Umgebung geachtet, wir haben mit unserem Jungen eine Sandburg gebaut.«

Sie setzte sich auf, als ein scharfer Schmerz durch ihren Leib schoss.

»Mein Baby«, stöhnte sie auf, krümmte sich zusammen.

Der Mann riss schockiert die Augen auf. »Sie sind schwanger?«

Justina nickte stöhnend.

Der Mann warf einen alarmierten Blick nach links, dann sah er sie an. »Ich werde besser den Notarzt rufen. Ist das in Ordnung für Sie?«

Justina zuckte zurück. »Nein!«, stieß sie lauter aus als beabsichtigt, stand auf, wankte.

»Sie sind ja noch ganz wackelig auf den Füßen«, kam es von dem Mann, der bereits sein Handy in den Händen hielt.

»Keinen Notarzt«, bat sie, konzentrierte sich darauf, gegen den Schwindel anzukämpfen. »Ich wohne gleich da oben«, erklärte sie und versuchte zu lächeln. »Außerdem geht es mir schon besser.«

»Moment mal, jetzt erkenne ich Sie erst«, sagte er. »Sie sind doch Arjans Lebensgefährtin.«

Innerlich stöhnend nickte Justina.

»Sie brauchen wirklich keine Hilfe?«

»Mir geht es gut.«

»Na schön. Aber bitte versprechen Sie mir, dass sie sich untersuchen lassen.«

Als Justina nur Minuten später ins Haus schlüpfte, die Tür hinter ihr ins Schloss fiel, schaffte sie es gerade noch ins Badezimmer. Sie sank vor der Schüssel auf die Knie, erbrach sich.

Es dauerte etliche Minuten, bis die Übelkeit abflaute und sie wieder zu Atem kam.

Vielleicht sollte sie wirklich einen Arzt konsultieren, nachsehen lassen, ob es dem Baby gut ging.

Der Schmerz im Bauch war inzwischen zwar verflogen und sie hatte sich auch ansonsten keine Verletzung durch den Sturz zugezogen, außer einer aufgeplatzten Lippe, doch sie wollte lieber auf Nummer sichergehen.

Unsicher erhob sie sich vom Boden, putzte sich die Zähne, damit sie nicht nach Erbrochenem roch, erschrak, als sie ihr Spiegelbild vor sich im Badezimmerspiegel sah. Sie war leichenblass, ihre Augen lagen in dunklen Höhlen, die Oberlippe war um mehr als das Doppelte angeschwollen.

Seufzend machte sie sich auf den Weg in die Küche, wo sie sich setzen und etwas trinken, anschließend telefonieren wollte.

Sie war gerade aus dem Badezimmer raus, als das Telefon klingelte.

Hastig riss sie den Hörer von der Station, presste ihn ans Ohr. Ihr Herz schlug so heftig, dass sie beinahe nichts anderes hören konnte. »Hallo?«

Ein leises Rascheln wie vorhin.

Sie schluckte trocken.

»Was wollen Sie von mir?«, stieß sie aus.

Plötzlich vernahm sie das Weinen eines Babys.

Zuerst ganz leise, wurde es von Sekunde zu Sekunde lauter. Es dauerte eine Weile, ehe ihr bewusst wurde, dass es gar kein Baby war, das sie hörte, sondern ein Kleinkind.

Instinktiv hielt sie die Luft an. Wieder ein Rascheln, dann erklang die Stimme einer Frau, die ihr vage bekannt vorkam.

Sie redete liebevoll und beruhigend auf das Kind ein, fing schließlich an, ein wunderschönes Schlaflied zu singen.

Schlagartig wurde Justina eiskalt.

Sie spürte, wie ihre Beine zu zittern begannen, schließlich vollends ihren Dienst quittierten.

Es schmerzte, als sie mit dem Rücken gegen die Wand prallte, dann auf die Holzdielen sackte.

Das Telefon rutschte ihr aus der Hand, knallte scheppernd auf dem Boden auf.

Schockiert schüttelte sie den Kopf, schloss die Augen.

Das war absolut unmöglich! Die Frau am Telefon, deren Stimme ihr so bekannt vorkam … das war sie selbst!

FÜNFZEHN
KEMPTEN

2014

Lukas

»Hast du ihn erreicht?«, Lukas wartete gespannt auf Maries Bericht, die darauf bestanden hatte, Raphael direkt auf seinen Ausschluss aus dem Testament anzusprechen.

»Ja, hat etwas gedauert. Aber ich bin hartnäckig.« Sie grinste. »Offenbar hab ich ihn auf dem Weg zur Arbeit erwischt, er konnte nur über die Freisprechanlage mit mir reden und die Verbindung war ziemlich mies. Zuerst wollte er mich abwürgen, aber dann ...«

»Hast du ihn mit deinem Charme erweicht.«

»Was denkst du denn?« Maries Grinsen wurde breiter.

»Und, wie hat er reagiert?«

»Vollkommen anders als erwartet. Er wusste bereits, dass er nichts erben würde. Sein Vater hatte es ihm schon vor vielen Jahren gesagt und er klang, als sei es ihm egal. Er meinte, er brauche das Geld seiner Eltern nicht, würde sich aus eigener Kraft etwas aufbauen. So wie er klang, schätze ich, wird er auch auf den Pflichtteil verzichten wollen.«

»Abwarten«, brummte Lukas. »So etwas sagt sich leicht, doch wenn es dann an die Testamentsverlesung geht, haben plötzlich alle nur noch Dollarzeichen in den Augen.«

»Du klingst, als hättest du damit Erfahrung.«

»Kein Wunder. Die Hälfte meiner Sippe besteht aus Erbschleichern.«

»Oje!« Sie lachte, dann wurde sie schlagartig ernst. »Ich denke, Raphael gehört nicht zu dieser Sorte. Als ich andeutete, dass es sich vermutlich um eine beträchtliche Summe handelt, blieb er vollkommen unbeteiligt, selbst als ich ihn provoziert habe ...«

»Was hast du?«

»Ihm unterstellt, dass mehrere hunderttausend Euro durchaus ein Mordmotiv sein könnten.«

»Na, warten wir es mal ab«, sagte Lukas. »Wie gesagt ... Geld oder die Aussicht darauf bringt oft das Schlechteste im Menschen hervor. Und es lässt so manchen erfinderisch werden.«

»Aber Raphael hat ein wasserdichtes Alibi, genau wie seine Schwester.«

»Tja«, stieß Lukas aus, weil er nicht wusste, was er sonst sagen sollte.

»Und was war bei dir? Was kam beim Gespräch mit dem Pfarrer heraus?«

»Na ja, er ist neu in dieser Gegend, kam erst Ende 2011 als Ersatz für den verstorbenen Pater Fischer her. An den Brand im Jahr 2012 erinnert er sich natürlich. Das schlug damals riesige Wellen, doch das Paar selbst kannte er nur flüchtig. Was die Neuhofers angeht, konnte er nicht viel sagen. Er wusste, dass sie für seinen Vorgänger gearbeitet hat, und das war es auch schon.«

»Wusste er, ob sich die beiden toten Paare näher

kannten oder sich vielleicht mal nach dem Gottesdienst unterhalten haben?«

»Leider nicht. Er sagt, die Kirche sei am Sonntag immer so proppenvoll, dass es für ihn unmöglich sei, das soziale Miteinander seiner Gemeindemitglieder einzuschätzen. Kurzum, er weiß nicht, wer mit wem verkehrt oder verbandelt ist.«

»Der Rest des Teams?«

»Dasselbe«, stieß Lukas frustriert aus. »Keiner meiner Leute hat was Brauchbares herausgefunden. Jetzt haben wir die Dorfbewohner sowohl in Oy-Mittelberg als auch in Rückholz befragt. Keiner hat die beiden Familien jemals zusammen gesehen, niemand weiß, ob es gemeinsame Bekannte gibt.«

»Seltsam«, murmelte Marie nachdenklich. »Eigentlich sind die Leute in diesen kleinen Orten über die Dorfgrenzen hinaus mit allen in der näheren Umgebung verwandt oder verschwägert und feiern auf verschiedenen Hochzeiten und Beerdigungen.«

»Sollte man annehmen«, bestätigte Lukas mit einem Schulterzucken. »Ich hab übrigens die Akte des Brandfalles noch mal durchgeackert und auch da keinerlei Verbindungen zu den Neuhofers gefunden. Keine Gemeinsamkeiten wie Mitgliedschaften in Vereinen, keine gemeinsame berufliche Komponente. Die hatten noch nicht einmal den gleichen Zahnarzt. Ich hab sogar die Tochter der Brandopfer angerufen und nachgefragt, ob ihr die Familie Neuhofer etwas sagt und danach Raphael und Magdalena – ebenfalls Fehlanzeige. Keine Ahnung, wo wir sonst noch ansetzen könnten. So langsam gehen uns die Möglichkeiten aus.«

Marie sah ihn düster an. »Vielleicht hab ich mich auch nur in eine Idee verrannt und du hattest du von Anfang an recht mit deiner Theorie von Mord mit anschließender Selbsttötung von Maximilian Neuhofer.

Vielleicht war er nur ein durchgeknallter Freak, der sein wahres Wesen hinter seiner Frömmelei verborgen hat.«

»Und das Feuer in dem früheren Fall?«

Marie hob die Schultern. »Da kann so viel dahinterstecken. Erinnerst du dich an diese furchtbare Sache vor über hundert Jahren auf dem Einödhof Hinterkaifeck?«

»Ich glaube, es gibt niemanden in Bayern, der noch nicht von dieser Tragödie gehört hat.« Er sah sie an. »Was willst du mir damit überhaupt sagen?«

Sie räusperte sich. »Auch bei diesem Fall weiß man bis heute nicht, wer das getan hat oder warum. Und die Polizisten damals waren auch keine Deppen. Was ich sagen will, ist, dass es manchmal einfach nicht in unserer Macht liegt, einen Fall aufzuklären, ganz egal wie sehr wir das auch wollen.«

Er starrte sie an, kniff seine Lippen fest aufeinander. Natürlich hatte Marie recht, doch es laut auszusprechen, fühlte sich für ihn ein klein wenig wie Verrat an ihrem Job an. Sie waren Polizisten und sie würden verdammt noch mal …

»Chef?«

Lukas drehte sich zur Tür, sah Levi auf der Schwelle stehen.

Der junge Mann war genau wie Marie ein Frischling im Team. Hochintelligent, doch agierte er bei Weitem nicht so analytisch, logisch und zielstrebig wie Marie.

»Was ist los?«

Levi schien nervös zu sein und Lukas vermutete, dass dieser Zustand der hübschen Marie geschuldet war.

»Ich hab da vielleicht was«, stammelte der junge Mann. »Bei meiner Recherche hab ich herausgefunden, dass es seit jeher im gesamten Umkreis von fünfzig Kilometern nur zwei Frisiersalons gibt.«

»Aha, und das sagt was aus?« Lukas sah ihn fragend an.

»Na ja, nachdem alle Einwohner der umliegenden Dörfer, zu denen auch Rückholz und Oy-Mittelberg zählen, in einen der beiden Salons gehen müssen, wenn sie einen Haarschnitt brauchen, kann es nicht schaden, genau da anzusetzen.«

Lukas verzog das Gesicht zu einem Grinsen und nickte. »Ein super Ansatz, Kollege, aber komm zum Punkt.«

Levi nickte eifrig. »Im ersten Salon hatte ich keinen Erfolg, die Leute waren nicht besonders gesprächig. Aber in Wertach hat eine Kundin, die gerade eine Dauerwelle bekam, mitbekommen, warum ich da bin. Sie hat das von den Neuhofers gehört und wusste natürlich auch vom Tod der Wolfs vor zwei Jahren. Als ich gehen wollte, hielt sie mich zurück und erzählte mir von ihrer armen Freundin Andrea. Andrea Fuchsberger, um genau zu sein.« Levis brach ab, sah Lukas eindringlich an. »Sagt Ihnen der Name etwas?«

Lukas schüttelte den Kopf. »Sollte er denn?«

Levi nickte heftig, sah erst ihn, dann Marie Aufmerksamkeit heischend an. »Andrea Fuchsberger hatte einen Sohn. Sein Name war Benedikt. Der arme Kerl wurde im Sommer 2000 auf bestialische Art und Weise getötet. Sein Leichnam wurde übrigens ganz in der Nähe gefunden – in einem Dickicht im Kemptner Wald.«

SECHZEHN
SYLT/RANTUM

2019

Silja

»Alles klar bei dir?« Timo wirkte verärgert. »Du bist schon seit zwei Tagen so komisch drauf. Gestern wolltest du anrufen, hast es aber vergessen, und heute redest du kaum. Hab ich was verbrochen?«

»Nein!« Silja schüttelte schnell den Kopf, wusste nicht so recht, was sie ihm sagen sollte. »Es ist nur … Justina …«

»Was ist mit ihr?«

»Gestern war bei uns mal wieder Drama angesagt.«

Timo starrte sie an. »Ist sie schon wieder auf dich los?«

»Gott, nein! Mit mir hatte das nichts zu tun, ich war ja unterwegs, aber als ich abends nach Hause kam, da waren die Bullen bei uns. Mir ist fast das Herz in die Hose gerutscht, als ich das Polizeiauto in der Einfahrt stehen sah.«

Timo riss die Augen auf. »Jetzt lass dir nicht jedes Wort aus der Nase ziehen. Was war los?«

»Sorry«, gab Silja zurück. »Es ist nur so, langsam hab ich Schiss, dass ich dich mit dem Drama um meine Familie in die Flucht schlage.«

Timo brach in Gelächter aus. »Du denkst, ich würde abhauen, nur weil du mir ein paar düstere Geschichten über die Tante erzählst, die dein Vater gerade knallt?«

Jetzt konnte sich auch Silja ein Grinsen nicht verkneifen. »Hehe. Lass sie so was nicht hören. Damit machst du den ersten guten Eindruck gleich wieder kaputt. Und ein bisschen ernster ist es zwischen den beiden schon. Zudem ist Justina schwanger.«

»Sorry, sollte ja auch nur ein Scherz sein«, kam es von Timo zurück. »Erzählst du mir jetzt, warum die Polizei bei euch war?«

»Justina ist gestern am Strand schwer gestürzt. Angeblich weil ihr jemand auf den Fersen war. Ein Typ in dunklen Klamotten und mit Hoodie. Sie sagt, er habe sie eine Zeit lang aus der Entfernung angestarrt und ihr ein Zeichen gegeben, dass er sie abmurksen wolle. Mit so einer Halsabschneidegeste.« Sie fuhr sich mit der flachen Hand seitlich unters Kinn.

»Klingt eher wie eine Horrorstory.«

»Warte, es geht noch weiter.«

»Noch heftiger?«

»Ja, er sei auf sie zugerannt. Sie bekam Panik, ist vor ihm geflohen, kam ins Straucheln und ist voll auf die Fresse gefallen. Ein Bekannter meines Vaters hat den Sturz mitbekommen. Und weil sie anschließend irgendwie desorientiert wirkte, hat er meinen Vater angerufen. Der hat sich sofort ins Auto gesetzt und ist nach Hause gefahren, wo er Justina in völlig desolatem Zustand vorgefunden hat. Er sagt, sie habe geweint, sei vollkommen verwirrt und panisch gewesen. Schließlich hat sie ihm erzählt, dass dieser Typ von Strand sie schon mal mit einem Auto verfolgt habe, als sie zum Einkaufen wollte. Angeblich sei er ihr an jenem Tag sogar im Supermarkt in Wenningstedt auf die Pelle gerückt. Und dann war da dieser Kerl, den sie angeblich vorm Haus gesehen hat und der zu ihr hochgestarrt hat.«

»Der Typ, dessentwegen sie dann aus Angst mitten in der Nacht auf dich los ist?«

»Ganz genau! Die Sache ist nur die … dieser Bekannte meines Vaters und dessen Familie haben niemanden gesehen, der Justina verfolgt hat. Das muss zwar nicht heißen, dass es nicht passiert ist, aber komisch ist es schon.«

»Also hat dein Vater die Bullen aus Vorsicht gerufen oder weil er Justina beruhigen wollte?«

»Ein wenig von beidem, schätze ich. Er macht sich natürlich Sorgen um sie, weil sie schwanger ist.«

»Und was haben die Bullen gesagt?«

Silja hob die Schultern. »So viel ich mitbekommen habe, wollen sie der Sache vom Strand nachgehen, doch nachdem niemand außer Justina etwas gesehen hat, weiß ich nicht, was das bringen soll. Die Polizistin hat Justina dann noch ein paar Tipps gegeben, wie sie sich in Zukunft verhalten soll, wenn sie sich in einer ähnlichen Situation befindet.«

»Zum Beispiel?«

»Wenn es sich um einen öffentlichen Ort handelt, dann soll sie nicht weglaufen, sondern die Person lautstark stellen, sodass es viele Leute mitbekommen.«

»Und wenn sie alleine ist?«

»Dann natürlich wegrennen und um Hilfe rufen.«

»Und was hältst du von der Sache?«

»Ganz ehrlich, ich weiß es nicht. Einerseits denke ich, wer sollte sie hier auf der Insel stalken? Sie lebt erst seit Kurzem hier, kennt kaum jemanden. Wer sollte ein Interesse daran haben, ihr zu schaden, und vor allem, warum?

Doch andererseits kann ich mir nicht vorstellen, dass sie so verrückt ist, sich das alles nur einzubilden.«

Timo stieß die Luft aus, zog sie dann fest an seinen Körper. »Du Arme, ich kann mir vorstellen, wie dich das belastet.«

Sie ließ es geschehen, genoss seine Umarmung. Timo schaffte es immer wieder, sie runterzuholen, sie zu erden.

»Hast du nicht gesagt, sie habe irgendwelche Psychopillen zwischen ihren Sachen versteckt?«

Sie löste sich von ihm, sah ihn an. »Schon … Was willst du damit sagen? Du glaubst doch nicht etwa, dass sie sich das nur einbildet?«

»Wenn ein Arzt ihr die Pillen verschrieben hat, muss sie ja wohl schon früher Probleme gehabt haben.«

Silja nickte betrübt. »Und ich denke ehrlich gesagt, dass die Tabletten nicht das Einzige sind, was sie vor meinem Vater verheimlicht.«

»Was meinst du?«

Sie hob die Schultern. »Keine Ahnung, ist nur so ein Gefühl, das ich schon länger habe und das sich seit gestern noch verstärkt hat. Justina verbirgt etwas und ich vermute, dass es die Welt meines Vaters zum Einsturz bringen könnte, wenn er davon erfahren würde.«

Als sie rund fünfzig Minuten später mit Timo im Schlepptau den von Laternen gesäumten Weg zur Sansibar hinauflief, musste sie sich zwingen, nicht umzudrehen und davonzulaufen.

»Was ist los?«

»Ich hab so gar keine Lust, heute Abend einen auf glückliche Familie zu mimen.«

Timo grinste. »Hat dein Vater den Tisch nicht deinetwegen reserviert, weil du mal wieder herwolltest?«

Sie schüttelte den Kopf. »Der Hauptgrund ist, dass Justina auf andere Gedanken kommen soll. Wir beide sind nur Beiwerk.«

Timo lachte. »Also mich stört es nicht, wenn ich wegen deiner Stiefmutter eines der besten Steaks der Insel in mich reinstopfen darf. Natürlich auf Kosten deines Dads, hoffe ich.«

Silja sah ihn grinsend an, fühlte sich angesichts seiner lockeren und sorglosen Art gleich viel besser.

Als sie die Treppen zur Strandterrasse hinaufliefen, sah sie ihren Vater und Justina sofort. Beide waren in weiß gekleidet und schienen in ein Gespräch vertieft. Als Justina ihren Kopf in den Nacken legte und lachte, stimmte ihr Vater mit ein. Sie sahen so dämlich verknallt aus, dass es schon fast peinlich war.

»Irgendwie süß«, murmelte Timo neben ihr, der genau dasselbe zu denken schien.

Vielleicht wurde der Abend ja doch noch ganz nett. Sie drückte Timos Hand fester.

»Hi ihr Turteltauben«, begrüßte sie Justina und ihren Dad, ließ Timos Hand los, um beide auf die Wangen zu küssen. Anschließend wartete sie, bis auch Timo Justina und ihrem Vater die Hand gereicht hatte, dann setzten sie sich. »Habt ihr schon bestellt?«, fragte sie.

»Nur etwas zu trinken«, erklärte ihr Dad. »Justina und ich bleiben aufgrund der Umstände alkoholfrei, aber tut euch keinen Zwang an und bestellt, was ihr wollt.« Sein Blick glitt zu Timo. »Du bist natürlich herzlich eingeladen.«

Timo bedankte sich überschwänglich, woraufhin ihr Dad ihn angrinste. »Sag Arjan zu mir. Ich fühle mich viel älter, als ich bin, wenn du mich siezt.«

Timo wirkte ein wenig verlegen, schien sich über diesen Vertrauensvorschuss jedoch zu freuen.

»Das gilt natürlich auch für mich«, schloss sich Justina an. Nennen wir uns einfach beim Vornamen, ich bin Justina.«

»Gerne!« Timo nickte eifrig.

»So.« Arjan klatschte in die Hände. »Nachdem das geklärt ist, sollten wir bestellen, ich könnte ein Pferd verdrücken.«

Inzwischen waren sie bei der Nachspeise angekommen, die Stimmung war entspannt. Arjan war regelrecht ausgelassen und auch Justina schien bester Laune zu sein. Timo hatte sie in ein Gespräch verwickelt und auch wenn man merkte, wie schwer Justina sich tat, etwas über sich zu erzählen, fand Silja, dass sie sich Mühe gab.

»Ist das eigentlich dein erstes Kind?«, fragte Timo sie gerade beiläufig.

Silja bemerkte, dass Justina sich augenblicklich verkrampfte. Sie öffnete den Mund, schloss ihn gleich wieder, wirkte, als bräche sie jeden Augenblick in Tränen aus.

Timo reagierte irritiert, warf ihr einen Hilfe suchenden Blick zu. Dann sah er wieder zerknirscht zu Justina. »Ich wollte dir nicht zu nahe treten, bitte entschuldige.«

Justina schüttelte hilflos den Kopf, fummelte nervös an ihrer Serviette und sprang schließlich auf. »Tut mir leid«, stammelte sie in die Runde, »aber ich glaube, ich muss … entschuldigt.«

Sie stürzte in Richtung des Innenraums der Sansibar

und rannte dabei beinahe einen Kellner über den Haufen.

Dad sah ihr verdutzt nach, schien völlig überfordert.

Schließlich wandte er sich an Timo und sie. »Ich sollte wohl besser nach ihr sehen.«

Silja streckte die Hand aus, ergriff seinen Arm. »Lass ihr einen Moment. Bestimmt musste sie nur auf die Toilette. Sie ist schwanger, schon vergessen?«

Ihr Vater nickte, schien jedoch nicht überzeugt.

Silja wurde bewusst, dass nicht nur sie diese Situation als merkwürdig empfand. Auch Timo wirkte verstört. Sie nahm seine Hand. »Mach dir keine Gedanken, du hast nichts falsch gemacht.«

Er nickte, doch sie wusste, dass er dasselbe dachte wie sie. Irgendwas an seiner eigentlich unverfänglichen Frage hatte Justina völlig aus der Bahn geworfen.

Silja nahm ihr Glas, trank einen Schluck, beobachtete ihren Dad, der unruhig auf seinem Stuhl umherrutschte und immer wieder in Richtung Innenraum blickte.

Schließlich hielt er es nicht mehr aus. »Ich sollte wirklich nach ihr sehen.«

Silja nickte, wollte gerade aufstehen und ihn begleiten, als ein durchdringender Schrei ertönte. Bruchteile von Sekunden später torkelte ein an der Schläfe blutender junger Mann auf die Terrasse. Silja fiel auf, dass er direkt in ihre Richtung starrte und auf ihren Tisch zuzukommen schien. Er war schon fast da, brach aber schließlich auf dem Holzboden zusammen.

»Was zur Hölle ...«, stammelte ihr Dad, sprang auf, rannte in Richtung Innenraum.

Sie selbst schaffte es nicht, sich auch nur einen Millimeter zu bewegen, geschweige denn einen einzigen klaren Gedanken zu fassen.

Erst als die ersten Schrecksekunden verstrichen

waren und einige der anderen Gäste laut durcheinanderschrien, kam auch sie endlich wieder zu sich. »Los!«, brüllte sie Timo an und sprang auf. »Wir müssen ihm helfen!«

Doch ihr Freund saß einfach nur da und starrte ausdruckslos auf den blutenden Mann am Boden.

SIEBZEHN
KEMPTEN
2014

Lukas

»Benedikt Fuchsberger, im Jahr 2000«, wiederholte Marie den Namen, den ihr junger Kollege Levi eben genannt hatte, und sah in Lukas' Richtung. »Sagt der Name dir etwas?«

»Nein.« Lukas runzelte die Stirn. »Im Jahr 2000 war ich noch in Regensburg. Erst Jahre später habe ich meine Frau kennengelernt, bin wegen ihr nach Kempten gezogen und habe 2008 hier in unserer Dienststelle angefangen.«

Marie schmunzelte. »Ich wusste doch, dass in dir ein Romantiker und Gentleman steckt.«

»Darauf kannst du wetten«, ging Lukas auf ihr Flachsen ein und wandte sich an Levi, der ebenfalls breit grinste. »Und jetzt zu dir, Sherlock. Hat die Dame, die du im Friseursalon befragt hast, sonst noch etwas über diesen Benedikt erzählt?«

»Und ob«, bestätigte Levi eifrig. »Nachdem ich ihr gesagt habe, dass ich von der Kripo bin, war sie nicht mehr zu bremsen. Wie der Junge starb, wusste sie zwar nicht. Aber sie hat sich heftig darüber beschwert, dass sein Mörder noch frei herumläuft. Ein Zustand, der ihrer Freundin Andrea, also Benedikts Mutter, ziemlich zu schaffen machen würde. Sie wüte heftig gegen die Polizei. In ihren Augen seien wir die letzten Versager und absolut unbrauchbar. Ihrer Meinung nach werden wir auch die neueren Fälle der Wolfs und der Neuhofers niemals aufklären.«

Lukas kratzte sich am. Kinn, als er bemerkte, dass Marie düster vor sich hin starrte. »Alles paletti?«

Sie schluckte. »Ich verstehe die Frau. Inzwischen sind vierzehn Jahre vergangen, seit ihr das Kind genommen wurde, und sein Mörder wurde nie zur Rechenschaft gezogen.«

Lukas nickte schwer.

»Hast du die Akte schon gelesen?«

»Ich kam noch nicht dazu.«

Marie erhob sich. »Dann lass uns nachsehen, was wir über den Fall Fuchsberger im System finden.«

Lukas winkte ab. »Uns in die Akte einzulesen, würde Stunden dauern, Marie. Lass uns das abkürzen und mit jemandem reden, der damals bei den Ermittlungen dabei war.«

»Kennst du jemanden?«

»Da fällt mir auf Anhieb nur Sepp ein.«

»Meinst du Sebastian Freudlinger?«

»Ja, genau. Wundert mich, dass du ihn unter seinem richtigen Namen kennst.«

»Hab seinen Namen in den älteren Akten gefunden.«

»Na egal, sonst nennt keiner den alten Kauz so. Er ist der Dienstälteste hier, geht nächstes Jahr in Pension und war damals ganz sicher im Ermittlungsteam.«

Sie fanden Sepp in der Kantine. Er war gerade dabei, sich eine Semmel mit einer zweifingerdicken Scheibe Leberkäse einzuverleiben, und sah nicht gerade glücklich aus, als Lukas mit Marie und Levi im Schlepptau ungefragt an seinem Tisch Platz nahm.

»Wir müssen mit dir reden«, verkündete Lukas.

»Und das kann nicht bis nach meiner Pause warten?«

Lukas ging nicht auf die Spitze seines Kollegen ein, sondern kam ohne Umschweife zum Punkt. »Erinnerst du dich noch an Benedikt Fuchsberger?«

»Ewig her, wie kommt ihr jetzt auf ihn?«

»Sag uns alles, was dir spontan in den Sinn kommt und woran du dich noch erinnerst.«

Sepp starrte von ihm zu Marie, dann blieb sein Blick auf Levi hängen. Schließlich blickte er wieder grimmig zu Lukas, warf dann seine Leberkäsesemmel zurück auf den Teller, wischte sich die fetttriefenden Finger mit einer Serviette ab und schnaubte. »Der hat mir schon damals den Appetit verdorben. Ich musste kotzen, als ich seinen Leichnam sah. Also danke, dass ihr mich beim Essen daran erinnert.«

Lukas grinste. »Dein Cholesterinspiegel wird sich über eine Pause von deinen fetttriefenden Lieblingsspeisen freuen, die du ständig in dich hineinstopfst.«

Aus dem Augenwinkel bemerkte Lukas, wie sich Maries Körper verkrampfte. Nur mit Mühe schien sie ein Lachen unterdrücken zu können und Levi schien es genauso zu gehen. »Was war es, das dich zum Kotzen gebracht hat?«, fragte er Sepp.

Dieser schob mit einem bedauernden Blick seinen Teller von sich. »Ja, wo fang ich da am besten an?« Er stieß die Luft aus, sah unbehaglich in die Runde, tippte sich dann mit dem Zeigefinger gegen die Glatze. »Dieser Fall hat mich mindestens die Hälfte meiner Haare gekostet, nur damit ihr Bescheid wisst.« Er räusperte sich.

»Seine Mutter, Andrea Fuchsberger, ich erinnere mich noch, wie sie vor mir saß und die ganze Zeit von ihrem lieben Jungen sprach, von ihrem süßen Spatz, und ich dachte, dass es sich um ein Kleinkind handelt, allenfalls vielleicht um einen dreizehn-, vierzehnjährigen Teenager. Doch dann knallte sie mir ein Foto auf den Tisch. Das Foto von einem Mann Mitte zwanzig. Er war zu dem Zeitpunkt noch keine vierundzwanzig Stunden vermisst und ich sagte ihr, dass so was bei Erwachsenen anders läuft. Sie ist vollkommen ausgerastet, schrie mich an, war total hysterisch. Ich musste zwei Kollegen zu Hilfe rufen, weil ich dachte, sie würde mir die Augen auskratzen. Als sie sich wieder beruhigt hatte, erzählte sie, dass es nicht zu Benedikt passe, einfach nachts wegzubleiben, ohne Bescheid zu sagen.«

»Hatte sie schon nach ihm gesucht?«, fragte Lukas.

»Ja freilich. Hat wahrscheinlich die ganze Umgebung verrückt gemacht und schließlich sein Fahrrad vor seiner Stammkneipe gefunden. Der Barkeeper sagte ihr, dass es Benedikt ziemlich beschissen gegangen sei, als er bei ihm raus sei.«

»Zu viel gebechert oder gab es einen anderen Grund?«, fragte Marie.

»Na, was schon? Der Junge war sturzbesoffen, als er die Bar verließ. Und Andrea Fuchsberger redete über ihren Sohn, als sei er noch immer ein kleiner braver Junge, der eigentlich an ihrem Rockzipfel hängen müsste. Was hat die mich kirre gemacht mit ihrem Gerede, von wegen der Kleine befände sich in tödlicher Gefahr.«

»Womit sie ja wohl recht hatte«, warf Marie ein, worauf sie von Lukas einen mahnenden Blick einfing und Sepp weiterreden ließ.

»Aufgrund ihres Gestammels war ich fest davon überzeugt, dass der Sohnemann in irgendeiner Scheune liegt und seinen Rausch auspennt.« Er brach ab, schien nach Worten zu suchen. »Natürlich hab ich ihr das nicht so direkt gesagt, hab versucht, ihr klarzumachen, dass Benedikt in einem Alter ist, in dem er sich auch mal austoben darf. Dass er alt genug ist, selbst zu entscheiden, ob und wann er nach Hause kommt. Doch sie ließ nicht locker. Also hab ich mich weichkochen lassen und hab die Vermisstenanzeige sofort aufgenommen, in der Hoffnung, dass sie Ruhe gibt.«

»Aber das tat sie nicht«, mischte Marie sich erneut ein.

Sepp schüttelte den Kopf. »Sie hat überall in der Gegend Zettel aufgehängt, die Leute verrückt gemacht. Wegen ihr brachen einige Eltern in Panik aus, weil sie dachten, da draußen liefe ein Irrer herum, der es auf junge Männer abgesehen hat. Wir mussten Andrea Fuchsberger damals nachdrücklich bitten, sich etwas zurückzuhalten, doch dann kam dieser Anruf. Ein Wanderer hatte den Leichnam eines Mannes gefunden und uns informiert.«

»Er war es?«, fragte Marie.

»Ja.« Sepp wischte sich über die Stirn, nickte schwer. »Sein Leichnam lag in einem Dickicht, war splitterfasernackt, ist verblutet, weil man ihm den Penis abgeschnitten hatte.«

Lukas zuckte entsetzt zurück. »Nicht dein Ernst, oder?«

Sepp schluckte schwer. »Leider doch. Benedikt hatte auch eine schwere Kopfverletzung, doch gestorben ist er an der Wunde im Genitalbereich. Das steht auch im Bericht der Gerichtsmedizin.«

»Da war aber noch mehr, nicht wahr?«, fragte Marie.

Sepp rutschte auf seinem Stuhl herum, sah aus, als müsse er sich jeden Augenblick wieder übergeben. Schließlich sah er seufzend von Marie zu ihm herüber. »Mir ist es damals nicht gleich aufgefallen, aber dem

Arzt, den wir riefen, um den Totenschein auszustellen, sehr wohl.« Er holte Luft, stieß sie dann gleich wieder aus. »Benedikts Halsregion war merkwürdig angeschwollen. Der Arzt hat noch am Leichenfundort festgestellt, dass der junge Mann einen Fremdkörper im Rachen stecken hatte … und was das bedeutet, werdet ihr euch sicherlich denken können.«

Lukas Blick glitt zu Marie, die Sepps Ausführungen relativ gelassen zur Kenntnis nahm, dann zu Levi. Der junge Kollege starrte Sepp fassungslos an, presste sich die rechte Hand schützend in den Schritt, als ginge es um sein eigenes Gemächt.

»Scheiße verdammt«, stieß sein junger Kollege schließlich aus. »Wie krank ist das denn? Dann hat der Täter dem armen Kerl den Schwanz abgeschnitten und ihm das Teil in den Rachen gestopft …«

ACHTZEHN
SYLT/RANTUM
2019

Justina

Justina musste sich zusammenreißen, um nicht laut loszubrüllen. Ihr Herz hämmerte ein wildes Stakkato, ihr gesamter Körper vibrierte und sie hatte das Gefühl, nur noch wie durch einen schmalen Tunnel zu sehen. Sie wusste nicht, wie viel Zeit vergangen war, seit sie diesem Kerl den Seifenspender an den Schädel gedonnert und sich anschließend in der engen Toilettenkabine eingeschlossen hatte.

Waren es Minuten?

Stunden?

Sie presste die Lider fest zusammen, rief sich den Angriff noch einmal vor Augen.

Da waren Schritte gewesen. Die Tür zur Damentoilette war aufgegangen und dann hatte sie gehört, wie jemand eine Tür nach der anderen geöffnet hatte und schließlich vor ihrer Kabine stehen geblieben war. Zuerst hatte sie sich nichts dabei gedacht, hatte angenommen, dass in den anderen Kabinen kein Papier vorhanden war, jemand deswegen wartete, bis die ihre frei war.

Doch dann hatte sie diese Stimme gehört.

Die Stimme eines Mannes, der leise ein Lied summte. Das Lied, das sie erst vor wenigen Tagen am Telefon sich selbst hatte singen hören.

Wenn sie ehrlich war, hätte sie bis zu diesem Moment noch daran gezweifelt, ob dieser Anruf und das Lied, das sie gehört hatte, nur Einbildung waren oder ob es tatsächlich passiert war.

Deswegen hatte sie es auch weder Arjan und Silja noch der Polizei gegenüber erwähnt. Stattdessen hatte sie den Beamten nur die Vorfälle im Supermarkt und am Strand geschildert und erwähnt, dass sie jemanden vor dem Haus hatte stehen sehen. Schon während ihrer Aussage hatte sie den Eindruck gewonnen, dass niemand sie wirklich für voll nahm.

Daraufhin hatte sie sich wie eine hysterische Irre gefühlt, die scheinbar grundlos auf Silja losgegangen war, und sich vor Arjan geschämt. Doch am meisten hatte ihr zugesetzt, dass sie der Polizistin, die ihre Aussage aufnahm, nicht die ganze Wahrheit hatte erzählen können. Zu groß war ihre Angst gewesen, dass man sie auch hier, weit weg von Zuhause, als Verrückte abstempeln würde.

Bisher wusste auf der Insel niemand, wer sie wirklich war, was sie durchgemacht und was sie getan hatte. Sie hoffte, dass es dabei blieb.

Sie schluckte, zwang sich, an etwas anderes zu denken, aber ihre Gedanken verselbstständigten sich. Immer wieder glitten sie zu dem Typen, den sie blutig geschlagen hatte.

War sie einer Überreaktion erlegen?

Doch sie war sicher, dass jemand vor der Toilette gestanden und dieses Lied gesummt hatte, das ihr solche Angst einjagte.

Was zum Henker hätte sie tun sollen?

Die Polizistin neulich hatte ihr den Rat gegeben, auf Konfrontation zu gehen, sofern andere Menschen in der Nähe waren. Jemandem einen Seifenspender überzubraten, hatte sie damit sicherlich nicht gemeint.

Heftig zitternd umschloss sie ihre Knie mit den Armen, ließ den Kopf sinken, verharrte in dieser Stellung.

»Justina?« Die freundliche Stimme einer Frau ließ sie aus ihrer Erstarrung hochfahren.

»Justina Schwarz? Ich bin Nele Winkler von der Polizei. Wir haben neulich schon einmal miteinander gesprochen, erinnern Sie sich?«

»Ja, ich bin hier«, meldete sich Justina mit leiser Stimme und spürte, wie ihre Dämme brachen.

Schluchzend öffnete sie die Tür.

»Geht es Ihnen gut?«

Justina nickte. »Körperlich fehlt mir nichts … es ist nur …«

»Wollen Sie mir erzählen, was genau los war?«

Justina holte tief Luft, versuchte, sich zu sammeln, sah die Polizistin an. »Mein Lebensgefährte, dessen Tochter samt Freund und ich sind hier, um etwas zu essen«, erklärte sie. »Mir wurde auf einmal übel. Also bin ich zur Toilette und plötzlich …« Sie brach ab, japste heftig.

»Bleiben Sie ruhig«, sagte Nele Winkler sanft, strich ihr über den Rücken.

»Ich hab was gehört, direkt vor meiner Kabinentür. Da stand jemand und ich bin sicher, dass es ein Mann war. Ich hörte seine Stimme.«

»Was hat er gesagt?«

Justina seufzte frustriert. »Eigentlich nichts. Er hat ein Lied gesummt.«

»Er hat gesummt?« Die Polizistin sah sie perplex an.

Justina nickte. »Ich weiß, wie sich das anhören muss, aber ich schwöre Ihnen, dieses Lied ist für mich alles andere als harmlos. Es hat … eine Bedeutung für mich und er, also dieser Kerl, wusste das.«

»Was war danach?«

»Ich hab gesagt, er soll weggehen, sonst würde ich schreien.«

»Und dann?«

»Hat er gelacht.«

»Ist er dann weggegangen?«

»Ich hatte solche Panik, dass ich einfach in der Kabine geblieben bin, und irgendwann hab ich dann die Tür gehört. Ich bin dann auch raus, wollte Hilfe holen, und als ich in den Gang hinaus bin, da stand er da. Verstehen Sie? Er stand da, als lauere er mir auf.«

»Das war der Augenblick, in dem sie auf ihn losgegangen sind?«

Justina seufzte. »Er kam blitzschnell auf mich zu. Was hätte ich machen sollen?«

»Mit was genau haben Sie ihn geschlagen?«

»Es war ein Seifenspender aus Porzellan.«

»Wo ist der jetzt?«

»Ich hab ihn wieder ans Waschbecken gestellt, als ich zurück in die Kabine bin.«

»Warum haben Sie überhaupt zugeschlagen? Hat er sie berührt, irgendwie direkt bedroht?«

»Das nicht. Aber ich hab mich gefürchtet. Wegen alldem, was zuvor passiert ist. Ich hatte Angst um mein Baby.«

Nele Winkler musterte sie. »Er behauptet, dass er auf die Toilette musste und sie dann einfach auf ihn eingeschlagen hätten.«

»Aber das ist nicht wahr! Er war auf der Damentoilette, vor der Kabine, in der ich war. Und er summte ein

Lied, das ich früher …« Sie stockte, als sie Nele Winklers lauernden Gesichtsausdruck bemerkte. »Was ist los?«

»Haben Sie den Mann vor der Kabine gesehen?«

»Das nicht, aber …«

»Woher haben Sie dann wissen können, dass es der Mann war, den Sie geschlagen haben?«, unterbrach die Polizistin sie.

Justina öffnete den Mund, schloss ihn dann wieder.

Die Polizistin hatte recht. Sie wusste es nicht, hatte einfach reagiert, ohne nachzudenken. »Bin ich jetzt in Schwierigkeiten?«, fragte sie und schluckte gegen die Tränen an.

»Wenn der Mann Sie anzeigt, ja«, gab Nele Winkler zurück.

»Es tut mir wirklich leid«, wimmerte Justina. »Ich wollte einfach nicht mehr das hilflose Opfer sein. Ich wollte es so machen, wie Sie mir geraten haben, auf Konfrontation gehen. Dabei hab ich in meiner Panik wohl die Kontrolle verloren.«

»Sollen wir nach draußen gehen?«, schlug Nele Winkler vor. »Ihre Familie macht sich bestimmt schon Sorgen um Sie.«

Justina folgte ihr, ignorierte die Blicke der anderen Gäste, schwor sich insgeheim, dieses Lokal nie wieder zu besuchen.

»Was ist passiert?«, fragte Arjan, ihr auf der Terrasse entgegeneilend.

Sie schluckte.

»Darf ich Sie einen Augenblick sprechen?«, fragte Nele Winkler und sah Arjan ernst an.

Arjan nickte, winkte Silja zu sich. »Kannst du mit Justina schon zum Auto gehen?«, bat er seine Tochter. »Bezahlt ist ja alles.«

Nele Winkler warf Justina einen Blick zu. »Vielleicht

sollten Sie sich bei dem jungen Mann entschuldigen. Sicherlich könnte das seine Entscheidung, Sie anzuzeigen, beeinflussen.«

Justina folgte dem Blick der Polizistin, sah den Mann auf einem der Stühle zwei Tische weiter sitzen. Er hielt sich eine in Servietten gewickelte Packung mit Eis gegen die Schläfe, starrte finster in ihre Richtung.

Justina wollte schon auf ihn zugehen und ihn tatsächlich um Verzeihung bitten, als ihr Blick seine Augen traf. Sie funkelten zornig, doch da war auch noch etwas anderes darin. Abrupt hielt sie inne, schüttelte den Kopf, sah zu Nele Winkler. »Ich werde mich garantiert nicht bei diesem Kerl entschuldigen.«

Sie warf ihm über die Schulter einen letzten entschlossenen Blick zu, dann marschierte sie in Richtung Ausgang.

Das Gespräch zwischen Arjan und der Polizistin schien eine halbe Ewigkeit zu dauern, jedenfalls kam es Justina so vor. Sie hatte sich auf den Beifahrersitz von Arjans Mercedes gesetzt, hielt bewusst die Augen geschlossen und malte sich aus, dass jeder, der an dem Wagen vorbeikam, sie pikiert anstarrte.

Sie war jetzt die Irre, die irgendeinen armen Kerl verkloppt hatte. Selbst Silja und ihr Freund schienen vollkommen schockiert zu sein. Auf dem Weg zum Parkplatz hatten sie keinen Ton zu ihr gesagt, ihr nur verstohlene Blicke zugeworfen.

»Ich übernachte heute bei Timo, ist das okay für dich?« Siljas Frage ließ darauf schließen, dass Arjan inzwischen da war, sie also endlich von hier fortbringen würde. Alles in ihr sehnte sich danach, im Erdboden zu versinken und nie wieder ans Tageslicht zu kommen.

Die Fahrertür ging auf, dann spürte sie, wie jemand sich neben sie setzte. Als sie die Augen öffnete, erwartete sie ein wütendes oder zumindest ein enttäuschtes Gesicht, doch Arjan sah nur besorgt aus, hilflos und furchtbar müde. Augenblicklich fühlte Justina sich schuldig. Da hatte ihr Lebenspartner einen schönen Abend für sie geplant und sie hatte alles ruiniert. Und warum? Weil Timo ihr eine vollkommen harmlose Frage gestellt hatte, die sie nicht beantworten wollte. Stattdessen war sie wieder in ihre Paranoia verfallen.

Sie stieß die Luft aus, sah Arjan an, wollte etwas sagen, doch wie sollte sie ihm plausibel erklären, was da drinnen passiert war? Besser, sie schwieg. Sie biss sich auf die Lippen, als Arjan seufzend den Wagen startete.

Auch unterwegs sagte keiner von ihnen einen Ton, erst als sie auf die Einfahrt zufuhren, spürte sie an Arjans Körperhaltung, dass er auf eine Erklärung zu warten schien.

Sie zögerte es weiter hinaus. Wartete, bis die Haustür hinter ihnen ins Schloss gefallen war und er vor ihr her ins Innere stürmte. »Warte«, bat sie ihn.

Arjan stoppte, drehte sich zu ihr um, sein Gesicht zur Maske erfroren. »Worauf?«

»Ich weiß nicht, wo ich beginnen soll«, stammelte sie so leise, dass es sich wie ein Nuscheln anhörte.

»Na schön, dann sage ich dir, was ich weiß«, entgegnete er. »Nele Winkler hat mit meinem Bekannten wegen neulich gesprochen. Er hat auch ihr gegenüber erwähnt, dass er niemanden gesehen hat, der dich bedroht haben könnte. Außerdem hat sie sich das Band vom Supermarkt angesehen. Da war ein Typ neben dir, aber der hat, nachdem du rausgerannt bist, ganz normal eingekauft.« Er hob die Schultern, ließ sie wieder sinken. »Ich weiß auch nicht, was ich sagen soll, aber scheinbar hast du dich wegen dieses Kerls neulich nachts vorm Haus in etwas verrannt. Entweder das oder du hast ein größeres Problem, das mit allem zusammenhängt, was damals in München passiert ist.«

Justina zuckte vor ihm zurück. »Du weißt davon?«

Er nickte. »Komm, setzen wir uns.«

Sie folgte ihm ins Wohnzimmer, wo er sich ein Glas aus der Vitrine nahm, ein wenig Whiskey hineingab, ihn auf einen Schluck austrank. Danach lehnte er sich in seinem Sessel zurück, sah sie an. »Nele hat mir da etwas gesagt, das mir zu denken gibt. Nachdem sie neulich hier war, hat sie bei den Kollegen in München Informationen über dich eingeholt.«

Justina versteifte sich. »Warum hat sie das gemacht? Wir haben die Polizei gerufen, weil jemand mich am Strand bedroht hat und nicht umgekehrt.«

»Warum sie das getan hat, weiß ich nicht. Fakt ist aber, dass sie weiß, dass du wegen eines Suizidversuchs in der Psychiatrie warst und damals sogar deine Tochter in Gefahr gebracht hast. Sie sagte, es grenze an ein Wunder, dass nicht mehr passiert sei und dass alles wohl damit zusammenhing, was deinen Eltern zugestoßen ist.«

»Ich wusste es«, presste Justina zwischen zusammengebissenen Zähnen hervor. »Irgendwann geht die Scheiße wieder los, ich habe es die ganze Zeit geahnt.«

»Warum weiß ich nicht, dass du ein Kind hast? Du hast mir nur erzählt, dass du verheiratet gewesen bist und er dich betrogen hat. Alles andere musste ich von einer Polizistin, die ich flüchtig von früher kenne, erfahren. Weißt du, wie ich mich gefühlt habe?«

»Tut mir leid«, gab sie zurück. »Es ist nur …«

»Was?!«

»Alles ist so schmerzhaft für mich gewesen, dass ich einfach nicht drüber reden wollte. Und dann ist da auch noch Faith, meine Tochter. Über sie zu reden, fühlt sich an, als würde ich mich selbst verletzen, es ist zu grausam, verstehst du?«

»Was genau ist denn passiert? Wo ist das Mädchen?«

»Bei meinem Exmann und meiner ehemals besten Freundin. Sie ist heute mit ihm verheiratet und spielt Faiths Mutter.«

»Wie kann das sein? Warum haben die beiden das Kind?«

Justina legte den Kopf in den Nacken, schloss die Augen.

Als sie sie wieder öffnete, zwang sie sich, Arjans Blick standzuhalten. »Alles fing an, als meine Eltern ermordet wurden.«

Arjan sah sie mit weit aufgerissenen Augen an. »Jemand hat deine Eltern umgebracht?«

»Es war Brandstiftung«, erklärte sie. »Jemand ist mitten in der Nacht zu ihrem Hof gekommen, hat überall Benzin vergossen und es angezündet. Meine Eltern sind bei lebendigem Leib verbrannt, haben es nicht einmal aus dem Bett geschafft.«

Eine Welle der Übelkeit erfasste sie, doch schließlich schaffte sie es, dagegen anzuatmen. »Wenig später wurde ich schwanger und wie das in der Schwangerschaft nun mal so ist, spielten meine Hormone verrückt. Ich war noch vollkommen am Boden wegen des Mordes an meinen Eltern. Hinzu kam, dass es der Polizei nicht gelang, die Täter zu fassen ...« Sie brach ab, nahm dankbar das Glas, das er mit Wasser gefüllt hatte, trank einen Schluck.

Arjan nahm ihr das Glas ab, als ihre Hand anfing zu zittern, stellte es auf den Tisch, ergriff ihre Hand, drückte sie. »Gehts wieder?«

Sie nickte. »Es war, als habe man mir den Boden unter den Füßen weggezogen ... und dann kam es zu diesen Vorfällen.« Sie brach ab, schluckte hart. »Es war so ähnlich wie hier ...«

Arjan sah sie erschüttert an. »Was war ähnlich wie hier, ich versteh nicht?«

»Auch damals hab ich jemanden vorm Haus stehen sehen, mich beobachtet gefühlt, regelrecht verfolgt hab ich mich gefühlt. Irgendwann war ich überzeugt davon, dass jemand während unserer Abwesenheit ins Haus eingedrungen war. Dinge standen plötzlich an vollkommen anderen Stellen, Sachen verschwanden. Natürlich gab mein Ex mir die Schuld, wenn er etwas nicht finden konnte. Er glaubte mir kein Wort, als ich sagte, dass ich Angst habe, jemand könne eingebrochen sein oder jemand verfolge mich. Nach Faiths Geburt wurde es noch schlimmer.

Aufgrund des Mordes an meinen Eltern hatte ich ein Trauma, zusätzlich litt ich wohl unter einer postnatalen Depression und bekam extreme Panikattacken. Ich hatte die ersten Monate keine Kraft, mich um mein Baby zu kümmern, schaffte es nicht einmal, Faith zu stillen. Meine damalige Freundin Susanne half mir und ich war ihr dankbar. Wie konnte ich ahnen, dass mir das später zum Verhängnis werden würde? Faith war bereits acht Monate alt, als es endlich aufwärtsging. Nachdem mir alle möglichen Leute inklusive meiner Therapeutin erfolgreich eingeredet hatten, dass mein Verfolgungswahn nur ein Symptom des Traumas war, das ich wegen des Todes meiner Eltern hatte, glaubte ich, mir alles nur eingebildet zu haben. Bis das mit den Tabletten passierte.«

Sie hielt inne, sah Arjan an.

»Was ist passiert?«, fragte er und streichelte immer noch ihre Hand.

»Damals war Faith gerade ein Jahr alt geworden. Mein Ex war beruflich unterwegs und ich deswegen allein im Haus. Ich hatte wieder gelernt, mich sicher zu fühlen, ging regelmäßig zur Therapie, dachte, ich sei über den Berg, doch dann ging es wieder los. Genau an dem Wochenende, als ich mit meiner Kleinen alleine war.«

»Was ging wieder los?«

»Ich weiß, es klingt verrückt, aber ich hatte das Gefühl, jemand sei im Haus. Und dann bin ich aus dem Nichts heraus zusammengebrochen, erinnere mich noch, dass ich tatsächlich jemanden gesehen habe. Einen Mann, der sich über Faiths Bett beugt und sie herausnehmen will. Als ich zu mir kam, lag ich im Krankenhaus. Ich hatte eine große Menge Schlaftabletten intus, was sowohl die Ärzte als auch meinen Ex glauben ließen, ich habe mich umbringen wollen.«

»Und du hast die Tabletten nicht selbst genommen?«

»Nein, natürlich nicht. Ich hab versucht, das richtigzustellen. Hab von diesem Mann erzählt, doch niemand glaubte mir. Vor allem nicht, weil man Faith neben mir auf dem Fußboden gefunden hat. Sie hatte eine Verletzung am Kopf, muss so laut geschrien haben, dass Nachbarn die Polizei riefen. Am Ende stand für alle fest, dass ich die Tabletten selbst genommen und Faith aus dem Bett gehoben hatte, sie mir wegen der Medikamente im Blut aus den Armen oder vom Wickeltisch gefallen sei.«

»Und dein Mann? Der hat dir niemals auch nur ein Wort von dem geglaubt, was du gesagt hast?«

»Mein Mann!« Justina lachte bitter auf. »Zu dem Zeitpunkt war er schon lange nicht mehr mein Mann. Er hatte seit Monaten ein Verhältnis mit Susanne, meiner ehemals besten Freundin. Er wollte mich verlassen und ich denke, dass mein angeblicher Wahnsinn ihm ganz gelegen kam.«

»Und was ist danach passiert? Also nach der Sache mit dem angeblichen Suizid?«

»Ich musste für zwei Monate in die Psychiatrie. Als ich wieder rauskam, legten Susanne und mein Ex die Karten auf den Tisch, gestanden ihre Affäre. Und weil ich so bescheuert war, meine Wut an Susanne auszulassen, hatten sie ein Druckmittel in der Hand.«

»Was genau hast du gemacht?«

»Ich hab ihr mehrmals mit der Faust ins Gesicht geschlagen, ihr die Nase gebrochen.«

Arjan stieß ein überraschtes Lachen aus.

»Mein Ex und sie fanden es nicht lustig«, schob Justina nach. »Sie drohten mir, mich anzuzeigen, was bedeutet hätte, dass man mich wieder in die Anstalt gesperrt hätte. Es sei denn …« Seufzend hielt sie inne.

Arjan nickte. »Du hast zugestimmt, dass dein Ex das alleinige Sorgerecht bekommt und als Gegenleistung haben sie dich nicht angezeigt.«

»Nicht ganz. Ich bin davon ausgegangen, dass dieses Arrangement nur vorübergehend sei. Doch am Ende ließen sie mich vor Gericht wie eine gewalttätige Irre dastehen, die eine Gefahr für Faith wäre.«

»Sie haben Recht bekommen?«

»Susanne hat gegen mich ausgesagt und sogar meine Depression mit ins Spiel gebracht. Die Richterin muss mich für die größte Versagerin und Rabenmutter gehalten haben, die die Welt jemals gesehen hat. Sie meinte, ich dürfe Faith nur einmal im Monat unter Aufsicht sehen, und als ich während dieser Termine zweimal eine Panikattacke bekam, nahmen sie mir auch dieses Recht.«

Arjan ließ ihre Worte auf sich wirken, stand auf, lief im Raum hin und her, kam zu ihr zurück und ging vor ihr in die Hocke, nahm ihre Hände in die seinen. »Du hattest also auch in München schon das Gefühl, dass jemand dich verfolgt und bedroht? Die Vorfälle waren ähnlich wie die, die hier passiert sind?«

Justina nickte. »Und sie fühlten sich auch total echt an. So echt, dass ich oft nicht wusste, ob ich wirklich in Gefahr war oder nicht.«

»So wie heute in der Sansibar«, ergänzte Arjan.

»Ganz genau. Und damals wie auch heute war die Polizei involviert. Nur haben die Polizisten in München auch keinen Beweis dafür gefunden, dass ich mir das alles nicht nur einbilde. Hinzu kam die Vorgeschichte mit dem Mord an meinen Eltern … kein Wunder, dass alle mich für irre hielten und dachten, ich sei paranoid.«

»Und du bist sicher, dass alles echt ist? Dich wirklich jemand bedrohte beziehungsweise noch immer bedroht?«

»Keine Ahnung.« Justina sah ihn kopfschüttelnd an, spürte, dass ihr Tränen in die Augen schossen. »Ehrlich gesagt, weiß ich das selbst nicht so genau, selbst jetzt nicht.«

»Aber warum kam dir die Situation mit dem Kerl vorhin so bedrohlich vor, dass du ihm eins übergebraten hast?«

Kurz überlegte sie, zu lügen, dann entschied sie sich jedoch, ihm von dem seltsamen Anruf vor zwei Tagen zu erzählen.

»Wie bitte? Du hast dich selbst gehört?«

»Nicht nur mich, auch Faith. Sie ist inzwischen sechs Jahre alt, keine Ahnung, wie so etwas möglich ist. Vielleicht hast du es ja tatsächlich mit einer vollkommen bekloppten Psychopatin zu tun.«

Arjan starrte sie nachdenklich an, dann auf ihren Bauch. »Und der Mord an deinen Eltern? Wurde der inzwischen aufgeklärt?«

Sie schüttelte den Kopf. »Das ist ja der Grund, wieso jeder zu wissen scheint, was in mir vorgeht. So nach dem

Motto: die arme Justina. Sie ist verrückt geworden, nachdem sie ihre Eltern verloren hat.«

»Hast du einen Verdacht, wer das getan haben könnte und warum? Es muss ja irgendeine Spur geben, die Polizei ermittelt doch noch, oder?«

»Nein. Und ich hab die Hoffnung aufgegeben, dass der Verantwortliche jemals gefunden wird.« Sie stieß ein verbittertes Lachen aus. »Mir ist natürlich bewusst, dass dieses Verbrechen an ihnen etwas in mir kaputt gemacht und ausgelöst hat.« Sie schluckte angestrengt, sah Arjan wehmütig an. »Meine Eltern waren liebe Menschen, sehr angesehen bei uns im Ort, hatten viele Freunde. Niemand begreift, warum ihnen das angetan wurde, am wenigsten ich selbst.«

»Hast du schon mal überlegt, ob das, was ihnen passiert ist, mit dem zusammenhängen könnte, was du damals in München durchgemacht hast?«

Justina wurde warm ums Herz. »Dann glaubst du mir?«

»Natürlich! Du bist zwar nachvollziehbarerweise verängstigt und traumatisiert, aber auf keinen Fall verrückt. Ganz egal, ob du dir das alles einbildest oder nicht. Nachgehen sollten wir all diesen Ereignissen unbedingt. Und wir müssen deinen Ex anrufen, ihm von dem Anruf erzählen – nur zur Sicherheit.«

Justina winkte ab. »Das können wir uns sparen«, erklärte sie. »Er wird den Anruf für eins meiner Hirngespinste halten. Er hat mir schon damals kein einziges Wort geglaubt.«

»Moment! Nur mal angenommen, du hast dir den Anruf nicht eingebildet, dann könnte dieser bedeuten, dass deine Tochter in Gefahr ist.« Er brach ab, sah sie eindringlich an. »Und nicht nur sie …«

»Ich versteh nicht, wieso das?«

»Falls du wirklich deine eigene Stimme und Faiths

Kleinkindgebrabbel gehört hast, dann muss dich damals jemand auf Band aufgenommen haben. Und das wiederum bedeutet, dass du von Anfang an recht gehabt hast, mit allem! Und so lange wir weder das eine noch das andere mit Gewissheit ausschließen können, müssen wir vorsichtig sein und die Augen offen halten.«

NEUNZEHN
KEMPTEN

2014

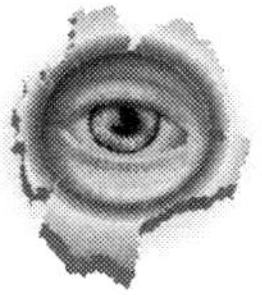

Lukas

»Dich erschüttert so schnell nichts, hm?« Lukas sah Marie an, die sich durch die Akte Fuchsberger im internen Online-Archiv kämpfte.

Sie reagierte nicht, las weiter, bevor sie hochblickte. »Also irgendwie …« Sie brach ab.

»Wieder eine Idee?«

»Ich krieg den Gedanken nicht aus dem Kopf, dass das alles miteinander zu tun hat. Zwei tote Paare, eins ganz offensichtlich ermordet, beim anderen könnte es auch Suizid gewesen sein. Dann der tote junge Mann.«

»Das mit Benedikt war doch schon 2000«, erinnerte Lukas sie.

»Na und?«, gab Marie zurück. »Aber auch bei ihm gab es keine Spuren, keinen Hinweis, keiner hatte eine Idee, wer der Täter gewesen sein könnte. Findest du es nicht auch seltsam, dass da gleich mehrere Leute mit einer mörderischen Ader frei draußen herumlaufen, nur weil sie uns mehrere Schritte voraus sind?«

»Ich kann dir nicht ganz folgen.«

»He, überleg mal. Es ist ja nicht so, dass das, was einen Killer ausmacht, ansteckend ist und sich somit Mord und Totschlag vervielfachen. Ich meine, einer, okay. Aber in dem Fall sind es offiziell zwei, wenn nicht drei.« Sie brach ab, sah Lukas an. »Noch dazu handelt es sich um Fälle, die alle hier in der Gegend um Kempten passiert sind. Noch ein sehr komischer Zufall, findest du nicht?«

»Du denkst, all diese Menschen wurden vom selben Täter ermordet?«

»Hab ich nicht gesagt«, gab Marie zurück. »Nur dass die Fälle zusammenhängen könnten.«

»Und was liest du da gerade?«

»Benedikts Akte. Er hatte keinerlei Vorstrafen, eine absolut weiße Weste. Wieso sollte jemand gerade ihn auf so grauenvolle Weise aus dem Leben reißen?«

»Vielleicht ist er einfach an die falschen Leute geraten? Hat sich mit finsteren Gestalten eingelassen?«

»Er hatte laut Aussage der meisten Menschen aus seinem direkten Umfeld keinerlei Kontakt mit Drogen, hat noch nicht einmal gekifft, geschweige denn was Härteres genommen. Benedikt war weder in irgendwelche Gewaltdelikte noch in Diebstähle verwickelt – nichts. Seine Weste ist strahlend weiß gewesen, da hatte seine Mutter völlig recht. Ich hab noch nicht einmal eine Anzeige wegen zu schnellen Fahrens gefunden. Es scheint, als sei er wirklich ein Musterknabe gewesen.«

»Die schlimmsten Serientäter erschienen ihrem Umfeld oft wie Chorknaben. Sagt dir jede Kriminalstatistik.«

»Schon!« Marie verzog misstrauisch das Gesicht. »Aber Benedikt hat niemandem was getan, alles spricht dafür, dass er genau der war, den seine Mutter in ihm gesehen hat. Wer zum Teufel verstümmelt so jemanden? Und das jemand ausgerechnet ihm das Gestänge abgeschnitten hat, lässt das Motiv irgendwie persönlich wirken. Wäre es ein Finger gewesen, okay, die Zunge, von mir aus, aber den Penis? Irgendwas muss das zu bedeuten haben und ich will rausfinden, was das war!«

»Die Kollegen damals haben bestimmt nichts unversucht gelassen.«

»Wenn die damals auch alle nur im Kopf hatten, wann sie sich die nächste Leberkäsesemmel reinschieben können, dann bezweifle ich das ernsthaft.«

Lukas runzelte überfordert die Stirn. »Und was schlägst du vor?«

Marie tippte auf den Bildschirm vor sich. »Da ist einer seiner Freunde. Ein gewisser Josef Gantner. Er wurde damals mehrmals befragt. Ich hab die Vermutung, dass das einen Grund hatte, und wir sollten ihn uns mal vorknöpfen.«

»Nach all den Jahren?« Lukas starrte sie an. »Was soll das bringen? Hätten die Kollegen 2000 was gegen ihn in der Hand gehabt, dann stünde das doch in der Akte.«

»Vielleicht hatten sie nichts Handfestes, sondern nur einen Verdacht. Überleg doch mal, wie wir vorgehen, wenn wir das Gefühl haben, dass ein Zeuge uns was verschweigt. Wir befragen ihn mehrfach, wühlen in seinem Umfeld.«

»Und du meinst, den Kollegen von damals ging es ähnlich?«

»Durchaus möglich. Vielleicht gab es Streit zwischen Benedikt und ihm, über den er nicht reden wollte, was die Kollegen damals glauben ließ, er könne verdächtig sein. Laut Akte hatte er zwar ein Alibi, das sogar absolut wasserdicht war, was aber nicht heißt, dass er nicht etwas zurückgehalten hat.«

»Und warum sollte er nach all den Jahren damit rausrücken?«

»Menschen ändern sich, oder vielleicht hat er damals

nichts gesagt, weil es ihm nicht wichtig schien oder ihn womöglich belastet hätte. Was weiß denn ich?«

»Du lässt ja eh nicht locker.«

»Garantiert nicht. Und ich werde aus ihm rauskitzeln, was er womöglich unmittelbar nach Benedikts Tod so hartnäckig gegenüber der Polizei verschwiegen hat.«

ZWANZIG
SYLT/RANTUM

2019

Justina

Justinas Handy plingte. Sie griff danach, sah auf dem Display, dass es Silja war, die nachfragte, ob es okay wäre, wenn sie zum Abendessen bei ihrer Freundin bliebe.

Freut mich, dass ihr euch wieder vertragen habt, tippte Justina ein, wollte schon auf Senden drücken, als ihr noch etwas einfiel. *Hab einfach Spaß und komm nach Hause, wenn du willst. Mir geht es gut, keine Sorge.*

Sie las es erneut, drückte den Sende-Button, obwohl der letzte Satz ganz und gar nicht der Wahrheit entsprach.

Nach einem Blick auf die Uhr oberhalb der Küchentür beschloss sie, den Abend auf der Terrasse ausklingen zu lassen. Sie schnappte sich ihren Teepott und eins der Bücher aus dem Wohnzimmerregal und ging nach draußen. Von der Terrasse aus überblickte sie den hinteren Teil des Grundstücks bis hin zum Strand und blickte verträumt in die untergehende Sonne, die ein grandioses Farbspektakel am Himmel hinterließ.

Kurz überlegte sie, davon ein paar Handyaufnahmen

zu machen, unterließ es aber dann. Sie hatte schon genügend Fotos von Sonnenuntergängen gemacht. Heute wollte sie einfach nur entspannen, abschalten und alles vergessen.

Sie kuschelte sich mit angezogenen Beinen in den Strandkorb, öffnete das Buch und las keine einzige Zeile. In Gedanken war sie schon wieder bei Arjan und beim gestrigen Abend, an dem er zu einer Geschäftsreise nach Berlin aufgebrochen war. Sie hatte ihm angesehen, dass er am liebsten alles hingeworfen hätte, nur um bei ihr bleiben zu können. Und obwohl es nichts gab, was auch sie sich mehr wünschte, hatte sie mit Engelszungen auf ihn eingeredet, versucht, ihm klarzumachen, dass keinem geholfen war, wenn er ihretwegen seinen Job vernachlässigte und sein Leben umkrempelte. Auch dass er Silja zwang, an seiner statt für sie da zu sein, war ein Unding. Immerhin war sie eine erwachsene Frau, und egal, wie groß ihre eigenen Probleme sein mochten, es waren ihre.

So gut es sich anfühlte, endlich jemanden zu haben, der sie ernst nahm, der sich um sie sorgte und ihr glaubte, war es doch am Ende ihr Leben, ihre Vergangenheit und nichts, womit sie andere belasten wollte. Sie musste selbst an sich arbeiten, um alles, was passiert war, endlich hinter sich lassen. Und das schaffte sie nur mit professioneller Unterstützung.

Doch das war nur die eine Seite. Fast noch wichtiger war es, dass sie endlich herausfand, ob das, was um sie herum geschah, nur Zufälle waren und sie überreagierte oder ob es tatsächlich jemanden gab, der sie beobachtete. Eine Person, die sie womöglich bewusst in den Wahnsinn treiben und als unglaubwürdig dastehen lassen wollte.

Schon damals in München hatte sie darauf keine Antwort gefunden, bis es schließlich zur Katastrophe gekommen war. Danach hatten andere es ihr abgenommen, eine Erklärung zu finden. Sie hatten sie als psychisch Kranke abgestempelt und sie hatte es einfach hingenommen statt zu kämpfen. Sie war schlicht und ergreifend am Ende gewesen, hatte alles verloren, was ihr jemals etwas bedeutet hatte … ihr Kind, ihren Mann, ihre Eltern ...

Allein beim Gedanken an ihre Mutter verkrampften sich ihre Eingeweide, sodass sie kaum noch Luft bekam. Sie hatte sie über alles geliebt, ihren Vater jedoch hatte sie geradezu vergöttert.

Es quälte sie unendlich, dass gerade die beiden Menschen, die stets alles für sie getan hatten, auf so qualvolle Weise hatten sterben müssen. Dass die Polizei den oder die Verantwortlichen bis heute nicht zur Strecke gebracht hatte, machte es ihr nahezu unmöglich, diese Tragödie zu verarbeiten. Hinzu kam, dass ein Teil von ihr noch immer glaubte, dass beide ihretwegen ermordet worden waren.

Sie versteifte sich, schüttelte heftig den Kopf, als könnte sie so die düsteren Erinnerungen vertreiben, doch es war zwecklos. Immer wieder drifteten ihre Gedanken in die Vergangenheit zurück.

Arjan glaubte, dass er jetzt alles über sie wusste, doch er irrte sich gewaltig. Niemand durfte jemals alles über sie erfahren. Nicht einmal ihre Eltern hatten damals geahnt, wozu ihre einzige Tochter fähig war.

Sie schluckte, spürte, wie die feinen Härchen in ihrem Nacken sich aufrichteten. *Reiß dich zusammen! Du hattest keine andere Wahl, du musstest es tun!*

Sie keuchte, spürte den altbekannten Druck auf der Brust.

Sie wusste um die zerstörerische Macht von Schuldgefühlen, hatte sich nach dem Vorfall in der Sansibar unter anderem auch deswegen eine Therapeutin auf der Insel gesucht. Zwar musste sie die Stunden selbst bezahlen, weil es sich um eine Privatpraxis handelte, doch

Justina hatte das Gefühl, ihr Geld nie sinnvoller investiert zu haben. Aber selbst ihrer Therapeutin würde sie sich niemals ganz anvertrauen dürfen, wenn sie nicht alles, was ihr noch geblieben war, auch noch verlieren wollte.

Glücklicherweise war Nadja Burgmann eine sympathische Persönlichkeit, bei der sie sich aufgehoben fühlte. Sie vermittelte ihr das Gefühl, sich mit einer Freundin und nicht mit einer Therapeutin zu unterhalten.

Seit sie sich mit ihr traf, ging es ihr um einiges besser.

Sie fühlte sich gefestigter, nervlich nicht mehr allzu labil und insgesamt ruhiger. Diesen Fortschritt durfte sie nicht gefährden, vor allem nachdem sie nur knapp einer Anzeige wegen Körperverletzung entgangen war.

Sie wusste zwar nicht, was den Typen dazu gebracht hatte, die Sache auf sich beruhen zu lassen, doch Justina schätzte, dass sie ein zweites Mal nicht so viel Glück haben würde. Sie musste einfach lernen, Glück – wenn es ihr denn mal widerfuhr – anzunehmen.

Sie holte Luft, verzog das Gesicht.

Glück …

Wenn es nur so einfach wäre, daran zu glauben.

Wieder war sie in Gedanken bei Arjan und Silja. Beiden schien es leichtzufallen, hinzunehmen, dass es seit dem Abend in der Sansibar keinen weiteren beängstigenden Vorfall mehr gegeben hatte, was sie aber nicht davon abhielt, sie besorgt zu bewachen. Etwas, was ihr zeitweise die Luft zu Atmen abschnürte.

Es war, als zögen sich über ihr die dunklen Wolken zusammen wie in einem sich beschleunigenden Zeitraffer vor dem bitteren Finale.

Daran schuld war nicht zuletzt das Telefonat, das Arjan mit ihrem Exmann geführt hatte. Faiths Vater hatte ihm gegenüber kein gutes Haar an ihr gelassen und natürlich keines seiner warnenden Worte für bare Münze genommen. Ganz im Gegensatz dazu war Arjan seither besorgter denn je.

Seufzend trank sie einen Schluck Tee, versuchte noch einmal, sich auf das Buch in ihrem Schoß zu konzentrieren. Doch am Ende blätterte sie auch die nächste Seite nur auf, ohne eine einzige Zeile zu lesen. Frustriert klappte sie das Buch zu, stand auf, warf einen gereizten Blick auf das Naturspektakel am Himmel und ging ins Haus zurück.

Vielleicht hätte sie das Rezept für die Pillen doch annehmen sollen, das Nadja Burgmann ihr nach dem Erstgespräch geben wollte. Es handelte sich um ein pflanzliches Präparat, doch Justina hatte aus Angst, dem Baby zu schaden, abgelehnt, etwas einzunehmen.

Ein lautes Piepsen riss sie aus ihren Gedanken.

Sie sah sich verwirrt um, dann begriff sie, dass es der Herd sein musste, der dieses Geräusch verursachte.

Sie rannte in die Küche, sah, dass der Teekessel noch auf der Platte stand und qualmte.

Schnell riss sie ihn von der beheizten Platte und schaltete das Kochfeld aus.

Heftig die Luft ausstoßend, sah sie auf das Display und erinnerte sich daran, wie sie genau auf diesen Knopf gedrückt hatte, ehe sie auf die Terrasse gegangen war. Der verdammte Herd war ausgeschaltet gewesen.

Sie schloss die Augen, ignorierte das bohrende Gefühl im Rücken, das Kribbeln auf ihrer Haut und rief die Bilder aus ihrem Gedächtnis zurück. Sah sich, wie sie den Herd abgestellt, das kochende Wasser auf ihren Teebeutel gekippt hatte ...

Oder irrte sie sich?

Hatte sie vielleicht den falschen Knopf betätigt?

Oder gab es noch eine andere Erklärung?

Sie wirbelte herum, sah sich in der Küche um, doch ansonsten schien alles in bester Ordnung zu sein.

Schnell rannte sie ins Wohnzimmer, kontrollierte die Fenster. Eilte weiter in das winzige Gästebad – sah sich um. Doch sie war allein. Es gab keine Hinweise darauf, dass irgendwer ins Haus gekommen war, um ihr einen Streich zu spielen.

Schließlich nahm sie all ihren Mut zusammen, ging in den Keller hinunter, um zu kontrollieren, ob die Hintertür verschlossen war. Schon auf der Kellertreppe schlug ihr das Herz bis zum Hals, doch dann rief sie sich Nadjas Worte in Erinnerung. *In der Schwangerschaft verändert sich nicht nur der Körper einer Frau, sondern auch ihr Denken und Fühlen. Manche werdenden Mütter leiden sogar unter einer sogenannten Schwangerschaftsdemenz. Für all das ist einzig und allein die Hormonumstellung verantwortlich. Falls Ihnen also alles über den Kopf wachsen sollte, Sie sich hilflos oder panisch fühlen, bedeutet das nicht, dass Sie verrückt sind.*

Justina atmete tief ein, straffte die Schultern, nahm die letzten Stufen nach unten, eilte den Gang entlang bis zur Waschküche, wo sich die Tür befand. Sie rüttelte an der Klinke, atmete auf.

Der Weg nach oben fiel ihr leichter. Trotzdem spürte sie, dass ihr die drohende Panikattacke den Schweiß auf die Stirn trieb, als sie ins erste Stockwerk eilte, um auch dort alle Fenster zu überprüfen. Alles war dicht.

Sie war in Sicherheit.

Langsam wurde sie ruhiger, ging ins Badezimmer, ließ Wasser in die Wanne laufen. Ein warmes Bad hatte ihr schon immer geholfen, sich zu entspannen. Während sie aus ihren Klamotten schlüpfte und wartete, bis die richtige Temperatur erreicht war, überprüfte sie mit der Hand, ob es auch nicht zu heiß war für das Baby in ihrem Leib. Dabei hatte sie wieder das Bild vom Herd vor ihren Augen.

Hatte sie ihn wirklich abgestellt?

Unmöglich war es nicht, dass der Fehler bei ihr lag.

Sie kannte sich mit einigen neuen Hightech-Geräten im Haus noch nicht gut aus. Nicht auszudenken, was hätte passieren können, wäre sie draußen eingeschlafen.

Sie stöhnte ungehalten, als das Telefon unten klingelte, wickelte sich in eines der Badetücher, lief ins Erdgeschoss. Mit der Hand bereits am Hörer sah sie auf das Display. Eine unbekannte Nummer. Sie hielt inne, zog ihre Hand zurück, als hätte sie sich verbrannt. Mit einem unguten Gefühl ging sie wieder nach oben, verdrängte die Frage in ihrem Kopf, wer zum Teufel eben angerufen hatte.

Im Badezimmer riss sie sich erschöpft das Handtuch vom Leib, wollte gerade ins verlockend warme Wasser steigen, als ihr Blick auf den großen Spiegel über dem Waschbecken fiel. Sie erstarrte mitten in der Bewegung, spürte, wie die Beine unter ihrem Körper schwammig wurden, schließlich nachgaben.

Langsam sackte sie neben der Badewanne auf den Boden, schnappte nach Luft, versuchte verzweifelt, wieder auf die Füße zu kommen.

Den Blick weiter auf den Spiegel gerichtet, fragte sie sich, wie zur Hölle sie es so aus dem Haus schaffen sollte.

Vielleicht gar nicht mehr, vernahm sie eine zischende Stimme in ihrem Kopf. *Du hättest eben überall nachsehen sollen!*

Ihr Blick verschwamm, aber die mit rotem Lippenstift geschriebenen Worte auf dem Spiegel konnte sie trotzdem noch erkennen.

Du hast den Dachboden vergessen!

EINUNDZWANZIG
KEMPTEN

2014

Marie

»So langsam geht es mir auf den Sack, immer wieder an Benedikt erinnert zu werden«, stieß Josef Gantner aus.

Marie musterte den Mann, einen Typen Mitte vierzig mit bereits lichter werdendem Haar und Bierbauch. Seine Frau Lisa, eine leicht moppelige Blondine, nickte bekräftigend zu seinen Worten.

Schon jetzt war er Marie mehr als unsympathisch. »Benedikt Fuchsberger war ihr bester Freund«, fuhr sie ihn an. »Es sollte also in Ihrem Interesse liegen, dass sein Mörder endlich gefunden wird.«

»Er war nicht mein Freund«, kam es etwas zurückhaltender von Gantner, dessen Stimmung prompt umgeschlagen war. Er wirkte jetzt eher verunsichert. Halt suchend griff er nach der Hand seiner Frau.

Lukas, der Marie bis jetzt den Hauptpart überlassen hatte, runzelte die Stirn. »Das ist seltsam. In den alten Ermittlungsakten habe ich eine Aussage gefunden, die das Gegenteil besagt.«

»Von wem?«

»Benedikts Mutter sagte aus, sie seien sein bester Freund gewesen.«

»Mütter!« Josef schnaubte verächtlich. »Bene und ich sind alte Sandkastenfreunde gewesen. Kindergarten, Grundschule – wir haben alles zusammen durchgezogen. Doch als wir älter wurden, änderte sich das.«

»Was ist passiert?«, hakte Marie nach.

»Benedikt hatte kaum noch was mit unserer alten Clique zu tun. Zum Zeitpunkt seines Todes hatten wir schon ewig keinen Kontakt mehr gehabt. Ich nehme an, dass seine Mutter das nicht wusste und deswegen dachte, er und ich seien noch immer so eng wie zu Grundschulzeiten.«

»Und was genau ist zwischen Ihnen beiden passiert, das Ihre Freundschaft beendete? Ist etwas vorgefallen?« Marie musterte ihn unnachgiebig und Lukas fiel auf, dass Gantner sich unter ihrem Blick unwohl zu fühlen schien. Auch Lisa sah plötzlich blass aus und warf ihnen aufgebrachte Blicke zu.

»Verdächtigen Sie meinen Josef etwa schon wieder?«, beschwerte sie sich. »Ich dachte, das hätten wir hinter uns?«

Marie winkte ab. »Deswegen sind wir nicht hier.« Sie sah von der Frau zu Josef, lächelte ihm beruhigend zu. »Herr Gantner, niemand stellt Ihr Alibi infrage. Es geht um etwas anderes, bei dem Sie uns vielleicht weiterhelfen können.«

»Ja, okay?«, antwortete Gantner abwartend.

»Sicher haben Sie von dem toten Paar aus Rückholz gehört?«

Gantner nickte. »Und was hat das mit mir zu tun?«

Marie räusperte sich. »Zwei Jahre zuvor starb ein weiteres Paar im Feuer, das wussten Sie sicher auch.«

Josef Gantner funkelte sie ungehalten an. »Glauben Sie etwa, ich war das?«

Marie ging nicht auf seine Frage ein. »Kommt es Ihnen nicht auch merkwürdig vor, dass es innerhalb weniger Jahre in dieser ansonsten friedlichen Gegend so viele gewaltsame Todesfälle gab?«

Gantner schüttelte verbissen den Kopf, stand auf, lief umher, blickte unschlüssig in Lukas' Richtung. »Brauche ich einen Anwalt?«

»Wegen mir nicht«, antwortete Lukas.

»Wir verdächtigen Sie keineswegs«, beschwichtigte auch Marie ihn. »Wir versuchen nur herauszufinden, was damals schiefgelaufen ist. Wieso haben unsere Kollegen Sie im Jahr 2000 mehrmals hintereinander befragt?«

Gantner ließ die Schultern hängen. »Nach Benes Tod ging ein Gerücht um. Angeblich hätte Benedikt vor mir etwas mit Lisa gehabt.« Er brach ab, sah zu seiner Frau, hob hilflos die Schultern.

»Schon okay, sag es ihnen«, redete sie ihm zu.

»Von mir aus.« Er nickte ergeben. »Einige unkten, dass Lisa mich mit Bene betrogen habe und ich deswegen ausgerastet sei.«

»Und? Stimmte das?« Marie sah interessiert zu Lisa. »Hatten Sie etwas mit Benedikt am Laufen?«

Lisa Gantner nickte seufzend. »Das war aber vor Josef und ging nur eine Woche oder so. Danach wurde mir klar, dass er …« Sie hielt inne, sah verunsichert zu Josef.

»Los, sag es einfach«, stieß er aus.

Lisa sah von Marie zu Lukas. »Er war ganz anders als Josef. Überhaupt nicht so, wie ich mir einen Freund vorstellte. Benedikt war egoistisch und gefühlskalt, gemein und irgendwie ziemlich … grob. Es fühlte sich einfach nicht gut für mich an, mit ihm zusammen zu sein, deswegen hab ich schnell Schluss gemacht.«

»Und das hat er hingenommen«, fragte Marie nach.

»Natürlich nicht. Er wurde ziemlich sauer, drohte

mir, hat mir sogar wehgetan. Kurz darauf kam ich dann mit Josef zusammen und hab das Thema Benedikt abgehakt. Und nachdem mir dann im Laufe meiner Beziehung mit Josef klar wurde, dass er meinen Ex kannte, sogar mal eng mit ihm befreundet war, traute ich mich nicht, ihm zu erzählen, was ich mit Benedikt erlebt habe. Dass da etwas zwischen uns gewesen war, kam erst im Lauf der Ermittlungen ans Licht.«

Marie stieß die Luft aus. »Dann dachten die Kollegen damals, Sie hätten eventuell ein Motiv gehabt, Benedikt umzubringen.«

»Was total blödsinnig ist, denn ich wusste es ja vorher nicht. Noch dazu war ich auf Dienstreise, als der Idiot getötet wurde. Aber die Leute reden trotzdem, erzählen Stuss und nur deswegen sind mir Ihre Kollegen damals auf die Pelle gerückt.«

»Der Idiot?«

Gantner stieß ein Grunzen aus. »Man redet nicht schlecht über Tote, ich weiß, aber bei Benedikt ... er war ... ich weiß nicht, wie ich es ausdrücken soll ...«

Lukas beobachtete, wie Lisa seinen Arm drückte. Dann wandte sie sich ihm zu.

»Was mein Mann sagen wollte, ist, dass Benedikt Fuchsberger vielleicht früher mal sein Freund war, doch nachdem er hinter seine Fassade geblickt hat, änderte sich das. Genau wie bei mir, als ich mit ihm zusammen gewesen bin.«

»Was soll das heißen, hinter seine Fassade?« Marie stutzte. »Sie wissen schon, dass Benedikt keinen einzigen polizeilichen Eintrag hatte? Alle, die damals befragt wurden, haben nur Gutes über ihn ausgesagt. Seine Akte liest sich, als würden wir den Mörder eines Heiligen suchen.«

Lisa lachte bitter. »Eines Heiligen? Monster trifft es wohl eher!«

ZWEIUNDZWANZIG
SYLT/RANTUM

2019

Silja

Vor sich hin summend setzte Silja den Blinker und bog ab in Richtung Rantum. Als die ersten Takte eines Songs ihrer Lieblingsband ertönten, drehte sie den Lautstärkeregler hoch und trällerte aus vollem Halse mit.

Sie fühlte sich so gut wie lange nicht mehr. Der Streit zwischen Gisele und ihr, die anschließende wochenlange Funkstille hatte ihr extrem zugesetzt. Umso erleichterter war sie gewesen, als Gisele sich heute früh gemeldet und sie zu sich eingeladen hatte. Nach ihrer Ankunft bei Gisele am frühen Abend hatte es nur ein paar gegenseitig entschuldigende Worte gebraucht, um den Streit zwischen ihnen zu vergessen.

Es war so befreiend gewesen, mit Gisele endlich wieder über alles reden zu können, was ihr auf dem Herzen lag. Sie hatten zusammen gelacht, über ernste Dinge geredet und herumgealbert.

Wie hatte sie das vermisst!

So sehr sie die Zeit mit Timo auch genoss, er konnte ihr die Freundin nicht ersetzen. Im Gegensatz zu Gisele war Timo immer total ernst, schien bereits viel zu erwachsen für sein Alter. Enttäuscht hatte Silja festgestellt, dass er weder Sinn für Humor hatte noch über die vermutete Leichtigkeit verfügte, die sie ihm nach ihrem vorausgegangenen virtuellen Kontakt unterstellt hatte. Jetzt, da sie ihn real erlebte, kam er ihr immer mehr vor wie ein Fünfzigjähriger im Körper eines jungen Mannes.

Anfangs hatte sie das sogar fasziniert. Doch davon war nicht viel übrig geblieben. Gisele gegenüber hatte sie sogar zugegeben, dass sie seine Ernsthaftigkeit ein wenig störte. Sie war doch gerade erst achtzehn geworden, hatte ihr Leben noch vor sich und, verdammt noch mal, sie wollte jede Sekunde davon genießen, solange sie jung war.

Viel zu schnell konnte alles vorbei sein, das hatte sie selbst am eigenen Leibe erfahren müssen, als ihre Mom so jung gestorben war.

Silja hatte bereits die Auffahrt zum Haus vor sich, als ihr auffiel, dass mehrere Fahrzeuge die Zufahrt blockierten. Polizeiautos.

Dann sah sie die Leute.

Schaulustige, die an ihren Gartenzäunen lehnten, so taten, als unterhielten sie sich miteinander, in Wahrheit aber wohl einfach nur neugierig waren.

Verdammt, was ging hier vor?

Verunsichert stellte sie ihren Wagen an der Straße ab, lief zum Haus hinüber, ignorierte die Blicke der Gaffer. An der Haustür angekommen, griff sie nach dem Haustürschlüssel, wollte ihn gerade ins Schloss stecken, als die Tür nach innen aufging.

Eine Polizistin stand vor ihr. »Silja Petermann, richtig?«

»Ja, die bin ich. Was ist passiert?«, fragte sie und hielt instinktiv die Luft an.

»Nele Winkler. Wir haben uns neulich schon in der Sansibar gesehen«, erinnerte sie die Polizistin.

»Ja, ich weiß«, antwortete Silja ungeduldig. »Was ist hier los?«

»Es geht um die Lebensgefährtin Ihres Vaters. Einige Nachbarn haben uns gerufen ...«

»Was ist mit Justina, ist ihr was zugestoßen?«

»Sie ist splitterfasernackt auf die Straße gerannt, schien vollkommen verwirrt, hat um Hilfe gerufen. Als wir eintrafen, schien sie immer noch vollkommen neben der Spur zu sein. Sie redete wirr, schien verängstigt und paranoid. Irgendwann erzählte sie, dass jemand im Haus sei, sie bedroht habe, etwas auf den Badezimmerspiegel geschrieben habe, was ihr Angst gemacht habe. Wir haben sofort das gesamte Haus auf den Kopf gestellt, aber …«

»Aber?«, unterbrach Silja sie entsetzt.

»Da war niemand. Auch auf dem Badezimmerspiegel, von dem Justina behauptet hatte, da stünde eine Drohung, war nichts.«

»Hat sie den Eindringling gesehen, weiß sie vielleicht, wie er aussah?«

Nele Winkler schüttelte den Kopf. »Sie sagt, sie habe ihn nicht gesehen, nur diese Drohung, und dann hat sie irgendwas von einem pfeifenden Kessel und einer abgestellten Platte erzählt, was wir auch nicht nachvollziehen konnten.«

»Und was machen wir jetzt? Mein Dad ist unterwegs, er kommt erst morgen wieder.«

»Wir haben Ihren Vater bereits angerufen und informiert. Er will versuchen, die erste Autofähre morgen früh zu erwischen. Doch bis dahin …« Die Polizistin brach ab, warf einen Blick auf die Uhr. »In dem Zustand können wir sie nicht sich selbst überlassen. Ich schlage vor, dass wir sie einweisen lassen, bis sie sich beruhigt hat.«

»In die Irrenanstalt?«

»In die psychiatrische Abteilung der Klinik in Westerland.«

Silja holte Luft. »Kann ich zu ihr?«

Die Polizistin nickte, machte eine einladende Geste in Richtung Wohnzimmer und ging dann voraus.

Justina saß in eine Wolldecke gehüllt auf dem Sofa, sah elend aus und zitterte am gesamten Körper. Sie blickte auf, ihre Augen füllten sich mit Tränen, als sie Silja sah.

Silja eilte zu ihr, nahm sie fest in die Arme, blieb so einige Augenblicke bei ihr sitzen. Schließlich suchte sie ihren Blick. »Die Beamten bringen dich jetzt nach Westerland, in die Klinik. Ist das okay für dich?«

»Sie wollen mich einweisen, das hab ich mitbekommen«, wisperte Justina kaum hörbar.

»Es ist nur zu deiner Sicherheit. Bis es dir besser geht.«

Justina schüttelte schluchzend den Kopf, das Gesicht schmerzverzerrt. »Ich will nicht in die Klinik, bitte nicht.«

»Ich weiß«, sprach Silja leise auf sie ein. »Wer will schon gern ins Krankenhaus. Aber dort wird man dir helfen.«

»Bitte nicht!«, flehte Justina. »Sie werden mich nur ruhigstellen und dabei keine Rücksicht auf mein Baby nehmen, werden mir nur irgendwelches Zeugs eintrichtern. Ich kenn das, hab es schon mal durchgemacht und ertrag es kein weiteres Mal.«

Silja schloss für den Bruchteil einer Sekunde die Augen.

Dann stand sie auf, ging zu der Polizistin, die sich gerade mit einem Kollegen unterhielt. »Sie müssen

Justina nicht einweisen«, unterbrach sie. »Ich bleibe bei ihr. Bis mein Vater kommt, lasse ich sie nicht eine Sekunde aus den Augen.«

»Es tut mir leid, dass ich deinem Vater und dir solchen Ärger mache«, sagte Justina, als die Polizei endlich gegangen war und sie allein im Haus waren.

Silja sah sie besorgt an. »Magst du drüber reden?«

»Mir glaubt eh keiner.« Justina zuckte hilflos mit den Schultern. »Und wenn ich ehrlich bin, kann ich das sogar nachvollziehen. Ich würde mir auch kein Wort glauben.«

Als Silja sah, wie Justina sich in einer verzweifelten Geste die Haare raufte, verkrampfte sich etwas in ihr. »Bitte, versuche es«, sagte sie mit fester Stimme, sah der Lebensgefährtin ihres Vaters fest in die Augen. »Ich möchte einfach nur wissen, was genau passiert ist, und zwar aus deiner Sicht.«

Justina erwiderte ihren Blick. »Ich wollte ein Buch auf der Terrasse lesen, als plötzlich der Alarm vom Herd losging. Der leere Wasserkessel stand auf einer Platte, rauchte bereits und ich konnte mir nicht erklären, wieso. Ich war absolut sicher, die Platte ausgemacht zu haben. Deswegen hab ich das ganze Haus durchsucht, um sicherzugehen, dass ich allein bin, verstehst du?«

Silja nickte ihr aufmunternd zu. »Und weiter?«

»Alles schien in Ordnung, deswegen ließ ich mir Badewasser ein. Als ich gerade ins Wasser wollte, klingelte das Telefon. Also bin ich wieder nach unten, hab auf das Display gesehen und festgestellt, dass es eine unbekannte Nummer war.«

»Wer war dran?«

»Ich weiß es nicht, ich hab nicht abgehoben, sondern

bin gleich wieder zurück ins Bad. Und da sah ich es. Jemand hatte etwas auf den Spiegel geschrieben. Ich bin zusammengeklappt. Und ich hab keine Ahnung, wie ich es nach draußen geschafft habe. Das Nächste, woran ich mich erinnere, war, dass die Polizistin plötzlich vor mir stand, mich in eine Decke wickelte und ins Wohnzimmer führte.«

Silja nickte nachdenklich, spürte ein leichtes Ziehen im Bauch. »Was stand auf dem Spiegel?«

Justina keuchte angestrengt, schien gegen die Hysterie in ihrem Inneren anzukämpfen. *»Du hast den Dachboden vergessen«*, presste sie mühsam hervor.

Silja schluckte. »Und als die Polizeibeamten nachsehen wollten, war der Spiegel blitzblank ...«

Justina starrte sie düster an. »Ich hab ja gesagt, du wirst mir nicht glauben.«

Silja schüttelte den Kopf. »Das ist es nicht. Ich mach mir nur Sorgen um dich.«

»Weil ich total gaga bin, schon klar. Sicher denkst du, dass dein Vater etwas Besseres verdient hat. Eine Frau, die normal tickt.«

Silja sah sie stumm an, lächelte schließlich. »Auch das ist nicht wahr, ganz im Gegenteil. Ich bin froh, dass du hier bist, weil mein Dad schon lange nicht mehr so glücklich war. Du tust ihm gut und das gefällt mir.«

»Dann hasst du mich nicht?«

»Das hab ich noch nie«, beteuerte Silja. »Anfangs war ich nur etwas zurückhaltender, weil ich dich ja kaum kannte und noch nicht einschätzen konnte. Und klar, als du auf mich los bist, mich verletzt hast, war ich nicht gerade begeistert. Aber jetzt, wo ich das von deiner Tochter weiß und was dein Mann und deine ehemals beste Freundin dir angetan haben, kann ich besser nachvollziehen, was du durchlitten hast und wie es dir heute geht.«

»So wie du das sagst, klingt es, als hieltest du mich tatsächlich für durchgeknallt, aber weil dein Vater glücklich ist, nimmst du es eben hin.«

Silja legte den Kopf schräg, musterte Justina. »Du bist nicht verrückt, das weiß ich. Du stehst einfach nur ziemlich unter Strom, bist gestresst. Da kann es schon mal vorkommen, dass man sich in etwas verrennt.«

An ihrer Körperhaltung sah sie, dass Justina kurz davor stand, erneut die Nerven zu verlieren, deswegen nahm sie sie in den Arm, strich ihr sanft über den Rücken. Als sie sich beruhigt zu haben schien, schob sie sie von sich weg, sah sie ernst an. Justina sah furchtbar aus. Die Haut blass und teigig, ihre Augen lagen in dunklen Höhlen. Ihr Körper schien vollkommen angespannt zu sein, wie bei einem Tier, das gejagt wurde. »Du gehst jetzt hoch und legst dich hin, schläfst ein bisschen, verstanden? Ich halte die Stellung, bis mein Vater hier ist.«

Justina klappte den Mund auf, wollte etwas sagen, doch Silja stoppte sie. »Denk an das Baby! Nach all der Aufregung in den letzten Stunden braucht ihr beide unbedingt eine Verschnaufpause.«

»Schatz?«

Die Stimme ihres Vaters drang an ihr Ohr. Sie räkelte sich im Halbschlaf, fühlte sich wie erschlagen.

»Wach auf!«

Benommen zuckte Silja hoch, blinzelte. Der Anblick ihres Vaters brachte die Erinnerung zurück. Sie rappelte sich vom Sofa hoch, rieb sich die Augen. »Eigentlich habe ich gar nicht einschlafen wollen«, erklärte sie entschuldigend.

»Haben sie Justina mitgenommen?«, kam er direkt auf den Punkt.

»Das wollten sie«, berichtete Silja. »Aber Justina hat mir leidgetan, deswegen hab ich versprochen, dass ich bei ihr bleibe und aufpasse, bis du zurück bist.«

»Dann ist sie oben?«

»Sie schläft«, erklärte Silja. »Das alles hat sie ziemlich mitgenommen.«

Ihr Vater setzte sich neben sie auf das Sofa und erst jetzt fiel Silja auf, wie abgekämpft und überfordert er wirkte.

»Nele hat mir zwar schon einen groben Überblick darüber gegeben, was hier los war, aber vielleicht könntest du auch noch mal …«

Silja nickte, brachte ihren Vater mit wenigen Sätzen auf den aktuellen Stand.

»Und die Polizei hat wirklich das komplette Haus durchsucht?«

»Ja. Und sie hat nichts gefunden. Auch der angebliche Spruch auf dem Spiegel war nicht mehr da.«

»Ich verstehe das nicht«, murmelte ihr Vater fassungslos.

»Vielleicht wäre es doch ganz gut, wenn Justina eingewiesen wird.« Sie stoppte, sah ihren Vater ernst an. »Nur so lange, bis es ihr wieder besser geht. Das, was momentan bei uns abgeht, ist nicht normal. Irgendwas müssen wir doch tun, um ihr zu helfen.«

Ihr Vater hob die Hände, schüttelte den Kopf. »Du verstehst nicht ganz …«

»Das tue ich sehr wohl«, unterbrach sie ihn unwirsch. »Ihre Eltern sind gestorben, als sie schwanger war, und weil sie deswegen eine psychische Krankheit bekam, nahm ihr Ex, dieses Arschloch, ihr das Kind weg. Soweit begreife ich das alles. Heute leidet sie noch immer darunter, vor allem jetzt, da sie wieder schwanger ist.«

»Tut mir leid, aber du weißt nicht alles«, erklärte ihr Vater und sah sie entschuldigend an.

»Erklärst du mir, warum?«

»Ich wollte vermeiden, dass du Angst bekommst.«

Silja runzelte misstrauisch die Stirn. »Angst wovor? Und was verschweigst du mir noch?«

Arjan nickte schwer. »Ja, ich denke, ich sollte ...«

Jemand polterte heftig an die Tür.

»Wer ist das denn schon wieder?« Silja sprang auf, doch ihr Vater hielt sie zurück, sah sie alarmiert an.

»Du bleibst hier und rührst dich nicht von der Stelle, ist das klar?« Sie nickte erschrocken angesichts seines harschen Tonfalls. Doch als ihr Vater zur Wohnzimmertür hinaus war, hielt sie nichts mehr auf ihrem Sitz. Sie sprintete in den Gang hinaus, lauschte dem aufgeregten Stimmengewirr. Sie unterschied eine weibliche und zwei männliche Stimmen, die im Wortgefecht mit ihrem Vater wild durcheinanderplapperten.

Als sie die Frau lauter werden hörte, erkannte sie, dass es sich um Nele Winkler, die Polizistin von vorhin, handelte.

Ihr Vater redete mit Engelszungen auf die Beamten ein, bis einem der Männer der Kragen platzte. »Schluss jetzt«, rief er laut. »Sie gehen jetzt und holen Frau Schwarz runter. Wir sind nicht hergekommen, um mit Ihnen zu diskutieren. Wir ermitteln in einem Mordfall!«

DREIUNDZWANZIG
KEMPTEN

2014

Lukas

Auf dem Weg zurück ins Präsidium herrschte Schweigen im Auto. Marie sah aus, als ginge sie das Gespräch mit Gantner und seiner Frau wieder und wieder in Gedanken durch. Lukas beobachtete sie kurz und gestand sich ein, dass seine junge Kollegin den richtigen Riecher gehabt hatte. Es war richtig gewesen, das Ehepaar Gantner nach all den Jahren erneut zu befragen. Auch wenn das Gespräch nichts Neues ans Tageslicht befördert hatte, hatten sie jetzt einen Eindruck davon, wie stark Gantners Abneigung seinem ehemals besten Freund gegenüber noch immer war.

Irgendwas war vorgefallen zwischen ihm und Benedikt, doch wie auch schon damals hatte er nichts rausgelassen. Aber es war klar, dass es nicht nur eine Lappalie gewesen war.

Marie starrte weiter düster vor sich hin. Besser er ließ sie im Moment in Ruhe. Er richtete seine Aufmerksamkeit wieder auf die Straße vor sich, als Marie unvermittelt einen Zischlaut ausstieß und gegen das Armaturenbrett boxte.

»Hoppla, lass den Wagen heil«, knurrte er, setzte den Blinker, fuhr rechts ran. »Was war das denn jetzt?« Er sah sie an, bemerkte wieder das Funkeln in ihren Augen.

»Es war eine Frau! Das muss eine Frau gewesen sein!« Marie sah ihn breit grinsend an. »Darauf verwette ich meinen Arsch!«

Lukas starrte sie an. »Ich komm nicht mit. Hab ich was verpasst? Wer oder was war eine Frau?«

Marie stöhnte ungeduldig. »Na Benedikts Mörder natürlich. Wir suchen eine SIE.«

»Und wie kommst du jetzt darauf?«

Marie sah ihn mitleidig an, als litte er unter einer Entwicklungsverzögerung. »Na der Schwanz des Typen. Jemand hat ihn abgeschnitten und tief in seinen Rachen gerammt. Erinnerst du dich? Ich war auf Anhieb sicher, dass hinter dieser Tat ein persönliches Motiv stecken muss, und jetzt weiß ich auch welches.«

Lukas fielen Lisa Gantners Worte wieder ein. »Du glaubst, Benedikt Fuchsberger hat jemanden vergewaltigt und diese Person hat sich schließlich an ihm gerächt?«

»Bingo!« Marie grinste noch breiter, straffte die Schultern. »Und ich vermute immer noch, dass auch die beiden Fälle der toten Paare was damit zu tun haben. Ich komm schon noch drauf, wie das zusammenhängt.«

»Moment mal, ganz langsam, damit auch ein alter Mann noch mitkommt ...«!

»Hör auf zu kokettieren, alter Mann«, unkte Marie. »Denk lieber mal nach.«

»Genau das tue ich. Glaubst du ernsthaft, dass eine Frau, die Benedikt Fuchsberger im Jahr 2000 getötet hat, zwölf Jahre später das Feuer bei den Wolfs legt, um dann zwei Jahre danach das Paar in Rückholz zu meucheln und es wie einen Selbstmord zu inszenieren?«

»Möglich wäre auch das«, gab Marie zurück. »Aber nur weil die Fälle zusammenhängen, muss nicht auch zwangsläufig der Täter derselbe sein. Vielleicht sind diese drei Fälle nur lose miteinander verknüpft. Wie eine Kausalitätskette quasi. Wir müssen die Verbindungsstelle finden, den gemeinsamen roten Faden, vielleicht sehen wir dann etwas klarer.«

»Mmh.« Lukas krauste die Stirn. »Vielleicht wussten die beiden Paare, was Benedikt getan hatte, und schwiegen für ihn, mussten deswegen sterben.«

»Hab ich auch überlegt, aber dann hab ich heute Vormittag die Akten aller drei Fälle noch mal studiert.«

»Und?«

»Ich hab nichts gefunden, das darauf schließen ließe, dass die Fuchsbergers mit Familie Schwarz bekannt waren oder gar mit den Neuhofers aus Rückholz.«

»Und die Kinder der Paare?«

»Als Benedikt starb, waren Magdalena und Raphael noch klein. Die Wolf-Tochter war damals zwar ungefähr in Benedikts Alter, doch gab und gibt es nichts, was darauf hinweist, dass die beiden sich kannten oder einander jemals persönlich begegnet sind. Das Wolf-Mädchen studierte in München, Benedikt in Regensburg. In den Ermittlungsprotokollen des Fuchsberger-Mordes taucht der Name Wolf nirgends auf. Warum sollte eine junge Frau ihre Eltern töten oder zulassen, dass diese getötet werden, wegen eines Kerls, den sie noch nie gesehen hat? Laut der Befragungsprotokolle etlicher Leute aus ihrem Umfeld von vor zwei Jahren hat Justina die beiden ganz offensichtlich über alles geliebt, hatte ein super Verhältnis zu ihnen und verfügte zur Tatzeit außerdem über ein wasserfestes Alibi. Und was die aktuelle Sachlage betrifft …« Marie hielt inne, sah Lukas verlegen an. »Ich hab mit ihrem Ehemann telefoniert.«

»Du hast was?« Lukas hob die Brauen empor.

»Ich wollte einfach sichergehen, was Justina angeht. Doch wie sich herausstellte, hat sie ein Baby zu Hause und mit Sicherheit im Moment andere Sorgen. Im Fall der Neuhofers ist sie also definitiv aus dem Spiel.«

»Was schlägst du also vor?«, fragte Lukas.

»Wir fangen noch mal ganz am Anfang an. Bei Benedikts Ermordung, um genau zu sein.«

Lukas nickte schwer, schien aber nicht ganz überzeugt.

»Wir wissen inzwischen mehr als die Kollegen damals«, fuhr Marie fort. »Das alles beziehen wir mit in unsere Überlegungen ein, arbeiten uns dann zu den Wolfs vor und gehen gedanklich weiter zu den Neuhofers.« Sie brach ab, musterte ihn fragend. »Was ist? Ich sehe, dass dir was im Kopf herumgeistert. Liege ich so falsch? Überseh ich was?«

Lukas seufzte. »Hast du eine Ahnung, was für ein Berg an Arbeit da auf uns zukommt? Neben all dem Zeug, das wir sowieso schon zu tun haben …«

»Als ob ich das nicht wüsste!« Marie schnaubte. »Mir ist schon klar, dass das kein Zuckerschlecken wird. Aber Fakt ist: Wir übersehen was, da bin ich absolut sicher. Außerdem hab ich verdammt noch mal keine Lust, bald noch eine dritte Akte zu den ungelösten Fällen legen zu müssen. Du etwa?«

VIERUNDZWANZIG
SYLT/RANTUM

2019

Justina

»Wollen Sie einen Kaffee?«, fragte Nele Winkler.

Justina schüttelte den Kopf. »Ich will nur nach Hause.«

Die Polizistin setzte sich zu ihr, beugte sich vertraulich vor. »Sie müssen meinen Kollegen verstehen. Wir haben heute Morgen die Leiche eines jungen Mannes gefunden, mit dem Sie vor zwei Wochen noch eine heftige Auseinandersetzung hatten. Jetzt ist er tot, verstehen Sie?«

Justina spürte, wie ihr schwindelig wurde, dann stand abrupt die Welt um sie herum still. »Sie denken, ich war das?«, brachte sie mit zitternder Stimme hervor.

»Dass wir Sie befragen, heißt nicht, dass Sie verdächtig sind. Wir sprechen mit allen Menschen, die in letzter Zeit zu dem Toten Kontakt hatten. Ihr Zusammentreffen mit dem jungen Mann war allerdings ein sehr unangenehmes und ist aktenkundig, auch wenn er Sie nicht wegen des tätlichen Angriffs angezeigt hat. Das ist auch der Grund, warum mein Kollege sich vor Ihrer Haustür nicht auf eine Diskussion einlassen wollte.«

Justina schluckte. »Ich hab ihn seit dem Vorfall in der Sansibar nicht mehr gesehen, das schwöre ich.«

Nele Winkler streckte die Hand aus, drückte die ihre sanft.

»Wenn dem so ist, dann brauchen Sie sich keine Sorgen zu machen.«

Die Tür ging auf und Winklers Kollege trat ins Zimmer.

Sein Name war Sven Baumgartner, erinnerte sich Justina an ihre erste Begegnung. Ein zweites Mal vorgestellt hatte er sich heute nicht und behandelte sie auch sonst nicht gerade höflich. Wortlos setzte er sich auf den Stuhl neben Nele, starrte Justina eine gefühlte Ewigkeit einfach nur an. Schließlich seufzte er, beugte sich vor, stützte seine Hände auf die Knie und nahm sie ins Visier.

Justina hatte Mühe, nicht zurückzuzucken.

»Ich hab gerade noch mal mit den Kollegen aus München und Kempten gesprochen«, begann Baumgartner. »Sie haben ja ganz schön was hinter sich.«

Justina hob die Schultern. »Macht mich das automatisch zur Mörderin?«

»Natürlich nicht«, antwortete Baumgartner. »Aber dass Ihr Name bereits in der Vergangenheit mit einer Mordermittlung in Verbindung gebracht wurde, ist durchaus interessant. Erinnern sie sich noch an den Fuchsberger-Fall? Das war nicht weit weg von dem Ort, in dem sie aufgewachsen sind.«

Justina schluckte angestrengt. »Ja, sicher. Die Leute redeten damals von nichts anderem. Und ja, einige Zeit später, kurz nach dem Tod meiner Eltern, gab es einen Polizisten, der versucht hat, den Mord an dem Jungen mit dem Feuer bei meinen Eltern in Verbindung zu bringen.«

»Und?«, fragte er und ließ sie dabei nicht aus den Augen.

»Schon damals fand die Polizei nichts, was gegen mich hätte verwendet werden können, weil ich Benedikt schlicht und ergreifend nicht kannte. Und was meine Eltern angeht, es gibt etliche Leute, die wissen, welch inniges Verhältnis wir zueinander hatten. Warum hätte ich meinen Eltern etwas antun sollen? Bis heute leide ich darunter, dass sie mir viel zu früh genommen wurden.«

»Und das andere Paar?«

»Welches andere Paar?«

»Sie erinnern sich nicht? Ach kommen Sie!«, sagte Baumgartner. »Nur zwei Jahre nachdem Ihre Eltern in dem Feuer starben, kamen zwei weitere Menschen ums Leben. Ein Paar in Rückholz. Wie ich hörte, haben die Kollegen damals auch in Ihre Richtung ermittelt. Sie haben Sie doch sicher befragt.«

Justina nickte. »Ja. Es gab ein paar Anrufe diesbezüglich. Eine junge Polizistin hat mit mir gesprochen. Auch mein Ex hat damals seinen Senf dazugegeben. Aber am Ende gab es nichts, was mir hätte zur Last gelegt werden können, ganz davon abgesehen kannte ich die Neuhofers nicht mal.«

»Dennoch wäre es beinahe zu einer Anzeige gegen Sie gekommen. Ihre Freundin, Susanne, erinnern Sie sich noch an den Vorfall? Sie sind damals auf sie losgegangen, haben die Frau schwer verletzt!«

Justina stieß ein Keuchen aus. »Ich hab ihr nur eins mit der Faust auf die Nase gegeben, weil sie meinen Mann über Monate hinweg gevögelt hat. Sie war meine beste Freundin. Sicher muss ich Ihnen nicht sagen, wie verdammt weh es tat, von zwei meiner engsten Bezugspersonen derart verarscht zu werden.«

Baumgartner grinste. »Ja, da können einem schon mal die Pferde durchgehen. Aber ich muss mich an die Fakten halten. Und die besagen, dass Sie damals nur knapp einer Anzeige entgingen, genau wie neulich bei dem Mann in der Sansibar, bei dem Sie offenbar auch Rot gesehen und zugeschlagen haben. Sieht so aus, als hätten Sie Ihr Temperament nicht besonders gut im Griff. Welche Schlüsse sollen wir jetzt wohl ziehen, nachdem der Mann, den sie gerade erst tätlich angegriffen haben, tot am Strand gefunden wurde?«

Justina schnappte nach Luft. »Ich war das nicht, okay? Ich würde niemals … ich meine, warum sollte ich?«

»Warum haben Sie Susanne damals die Nase gebrochen? Weil Sie wütend waren.«

»Das mit meiner Freundin damals war etwas anderes. Da war ich tatsächlich wütend. Aber das mit dem Kerl in der Sansibar – da hatte ich einfach schreckliche Angst!«

»Ich hab auch das mit Ihrer Tochter gelesen, weiß von Ihrem Suizidversuch.« Baumgartner starrte sie mit gespieltem Bedauern an. »Sie scheinen größere psychische Probleme zu haben. Sie erinnern sich nicht mehr an Dinge, die sie getan haben. Zum Beispiel an die Tabletten, die sie damals nahmen, um sich umzubringen. Sie sagten ebenfalls aus, dass ein Mann im Haus gewesen sein soll, der das Baby aus dem Bettchen hob. Am Ende stellte sich heraus, dass sie das selbst gewesen sind, in einem Anflug geistiger Umnachtung, ausgelöst durch eine manische Depression. Was also hält uns davon ab, davon auszugehen, dass sie dem jungen Mann von neulich was angetan haben?«

»Ich war es nicht!«, stieß Justina aus.

»Moment!« Baumgartner hob abwehrend eine Hand. »Ich war noch nicht fertig. Was, wenn Sie sich einfach nicht mehr an die Tat erinnern? Wär ja nicht neu, dass Sie etwas vergessen.«

Justina sah zu Nele Winkler, dann auf den Boden. Als sie wieder aufblickte, starrte sie Baumgartner herausfordernd an. »All diese Dinge, die Sie mir jetzt vorwerfen, sind haltlose Mutmaßungen. Haben Sie irgendwelche Beweise dafür, dass ich diesen Mann getötet habe? Fingerabdrücke, Fasern, Haare?«

Baumgartner und Winkler wechselten einen Blick.

»Ich gehe davon aus, dass die Antwort auf meine Frage Nein lautet. Haben Sie sonstige Hinweise? Zeugenaussagen, von Leuten, die mich am Tatort gesehen haben wollen? Nein?« Justina stieß die Luft aus, konzentrierte sich darauf, nicht einzuknicken. »Dann schlage ich vor, wir beenden das hier. Mein Anwalt wird nicht begeistert sein, wenn er hört, dass sie mich hier ohne irgendeine Handhabe stundenlang festgehalten haben.«

Die Aufzugtür glitt auf. Sie trat hinaus, wollte gerade auf den Ausgang zusteuern, als sie Arjan und Silja aus dem Augenwinkel wahrnahm. Beide saßen auf einer Sitzgruppe am Fenster und tuschelten aufgeregt. Als sie auf die beiden zusteuerte, drehten sie sich zu ihr. Justina fiel auf, dass Silja geweint hatte und auch Arjan ziemlich mitgenommen aussah. Sie ließ sich in seine Arme fallen, sah erst ihn, dann Silja an. »Ich darf gehen«, erklärte sie schließlich. »Die Polizei hat nichts gegen mich in der Hand, keinen Beweis.«

Arjan zog sie noch enger an sich, doch Silja starrte sie nur an.

»Du denkst doch wohl nicht, dass ich so etwas tun könnte? Einen Menschen einfach zu töten?«

Silja schüttelte den Kopf.

»Die haben uns beide auch befragt«, erklärte Arjan ihr. »Mich mussten sie gleich gehen lassen, weil ich nicht hier war, aber Silja haben sie ganz schön in die Mangel genommen.«

»Haben Sie etwa auch dich verdächtigt?«

Silja verneinte stumm. »Sie haben mich die ganze Zeit nur über dich ausgefragt, wollten alles Mögliche wissen.« Das Mädchen brach ab, funkelte erst sie, dann ihren Vater aufgebracht an. »Es wäre daher super gewesen, wenn ich den Rest deiner Vorgeschichte auch gekannt hätte. Stell dir vor, wie toll es war, im Rahmen einer Befragung zu einem Mordfall zu erfahren, dass deine Eltern nicht einfach gestorben sind, sondern umgebracht wurden. Und dass es in der Gegend, aus der du stammst, weitere bis heute ungelöste Mordfälle gab.«

Justina sah Silja an, verzog das Gesicht. »Dein Vater und ich wollten nicht, dass du dir Sorgen machst. Nur deswegen haben wir dir nichts vom Mord an meinen Eltern erzählt.«

Siljas Unterlippe bebte. »Und warum hast du selbst meinem Vater verschwiegen, dass es damals einen Jungen gab, dem der Penis abgeschnitten wurde und dass die Polizei dich dazu befragt hat?«

Justina verzog das Gesicht. »Das mit dem Typen ist fast zwanzig Jahre her. Ich kannte den nicht mal und kann mir bis heute nicht erklären, wie die Idioten von der Kemptner Polizei auf mich kamen. Als meine Eltern starben, haben sie mich anfangs auch wie eine Verdächtige behandelt und unzählige Male befragt. Doch irgendwann begriffen sie, dass sie nur ihre Zeit vergeuden, während der echte Mörder noch frei herumläuft.« Sie brach ab, schüttelte den Kopf, sah Arjan an. »Und jetzt macht die Polizei denselben Fehler. Statt nach dem echten Mörder zu suchen, beißen sie sich schon wieder an mir fest, nur weil ich früher mal schwerwiegende psychische Probleme hatte, die man rückblickend ja nachvollziehen kann.« Sie brach ab, warf die Hände in die Luft. »Wenn ihr wüsstet, wie satt ich das alles habe und wie frustrierend es ist, wieder und wieder zu hoffen, dass die Menschen, die ich liebe, mir vertrauen und mir glauben.« Sie blinzelte gegen die Tränen.

Arjan zog sie in seine Arme, drückte sie fest an sich. »Ich vertraue dir«, stieß er schließlich aus. »Und ich glaube dir.«

Silja neben ihm sagte keinen Ton.

Justina sah zu ihm auf, schniefte leise. »Wirklich?«

Er nickte, verzog dann das Gesicht, als würde er jeden Augenblick in Tränen ausbrechen. »Ich verstehe nicht, wie jemand annehmen kann, dass du fähig wärst, einen Menschen zu töten.«

Sie schwieg, kämpfte weiter mit den Tränen.

»Sag mal ...« Er versteifte sich, schob sie auf Armeslänge von sich weg, starrte sie schockiert an. »Der Tod dieses Typen aus der Sansibar ...«

»Was ist mit ihm, weißt du etwas?«

»Entweder ist es ein Zufall, dass er gerade jetzt zu Tode kam, oder jemand wollte, dass die Polizei dich verdächtigt.«

Sie nickte schwach, sank gegen seine Brust. »Können wir später weiterreden? Ich will nur noch nach Hause.«

Er drückte ihr einen Kuss auf die Stirn. »Dann lass uns hier abhauen.«

Auf der Fahrt zurück nach Rantum herrschte Stille im Wagen. Silja tippte auf ihrem Handy herum und Arjan sah aus, als würde er jeden Augenblick zusammenbrechen, so angespannt war er.

Justina schloss die Augen, lehnte sich zurück und wiederholte in Gedanken Arjans Worte. Er hatte recht. Wer auch immer den jungen Mann aus der Bar auf dem Gewissen hatte, wollte ihr möglicherweise die Tat in die Schuhe schieben. Wenn das stimmte, bedeutete es, dass sie sich auch all diese beängstigenden Vorfälle nicht eingebildet hatte. Jemand versuchte, sie in den Wahnsinn zu treiben und als durchgeknallte Mörderin dastehen zu lassen.

Die Frage war nur – wieso?

Der Mord an ihren Eltern damals, der Tod des Paares zwei Jahre später … all das musste ebenfalls mit ihr zu tun haben. Das ahnte sie schon seit Langem, hatte nur bis heute keine plausible Erklärung dafür gefunden.

Benedikt Fuchsberger …

Allein sein Name jagte ihr einen Schauer über den Rücken!

Niemand weiß etwas davon, versuchte sie sich zu beruhigen. *Du warst vorbereitet, hast keinen Fehler gemacht. Es ist schlicht und ergreifend nicht möglich, dass es mit alledem zu tun hat!*

Sie schüttelte unbewusst den Kopf, als könnte sie damit ihre innere Stimme zum Schweigen bringen. Vergeblich, sofort meldete sie sich wieder.

Irgendwer muss es wissen. Alles andere ergibt einfach keinen Sinn.

Ihre Gedanken wanderten weiter zurück. Sie erinnerte sich daran, dass Benedikts gewaltsamer Tod damals riesige Wellen geschlagen hatte. Nachdem seine Leiche gefunden worden war, hatte die Polizei einiges unternommen, um den Täter zu finden – ohne Erfolg. Bei den Ermittlungen war sie damals zunächst außen vor geblieben, da es keine Verbindung zwischen ihm und ihr gab.

Erst nach dem Tod ihrer Eltern hatte die Polizei auch ihren Namen gehabt. Daraufhin hatte es vielleicht sogar die ersten Überprüfungen hinsichtlich einer Übereinstimmung gegeben. Zwei Jahre später dann der Tod des Paares aus Rückholz. Sie hatte nichts davon mitbekommen, weil sie nach dem Tod ihrer Eltern kaum noch Kontakte in die alte Heimat pflegte und mit sich selbst zu tun hatte. Doch dann kam der Anruf dieser Polizistin. Sie erinnerte sich noch genau an Marie Lauter, die wegen des Neuhofer-Falls noch mal alles durcheinandergewirbelt hatte. Infolge dessen hatte sie auch den Fall ihrer Eltern neu aufgerollt und am Ende die Vermutung geäußert, dass der Tod all dieser Menschen vielleicht mit Benedikt Fuchsberger zu tun haben könnte.

Derselbe Gedankengang wie der ihre. Doch weder Marie noch sie selbst hatten bis heute eine Antwort darauf gefunden. Dabei war sie damals auf dem richtigen Weg gewesen, ohne es zu ahnen …

Justina schluckte angestrengt, warf Arjan einen zärtlichen Blick zu. Seine liebevollen Worte kamen ihr plötzlich wieder in den Sinn.

Ich verstehe nicht, wie jemand annehmen kann, dass du fähig wärst, einen Menschen zu töten.

Etwas in ihr verkrampfte sich, als ihr die Antwort auf seine Frage mit der Intensität eines Hammerschlags bewusst wurde.

Diese Polizisten …

Tagtäglich hatten sie es mit Vergewaltigern, Dieben und Mördern zu tun und viele von ihnen verfügten über eine Art Radar für Menschen, die die Fähigkeit besaßen, einem anderen das Leben zu nehmen.

Menschen wie sie …

FÜNFUNDZWANZIG
SYLT/RANTUM

2019

Silja

»Ich mach uns etwas zum Essen«, kam es von ihrem Vater, kaum dass sie im Haus waren. Sie wirbelte herum. »Wie kannst du jetzt ans Essen denken!?«

Arjan sah verdattert von ihr zu Justina, doch auch sie schien nicht so recht zu wissen, was sie sagen sollte.

Silja seufzte. »Ich bin hundemüde, will einfach nur ein paar Stunden pennen. Wenn du kochst, dann stell mir was für später in den Kühlschrank.«

»Schlaf gut«, murmelte Justina, während Arjan nur stumm nickte und ihr nachsah, als sie an ihm vorbeihuschte und nach oben lief.

Die letzten Stufen ins Obergeschoss rannte sie. Als endlich die Tür ihres Zimmers hinter ihr ins Schloss fiel, brach sie in Tränen aus. Diese Polizisten mit ihren Fragen hatten ihr wirklich Angst gemacht.

Angst vor Justina.

Der tote Kerl von neulich, die toten Eltern, das andere tote Paar, der verstümmelte Typ aus Bayern … Wie war noch gleich sein Name gewesen?

Silja presste sich die Fäuste gegen die Schläfen, zwang sich, an etwas anderes zu denken.

Benedikt …

Sie schleppte sich zu ihrem Bett, zog ihr Smartphone aus der Gesäßtasche, fing an zu googeln.

Wie war noch gleich der Nachname des Typen?

Er fiel ihr nicht mehr ein.

Egal.

Sie gab *Benedikt ermordet Bayern* in die Suchleiste und tatsächlich dauerte es nur Sekunden, bis mehrere Links zu alten Artikeln aufpoppten. Sie öffnete den ersten, fing an zu lesen. Danach den nächsten. Sie gab weitere Schlagworte ein.

Wieder nichts.

Blöderweise kannte sie Justinas Mädchennamen nicht. Sie wusste, dass sie Schwarz hieß, das war der Name ihres Exmannes, doch wie hießen ihre Eltern? Und woher genau stammte Justina? Sie wusste, dass sie früher in München gelebt hatte. Doch die Polizisten hatten die ganze Zeit von einem kleinen Ort gesprochen. Sie erinnerte sich nicht mehr an den Namen und Justina danach zu fragen, war auch keine Option.

Sie versuchte es weiter mit *Ehepaar stirbt im Feuer, Bayern.*

Bingo!

Da war eine Meldung!

Sie scrollte zu dem Link, klickte ihn an.

Der Artikel war von 2012 und relativ kurz. Aber er lieferte ihr zumindest neue Schlagworte, mit denen sie gezielter suchen konnte. Justina hatte vor ihrer Zeit in München in einem Dorf in Bayern nahe Kempten gelebt.

Sie gab *Brandstiftung mit Todesfolge in Oy-Mittelberg* ein.

Endlich spuckte die Maschine mehrere Artikel zu dem Thema aus. Sie las sich durch jeden Einzelnen und hörte dabei in sich hinein. Traute sie Justina zu, ihre eigenen Eltern ermordet zu haben? Ihr fiel ein, dass die Polizei von einem weiteren toten Paar gesprochen hatte.

Sie gab *Ehepaar ermordet Kempten* ein.

Nichts.

Auch als sie Kempten in Oy-Mittelberg änderte, kam kein Ergebnis. Wann war das mit dem anderen Paar passiert? 2012 starben Justinas Eltern, die andere Tragödie hatte später stattgefunden. Die Polizistin hatte von zwei Jahren später gesprochen.

Schließlich versuchte sie es mit *Ehepaar tot aufgefunden, Kempten 2014*.

Endlich tat sich etwas. Ein Link erschien auf dem Bildschirm. Sie klickte ihn an, las sich durch die Meldung, klickte sich zum nächsten Bericht.

Die Leute hatten in einem Ort namens Rückholz gelebt und zwei Kinder hinterlassen. Einen Jungen und ein Mädchen, die beide damals bereits erwachsen gewesen sein mussten. Man ging nicht von Mord, sondern von einer Familientragödie aus.

Silja runzelte die Stirn.

Familientragödie? Was sollte das denn heißen?

Vielleicht hatte das Ehepaar sich selbst getötet?

Sie schluckte angestrengt. Wieso hatten diese Polizisten damals Justina damit in Verbindung gebracht?

Nur weil auch ihre Eltern zwei Jahre zuvor gemeinsam gestorben waren?

Doch bei ihnen handelte es sich eindeutig um Brandstiftung und somit um Mord. Bei den Leuten aus Rückholz stand nichts dergleichen im Bericht.

Blöderweise hatten die Journalisten den Namen des Ehepaares in keinem der Berichte ausgeschrieben. Überall stand nur Familie N. aus Rückholz.

Familie N?

Das konnte alles Mögliche heißen, sie brauchte den genauen Nachnamen. Sie googelte weiter, suchte nach der Gemeinde Rückholz und nach Sterbeanzeigen aus dem Jahr 2014.

Es dauerte eine gefühlte Ewigkeit, bis sie endlich etwas fand. Da waren sie: Brigitte und Maximilian Neuhofer. Beide waren am selben Tag im Jahr 2014 gestorben.

Silja klickte auf die Anzeige, zoomte auf den Text. Die Kinder des Paares mussten sie veröffentlicht haben, denn unter dem Trauervers standen zwei Namen.

Magdalena und Raphael.

Sie versuchte es mit Magdalena Neuhofer – nichts.

Danach Raphael Neuhofer.

Frustriert stöhnte sie auf. Wie konnte es sein, dass jemand heutzutage nicht einmal einen Twitteraccount hatte oder auf Instagram war?

Irgendwann legte sie müde ihr Handy zur Seite, rollte sich auf ihrem Bett zusammen. Ihre Augen brannten, ihr Kopf fühlte sich schwer an. Sie schloss die Augen, einfach nur schlafen und für ein paar Stunden das alles vergessen.

»Silja … wach auf!«

Die Stimme klang vertraut und fremd zugleich in ihren Ohren.

Sie blinzelte verwirrt, schrie auf, als sie ein Gesicht über sich schweben sah.

»Ich bin es doch, Süße, was hast du denn?«

»Timo?!«, stieß sie aus, rieb sich die Augen, richtete sich auf und ließ sich von ihm in den Arm nehmen.

»Was machst du hier?«, fragte sie.

»Ich hab ein paar Mal versucht, dich anzurufen, doch du bist nicht rangegangen.«

»Hat mein Vater dich reingelassen?«

Timo runzelte die Stirn, lachte dann. »Was sonst? Oder glaubst du, ich sei eingebrochen?«

Sie boxte ihm spielerisch in die Seite, versuchte sich an einem Grinsen. »Ich weiß auch nicht, heute ist ein beschissener Tag.«

Timos Gesicht wurde ernst. Er musterte sie. »Irgendwie dachte ich mir das schon. Du gehst nicht ans Handy, antwortest nicht auf meine Nachrichten und als ich geklingelt habe und dein Vater die Tür öffnete, wirkte er auch nicht gerade taufrisch.« Er stoppte, sah sie an. »Stimmt etwas nicht bei euch? Irgendwas, was ich wissen sollte?«

Kurz erwog Silja, es einfach gut sein zu lassen, ihn wegzuschicken, doch dann entschied sie aus einem Impuls heraus, Timo einzuweihen. Schließlich war er ihr Freund.

Sie sah ihn an, zuckte leicht vor ihm zurück.

»Was?«

Silja schüttelte den Kopf. »Keine Ahnung, hast du was an dir verändert? Irgendwie siehst du heute … anders aus?«

Er lachte, stoppte abrupt, sah sie besorgt an. »Geht es dir wirklich gut?«

Sie zuckte mit den Schultern. Was sollte sie darauf antworten? Besser, sie rückte endlich mit der Wahrheit heraus. »Ich muss dir was erzählen. Auch auf die Gefahr hin, dass du anschließend die Flucht ergreifst.«

Sekunden vergingen.

Minuten.

Seit sie ihm alles gesagt hatte, starrte Timo sie einfach nur an.

»Was ist?«, fragte sie verunsichert. »Warum sagst du nichts?«

Er schüttelte den Kopf, fuhr sich durch die Haare, stand auf und ging zum Fenster.

Als er sich wieder zu ihr umdrehte, hatte sein Blick etwas Entschlossenes. »Hier kannst du nicht bleiben. Am besten packst du ein paar Klamotten zusammen und kommst mit zu mir.«

Silja starrte ihn an. »Zu dir? Warum? Denkst du etwa, ich sei in Gefahr?«

»Diese Frau wurde von den Bullen wegen eines Mordfalls verhört. Und sie steht in Verbindung mit weiteren Todesfällen. Was zum Teufel musst du noch wissen, um zu kapieren, dass die nicht ganz dicht ist? Warum haben die Idioten sie eigentlich gehen lassen?«

»Weil es keinerlei Beweise gibt, die Justina belasten. Und ganz ehrlich … ich glaube auch nicht, dass sie …«

»Gefährlich ist?« Timo warf aufgebracht die Hände in die Luft. »Sie ist mit dem Brieföffner auf dich los, hat einem armen Kerl fast den Schädel eingeschlagen. Jetzt ist der Typ tot. Was muss denn noch passieren, damit du verstehst, was hier vorgeht?«

»Ich kann meinen Vater nicht mit ihr allein lassen. Und ich will es auch nicht. Er ist alles, was ich an Familie noch habe.«

Timo schien zu überlegen, stieß schließlich die Luft aus. »Gut, dann bleibe ich auch hier, wenn das okay für dich ist.« Er sah sie durchdringend an, verzog das Gesicht zu einem verlegenen Lächeln, das Silja durch und durch ging. Sie streckte die Arme aus, zog ihn zu sich. Eine Weile hielten sie einander einfach nur in den Armen, dann fing Timo an, sie zu küssen. Irgendwann nestelte er an seiner Hosentasche herum, zog ein Kondom daraus hervor, sah sie fragend an. Sie zögerte kurz, nickte dann aber.

Das Herz schlug ihr bis zum Hals, während er sie auszog. Anschließend schlüpfte er aus seinen Klamotten, legte sich zu ihr, fing an, sie zu streicheln. Ihre Gedanken wirbelten chaotisch durcheinander und sie hatte Mühe, sich auf ihn und das, was zwischen ihnen geschah, zu konzentrieren.

Als er sich keuchend auf sie rollte, mit seinem Unterkörper ihre Schenkel auseinanderdrückte und in sie eindringen wollte, sträubte sich alles in ihr. Sie wollte das nicht. Nicht jetzt. Ihrem Impuls folgend, drückte sie ihre Hände gegen seinen Brustkorb, schob ihn von sich.

Timo hielt inne, sah sie an. »Willst du doch nicht?«

Silja schluckte hart, kämpfte gegen die Tränen an. »Doch, natürlich will ich, aber irgendwie fühlt es sich nicht richtig an. Nicht heute.«

Er stieß den Atem aus, wirkte für den Bruchteil einer Sekunde wütend, doch dann hatte er sich wieder im Griff, rollte sich von ihr herunter.

»Bist du jetzt böse auf mich?«

Sie drehte sich auf die Seite, sah ihn verlegen an.

»Quatsch«, sagte er, doch seine Stimme klang schroff. »Du hast eine Menge durchgemacht heute, ist doch klar, dass du jetzt nicht einfach einen Schalter umlegen kannst.«

»Versuchen wir es ein anderes Mal?«

Timo lächelte sie an, doch irgendwie wirkte diese Geste nicht ganz aufrichtig. »Klar, verschieben wir es«, sagte er nach einer etwas zu langen Pause. »Mich wirst du so schnell nicht mehr los.«

Sie kuschelte sich an ihn, seufzte. »Ich hab Hunger. Soll ich uns ein Sandwich machen?«

Er umschlang sie mit seinen Armen, küsste sie auf den Scheitel. »Gleich, Süße, lass uns einfach noch ein paar Minuten so daliegen.«

Sie nickte, genoss seine Umarmung, spürte, wie sie schläfrig wurde.

Irgendwas weckte sie. Sie riss die Augen auf, starrte in die Dunkelheit. Im ersten Augenblick wusste sie nicht genau, wo sie war, dann spürte sie die Wärme neben sich, ein leises Schnarchen und ihr Blick fiel auf Timo. Sie drehte sich zu ihm, betrachtete sein schlafendes Gesicht.

Ein unangenehmes Ziehen in ihrer Körpermitte erinnerte sie daran, dass sie den ganzen Tag nichts gegessen hatte. Sie angelte nach ihrem Handy auf dem Nachttisch, sah, dass es fast drei Uhr war, mitten in der Nacht. Wenn sie jetzt nach unten ging und in der Küche herumhantierte, würde sie sicherlich das gesamte Haus aufwecken.

Sie ließ sich zurück ins Kissen fallen, starrte an die Decke.

Nachdem sie fast den ganzen Tag verpennt hatte, fühlte sie sich jetzt ausgeruht und fit, doch das Licht anmachen und etwas lesen oder fernsehen kam wegen Timo nicht infrage. Er war extra ihretwegen hiergeblieben, weil er sich Sorgen machte, da musste sie auch ein wenig Rücksicht nehmen.

Wieder betrachtete sie sein Gesicht im Schein des Laternenlichts, das von der Straße ins Zimmer schien. Sie fühlte sich unwohl, und das lag nicht nur an dem Loch in ihrem Magen. Schon vorhin, als sie ihn abgewiesen hatte, war es da gewesen. Dieses miese Gefühl, das sie nicht richtig fassen konnte.

Auch jetzt, Stunden später, konnte sie sich nicht erklären, was da plötzlich in ihr vorgegangen war, dass sie einen Rückzieher gemacht hatte.

Lag es wirklich an dem, was am Vortag alles passiert war? An dem Stress wegen Justina, an dem Chaos in ihrem Kopf aufgrund all dieser Informationen, die zuerst die Polizisten und später ihr Vater verbreitet hatten?

Sie schüttelte den Kopf.

Nein, das war es nicht. Ein Teil von ihr war einfach nicht bereit gewesen, mit Timo zu schlafen.

Irgendetwas hatte er heute an sich gehabt, das sie verunsichert hatte.

Aber was?

War es seine Art?

Nein, er hatte sich genauso zuvorkommend und freundlich wie sonst verhalten. War immer noch der ernste junge Mann, der von seinem Wesen her so viel älter war, der sich verantwortlich fühlte, der sich um sie sorgte. Deshalb hatte er ihr angeboten, dass sie bei ihm bleiben könne, bis die Wogen sich geglättet hatten.

Aber was wusste sie wirklich über ihn?

Wieder erinnerte sie sich an den letzten Besuch bei Gisele, und daran, wie sie danach ihre anfängliche Faszination für Timo hinterfragt hatte. Einen Mann, den sie im Grunde noch nicht lange kannte, wenn man die virtuelle Phase ihrer Beziehung unbeachtet ließ. So richtig kennenlernen konnte man sich ja wirklich nur real.

Sie hasste, was ihr durch den Kopf schoss. Hasste es, jemandem hinterherzuspionieren. Aber nachdem sie gedanklich ihre Zweifel hatte Revue passieren lassen, gab es kein Zurück mehr für sie. Sie musste mehr über ihn erfahren, mehr als das, was er ihr von sich gezeigt hatte.

Und was wäre dafür besser geeignet, als ein Blick auf sein Handy, in seine Brieftasche?

Er brauchte das ja nicht mal mitzubekommen.

Vorsichtig bewegte sie sich auf die Bettkante zu, angelte nach seiner Jeans, die ordentlich gefaltet auf einem Stuhl lag, fummelte sein Portemonnaie aus der Tasche. Dann stand sie vorsichtig auf, um Timo nicht zu wecken, schlich ins angrenzende Badezimmer, schaltete das Licht ein, setzte sich auf den Toilettendeckel. Das Ziehen in ihrem Bauch verstärkte sich, als sie nach seinem Ausweis suchte, ihn schließlich aus dem Fach entnahm.

Sie blickte darauf.

Blinzelte ungläubig.

Der Schweiß brach ihr aus.

Was zur Hölle war das?

Noch immer starrte sie auf das Passfoto.

Schnell schloss sie die Augen, öffnete sie wieder, keuchte entsetzt.

Der Mann auf dem Foto hatte keine bernsteinfarbenen, er hatte eisblaue Augen.

Und er war nicht dunkelhaarig, sondern hellblond. Und er war um Jahre älter, als er sich ihr vorgestellt hatte.

Sie las den Namen daneben, stöhnte, spürte, wie sie am ganzen Körper zu zittern begann.

Er hatte gelogen.

Hatte ihnen allen was vorgemacht.

Und warum?

Denk nach! So schwer ist es jetzt nicht mehr …

Benedikt … Justinas Eltern … die Neuhofers.

Gedanken wirbelten wild in ihrem Kopf herum, formierten sich zu Puzzleteilen, die wiederum ein Bild ergaben, wenn man nur genau hinsah.

Und dann endlich sah sie das vollständige Bild.

Ein Quietschen entwich ihr.

»Scheiße verdammt!« Sie presste sich panisch die Faust auf den Mund.

Ihr Vater …

Justina!

Sie musste beide warnen.

Auf der Stelle.

SECHSUNDZWANZIG
SYLT/RANTUM

2019

Der ausgemergelte Körper vor ihm zuckte wie unter Krämpfen. Dann vernahm er ein Rasseln. Es kam von tief unten aus der Brust des alten Mannes. Er bäumte sich auf, hustete krampfhaft, sackte zurück auf die Matratze. »Mein Junge«, krächzte er, griff fahrig nach seiner Hand, bekam aber nur seinen Unterarm zu fassen. Er umklammerte ihn wie einen Schraubstock.

Woher nahm der alte Mann dazu die Kraft? Er konnte ja noch nicht mal mehr aufrecht sitzen. Verunsichert blickte der Junge auf den einst stattlichen Körper, von dem außer Haut und Knochen wenig geblieben war. »Pater«, stammelte er, »keine Angst, ich bin hier.«

»Ich werde sterben.«

»Ich weiß. Aber wir sehen uns wieder.«

Der Mann auf dem Bett starrte mit weit aufgerissenen Augen zu ihm auf, das Gesicht schmerzverzerrt. »Für das, was ich getan habe, gibt es keine Vergebung.«

»Der Herr vergibt alles, das haben Sie mir gesagt, wissen Sie noch?«

Der Gottesmann sah ihn an, ein Lächeln erschien auf seinen hohlwangigen Zügen. »Der Herr vielleicht, aber du nicht. Du wirst mir niemals verzeihen.«

Er riss sich los, schüttelte den Kopf. »Was meinen Sie, Pater?«

»Deine Mutter war eine verzweifelte Seele … und noch so jung. Ein halbes Kind war sie und hatte Schreckliches durchgemacht. Ich konnte doch nicht ahnen, dass diese Leute, dass sie …« Ein heftiges Husten schüttelte seinen Körper.

»Von was reden Sie da, Pater? Was hat meine Mutter durchgemacht? Von welchen Leuten sprechen Sie?«

»Mein armer Junge«, keuchte der alte Mann kaum noch hörbar, sodass er sich zu ihm hinabbeugen musste, um keines seiner Worte zu verpassen.

»Ich hab es doch nur gut gemeint«, stammelte er. »Wollte helfen, doch stattdessen hab ich dich in die Hölle geschickt. Eine Hölle auf Erden.«

»In die Hölle? Was soll das bedeuten?«

»Brigitte … sie war meine Haushälterin … ein herzensguter Mensch, wie ich glaubte. Ich erzählte ihr von deiner Mutter und da hat sie sofort ihre Hilfe angeboten. Wir haben das alles zusammen geplant, sie, ihr Mann, die Eltern des Mädchens, ich. Niemand durfte etwas erfahren. Du warst eine so unschuldige Seele, verdientest eine Chance auf ein richtiges Leben, eine Familie, ein Zuhause, eine Mutter, die dich liebt, und keine, die selbst noch ein Kind war. Und die Wolfs … sie hofften, dass ihre Tochter nach vorne blicken kann, verstehst du? Sie wollten, dass sie vergisst, was geschehen ist.«

»Pater, wovon reden Sie da? Bitte, ich verstehe überhaupt nicht, was Sie mir sagen wollen.«

Wieder ein Röcheln, viel schwächer diesmal.

»Deine Mutter … ich hab auch mit ihr selbst gesprochen. Sie sagte, dass sie Angst habe, dich nicht lieben zu können, und dass sie sich nicht vorstellen könne, jeden Tag dein Gesicht zu ertragen. Sie hat sich so gefürchtet, dass sie dir keine gute Mutter sein könnte. Sie schien so unglücklich.«

»Meine Mutter, aber ...«

»Warte, lass mich ausreden, ich hab nicht mehr lange. Ich dachte, ich tue etwas Gutes, wenn ich die Sache selbst in die Hand nehme. Ohne offizielle Adoption, ohne Formalitäten, damit niemand

je erfährt, wer du bist. Bitte, mein lieber Junge, du musst mir glauben, dass ich es nur gut gemeint habe. Ich wollte nicht, dass so etwas passiert … dass du leiden musst. Das hätte auch deine Mutter niemals gewollt.«

Der Griff des Sterbenden war wie eine schmerzende Klammer. Behutsam löste er die knochige Hand von seinem Arm, wich zurück, starrte auf den bebenden Leib vor sich. »Pater, bitte, was wollen Sie mir sagen?«

Die Augen des Mannes verblassten langsam, starrten bereits ins Nichts. »Das weißt du längst, mein Junge, du hast es die ganze Zeit über geahnt und du hattest recht.«

Er war schweißgebadet, als er aus dem Schlaf hochschreckte. Seit Monaten hatte er nicht mehr von ihm geträumt.

Johannes Fischer, ehemaliger Pfarrer der Gemeinden Oy-Mittelberg, Rückholz und Wertach.

Zu Lebzeiten war dieser Mann weit mehr gewesen als nur ein Mann Gottes. Er war sein Freund gewesen, sein einziger Vertrauter, der Vater, den er sich immer gewünscht hätte.

Als sich herausgestellt hatte, dass er schwer krank war und nicht mehr lange zu leben hatte, war eine Welt für ihn zusammengebrochen. Doch der schlimmste Tag seines Lebens war jener gewesen, an dem sein Freund ihn für immer verlassen und zuvor noch sein Gewissen erleichtert hatte.

Er erinnerte sich noch, dass er die ersten Tage danach nur existiert, nicht gelebt hatte. Er aß, ohne zu schmecken, schlief ohne zu ruhen, war anwesend, ohne wirklich da zu sein.

Erst nach knapp einer Woche hatte er halbwegs verdaut, was Pater Fischer ihm auf dem Sterbebett gebeichtet hatte.

Brigitte und Maximilian, die beiden hatten ihn über Jahre hinweg wie Dreck behandelt, ihn glauben lassen, er sei es nicht wert, geliebt zu werden, und tatsächlich hatte er irgendwann angenommen, alles sei wirklich seine Schuld.

Dabei waren diese Irren nicht seine Eltern. Und seine echte Familie war noch schlimmer als die Schweine, die ihn großgezogen hatten.

Er legte seinen Kopf in den Nacken, holte tief Luft.

Als er ein Poltern aus dem Badezimmer nebenan hörte, fuhr er hoch, wollte sich was überziehen und nachsehen. Dabei fiel ihm auf, dass seine Jeans nicht mehr so dalag, wie er sie abgelegt hatte. Er hatte seine Rituale, alles musste seine Ordnung haben. Stets legte er seine Kleidung ordentlich gefaltet ab. Normale Hosen auf Bundfalte, Jeans an den Nähten aufeinander und einmal zusammengefaltet, nicht so achtlos, wie sie jetzt vor ihm lag. Irritiert nahm er sie hoch, bemerkte, dass seine Geldbörse nicht in der Tasche steckte.

Silja …

Wieso ging sie an seine Sachen? Und was wollte sie mit seiner Geldbörse?

Ihn bestehlen?

Das hatte sie doch nicht nötig.

Hinter ihm herschnüffeln?

War sie misstrauisch geworden? Hatte er einen Fehler gemacht?

Er sah zum Nachttisch, bemerkte, dass ihr Handy noch dort lag, stieß ein erleichtertes Keuchen aus.

Seufzend griff er nach seinem Schuh, klappte die Sohle nach oben, zog das Messer darunter hervor. Anschließend schlüpfte er in seine Klamotten, sah sich im Zimmer um, griff nach einem der Pokale im Regal. Er wog das Ding in der Hand, fand, dass es schwer genug war, um jemanden notfalls mit nur einem Schlag auszuknocken.

Schließlich positionierte er sich vor der Badezimmertür, wartete. Irgendwann musste sie doch wieder rauskommen.

Als ein leises Quietschen von innen zu ihm herausdrang, atmete er kräftig ein und aus, stellte sich breitbeinig hin, um einen festen Stand zu haben.

Da waren sie, ihre leisen Schritte. Die Klinke bewegte sich nach unten. Besser, sie sah ihn nicht gleich, wenn sie herauskam. Er korrigierte seinen Standort, trat einen Schritt zur Seite, war bereit zuzuschlagen. Die Tür ging auf und dann spulte er alles so ab, wie er es sich ausgemalt hatte. Noch ehe sie reagieren konnte, drängte er sie zurück ins Badezimmer, holte blitzschnell zum ersten Schlag aus.

Silja taumelte zurück, knallte mit dem Rücken gegen die Wand, öffnete den Mund.

»Kein Ton!«, zischte er.

Blut rann ihr vom Schädelansatz über die Schläfe bis zur Wange, verfärbte ihr blondes Haar rot.

»Hat dir denn niemand beigebracht, dass du nicht in anderer Leute Zeug rumwühlen darfst?«

Silja sah ihn an, keuchte.

Er trat zu ihr, strich ihr ein Rinnsal des Blutes aus der Stirn, küsste sie hart auf den Mund.

»Bitte«, hörte er sie mit letzter Kraft flüstern, »lass uns in Ruhe reden.«

Er sah sie an, legte den Kopf schräg. »Das kann ich nicht, und ich schätze, du weißt, warum.«

Als sie endlich zu Boden sackte, ihr Kopf wie der einer Puppe auf ihre Brust sank, riss er eines der Badetücher in schmale Streifen, fesselte ihre Handgelenke an die Heizungsstäbe über ihr.

Er war beinahe fertig, als er hinter sich einen Luftzug wahrnahm.

»Was zur Hölle …«

Arjan.

Blitzschnell zog er das Messer aus dem Bund seiner Hose, ließ es aufschnappen, drehte sich um und stach zu, ehe Siljas Vater auch nur reagieren konnte.

Siljas Vater war einer dieser arglosen Gutmenschen, die es ihm leicht machten. Gott, wie er solche Schwächlinge verachtete. Mit zusammengekniffenen Augen sah er zu, wie der Mann zu Boden sackte, ohne auch nur einen Mucks von sich zu geben.

Zufrieden stellte er fest, wie perfekt er funktioniert und ihn niedergestreckt hatte. Er hatte ihn am Hals, an der Schulter und am Bauch erwischt – an allen entscheidenden Stellen.

Der würde nicht mehr aufstehen, und falls doch, müsste er eben später noch ein wenig nachhelfen.

Summend machte er sich auf den Weg zu Justina. Er fand sie selig schlummernd im Schlafzimmer, vollkommen ahnungslos, dass gleich das Fegefeuer über sie hereinbrechen würde.

»Hi Mami«, sagte er laut mit verstellter Stimme.

Zu seiner Enttäuschung rührte sie sich nicht. Das passte zu ihr, dachte er verbittert. Sie hatte sich auch zuvor niemals für ihn gerührt. Aber damit war jetzt Schluss. »Aufwachen Mami.«

Noch immer rührte sie sich nicht.

Er stupste sie an, schüttelte sie.

Lauernd beobachtete er, wie sie langsam zu sich kam. Ihre Lider flatterten, dann blinzelte sie, schließlich öffnete sie die Augen, zuckte mit einem Schrei vor ihm zurück.

»Was machst du hier?«, rief sie, richtete sich auf, krabbelte weg von ihm, bis sie fast auf der anderen Seite des Bettes kauerte.

Er grinste. »Silja ist bedeutend schlauer als du. Sie hat mich ertappt, und zwar ganz ohne Hilfe.« Er deutete eine Verbeugung an, dann verzog er das Gesicht. »Darf ich vorstellen, ich bin Raphael. Raphael Neuhofer. Und du, du bist die Fotze, die mich vor vierundzwanzig Jahren zur Welt gebracht und einfach weggeworfen hat.«

SIEBENUNDZWANZIG
SYLT/RANTUM

2019

Justina

Eine Weile starrten sie einander einfach nur stumm an.

»Wo ist Arjan?«, war das Erste, was Justina schließlich herausbrachte.

»Der ist verhindert«, kam es von Timo, der in Wahrheit Raphael war.

Justina zuckte zusammen. »Hast du ihm etwas zuleide getan?«

Raphael nickte mit gespieltem Bedauern. »Das musste ich. Wir wollen doch nicht gestört werden bei unserem Mutter-Sohn-Date.«

»Und Silja?«

Er hob die Schultern. »Ihr geht's auch nicht sonderlich gut. Aber das kommt eben davon, wenn man sich in Dinge einmischt, die einen nichts angehen.« Er grinste. »Weißt du eigentlich, wie lange ich von diesem Moment geträumt habe? Das müssen Jahre gewesen sein. Ab und zu dachte ich, dass es vielleicht besser wäre, einfach alles hinzuschmeißen und abzutreten, doch es war der Hass, der mich am Leben hielt. Ich musste diesen Moment erleben, musste dein Gesicht sehen, musste einfach wenigstens einmal mit dir reden zu guter Letzt.«

Justina starrte den jungen Mann vor sich an, versuchte, eine Ähnlichkeit zu entdecken, doch da war nichts.

Er beobachtete sie, fuhr sich durch die braunen Haare, als ahne er, was sie irritierte. »Meine Haare sind gefärbt und ich trage Kontaktlinsen. Ich wollte nicht Gefahr laufen, dass du mich vielleicht doch noch erkennst.«

Er fingerte an seinen Augäpfeln, entfernte die Kontaktlinsen und blinzelte zweimal, bevor er wieder Blickkontakt zu ihr aufnahm. »Na, klingelt es endlich?«

Justina nickte leicht, als sie erkannte, dass seine bernsteinfarbenen Augen in Wahrheit eisblau waren. Wie die seines Vaters.

»Ich sehe ihm ähnlich, nicht wahr?«

Sie seufzte. »Ein bisschen um die Augen, ja.«

»Ich hab versucht, ihn zu finden, leider vergeblich. Bei dir war es einfacher. Ich kannte deinen Nachnamen, hab dich beobachtet, seit ich wusste, dass es dich gibt.«

Als Justina begriff, was er da sagte, sog sie die Luft ein.

Er hatte sie beobachtet.

Ihr Sohn …

Die ganze Zeit über.

Zuerst in München, danach hier auf der Insel.

»Du warst das also?«

Er grinste. »Und es hat Spaß gemacht, dabei zuzusehen, wie du nach und nach vor die Hunde gingst, weil dich alle für bekloppt hielten. Dein Mann, deine Freundin, alle. Und dann nahmen sie dir auch noch dein Kind weg. Oder sollte ich sagen, meine Halbschwester?«

»Das warst du, damals in München, in jener Nacht, als ich angeblich Suizid begehen wollte und mein Kind in Gefahr gebracht hätte. Ich hab dich gesehen.«

»Nur leider hat dir das niemand geglaubt, weil du zuvor schon hysterisch warst.« Er sah sie an, grunzte abfällig. »Jemand wie du sollte einfach keine Kinder großziehen. Hast du das nicht genau so zu Pater Fischer gesagt? Dass du es nicht ertragen würdest, mich tagtäglich ansehen zu müssen? Dass du mich niemals lieben könntest? Weißt du, was du mir damit angetan hast?«

»Das tut mir sehr leid, glaub es mir«, sagte sie leise.

Er lachte bitter auf. »Deinetwegen bin ich durch die Hölle gegangen. Du hast mich Menschen überlassen, die mich während meiner gesamten Kindheit gequält und misshandelt haben. Die beiden hassten mich, sahen mich als Bürde, die Gott ihnen zugemutet hatte, weil er sie für stark genug hielt.«

»Dann hast du deine Pflegeeltern ermordet?«

Er nickte. »Sie verdienten es zu sterben. So wie ich ihretwegen schon vor langer Zeit gestorben bin. Sie sind schuld daran, dass ich nichts mehr fühle, dass ich innerlich wie tot bin.«

Als Justina die Bedeutung seiner Worte begriff, wurde ihr übel.

Sie klappte den Mund auf, schloss ihn gleich wieder.

»Was ist los?«, fragte Raphael, sah sie neugierig an. »Ist dir jetzt etwa bewusst geworden, was das für deine Eltern bedeutet?«

Sie riss die Augen auf, schaffte es nicht, auch nur ein Wort über die Lippen zu bringen.

Er verzog das Gesicht, wirkte plötzlich traurig. »Weißt du, ich hätte meine Großeltern gerne kennengelernt. Ich glaube, sie waren eigentlich ganz nett. Aber sie haben einen unverzeihlichen Fehler begangen. Sie sind es doch gewesen, die zusammen mit den Neuhofers alles sorgfältig geplant hatten. Es war sogar ihre Idee, den inoffiziellen Weg zu gehen, um dein Ansehen nicht zu beschmutzen. Selbst Pater Fischer hat mitgeholfen, damit nichts schiefgeht, und Brigitte Neuhofer hat über Monate hinweg eine Schwangerschaft vorgetäuscht, damit niemand Außenstehendes bemerkt, dass ich nicht ihr leibliches Kind bin. Und das alles nur, um eine Fotze wie dich zu schützen, die keine Verantwortung übernehmen wollte.«

Justina hatte plötzlich das Gefühl, auseinanderzubrechen. Sie starrte Raphael an. »Dann hast du das Feuer gelegt?«

Er nickte stumm.

»Und der Typ neulich?«

»Er wollte zu den Bullen, ihnen sagen, dass ich ihn dafür bezahlt habe, dich in der Sansibar anzugreifen. Was hätte ich machen sollen?«

Justina schluchzte auf. »All diese Menschen …«

»Das ist alles deine Schuld«, kam es von Raphael. »Genau wie das mit Arjan und Silja.«

»Bitte.« Justina sah ihn an, schüttelte den Kopf. »Lass die beiden gehen, sie können nichts dafür. Das hier ist eine Sache zwischen uns beiden.«

»Ist es das?« Sein Blick glitt auf ihren Unterleib und sie begriff.

Das Baby.

Schützend legte sie ihre Hände darüber.

»Ich töte keine Kinder«, kam es von ihm. »Keine Sorge. Ich hab damals auch Faith nichts getan. Aber ich werde dafür sorgen, dass du nie wieder eine Mutter sein kannst, wenn du erst im Gefängnis bist.«

Justina starrte ihn an. »Was hast du vor?«

»Die Polizei hält dich jetzt schon für eine Irre. Wenn du drei weitere Menschen getötet hast, dann bist du für immer weg vom Fenster.«

»Drei?«

Er legte den Kopf schräg, grinste. »Silja, Arjan und mich. Mit deiner Vorgeschichte glaubt dir kein Mensch, wenn du ihnen die wahre Story von dem verlassenen Sohn und dessen Leidens- und Racheweg erzählst. Sie werden dich für immer wegsperren.«

»Warum tust du das?«

»Weil kein Kind verdient hat, was du mir angetan hast. Wusstest du eigentlich, dass ich Pater Fischer erzählt habe, wie die Neuhofers mich behandelten? Er wusste es, und ich bin sicher, dass er es deinen Eltern erzählt hat. Und sie haben nichts getan! Ihr alle wusstet um mein Leiden, habt tatenlos zugesehen, wie zwei irre Fanatiker einen Jungen quälen.«

Als Justina sah, dass Raphael Tränen in den Augen hatte, brach etwas in ihr entzwei. Sie holte Luft, sah ihren Sohn an. »Dein Vater ist tot.«

»Was?«

Sie nickte. »Es stimmt. Er ist tot, schon seit neunzehn Jahren. Ich weiß es so genau, weil ich es war, die ihn getötet hat. Ich hab ihm seinen verdammten Schwanz abgeschnitten, weil er mich im Alter von vierzehn Jahren brutal vergewaltigt hat. Deswegen wollte ich dich nicht haben, verstehst du? Weil du kein Kind der Liebe warst, sondern aus einem Akt der Gewalt heraus entstanden bist. Ich hatte einfach furchtbare Angst, dass dein Anblick mich an deinen Vater erinnert, ich dich dann dein ganzes Leben lang hasse und dir vielleicht irgendwann wehtue. Deswegen war es mir lieber, dich wegzugeben, als dir eine schlechte Mutter zu sein.«

Justina, der bei ihren letzten Worten die Stimme gebrochen war, barg ihr Gesicht in den Händen.

Für eine gefühlte Ewigkeit herrschte Stille, dann war es Raphael, der das Schweigen zwischen ihnen brach. »Dann ist Benedikt Fuchsberger mein Vater gewesen?«

Justina sah auf. »Ja.«

»Und wieso hast du ihn nicht angezeigt? Dann wäre er ins Gefängnis gekommen. Du hättest mich einfach zur Adoption freigeben können und ich wäre vielleicht zu liebevollen Eltern gekommen, hätte eine Kindheit gehabt, die sich auch so nennen darf.«

»Es tut mir so leid«, schluchzte Justina. »Doch ich war jung, vollkommen überfordert von der Situation, hatte panische Angst. Hinzu kam, dass ich mich so sehr schämte und es nicht einmal schaffte, meinen Eltern von der Vergewaltigung zu erzählen. Und als ich merkte, dass ich schwanger war, war es zu spät dafür. Ich hab mich damals nur Pater Fischer anvertraut und er versprach, mir zu helfen und sich etwas einfallen zu lassen. Er war dabei, als ich es meinen Eltern endlich sagte. Ohne ihn hätte ich das alles niemals überstanden.« Sie brach ab, sah ihren Sohn flehend an. »Bitte, das alles ist nur meine Schuld, weil ich zu feige war und eine falsche Entscheidung getroffen habe.«

»Warum hast du nicht versucht, Kontakt zu mir aufzunehmen? Spätestens als mein Erzeuger tot war, du dich gerächt hattest, für das, was er dir angetan hat. Wieso hast du nicht wenigstens zu diesem Zeitpunkt versucht, mich zu finden?«

»Ich konnte nicht. Mir war klar, dass du mich immer an das erinnern würdest, was dein Vater mir angetan hatte. Und daran, was ich deswegen gezwungen war zu tun. Ich wollte es so sehr, verstehst du? Doch ich konnte einfach nicht. Außerdem wusste ich nicht, wo du warst. Meine Eltern … wir haben nach deiner Geburt nie wieder darüber gesprochen, weil wir hofften, das alles endlich hinter uns lassen zu können. Ich wollte einfach nur vergessen, wer ich war – eine Mutter, die ihr Kind weggab, und später … eine Mörderin.«

Sie suchte im Gesicht ihres Sohnes verzweifelt nach

einer Reaktion. Doch da war nichts. Raphael starrte sie nur mit düsterem Gesichtsausdruck an, schien vollkommen emotionslos. Sie schickte ein stummes Gebet zum Himmel. »Findest du nicht auch, dass schon zu viele Menschen wegen unserer beider Vergangenheit gestorben sind?«

Er hob die Schultern, schüttelte den Kopf, wollte gerade auf sie zukommen, als Justina einen Schatten hinter ihm wahrnahm. Noch ehe er sich umdrehen konnte, erklang ein widerliches Geräusch, das an brechende Knochen erinnerte, dann sank Raphael stöhnend auf die Knie. Nur Sekunden später quollen ihm dunkelrote Blutstropfen übers Gesicht. Schließlich kippte er wie in Zeitlupe seitwärts auf den Boden und bewegte sich nicht mehr.

Justina starrte ihren reglosen Sohn an, spürte, wie ihr Innerstes zerbarst.

Plötzlich hatte sie ein Bild vor Augen. Eine Krankenschwester mit einem Baby auf dem Arm. Die Frau hatte wissen wollen, ob sie das winzige Wesen nicht wenigstens einmal auf den Arm nehmen wollte, bevor sie es wegbrachten. Sie erinnerte sich, dass sie abgelehnt hatte.

Justina blinzelte gegen die Bilder in ihrem Kopf an, doch es waren zu viele.

Silja war es, die es schließlich schaffte, sie aus ihren Gedanken zu reißen.

»Du Scheißwichser«, kreischte sie. »Hättest eben härter zuschlagen oder bessere Knoten binden sollen«, schrie sie und hob den Arm, um weiter mit dem Pokal auf Raphael einzudreschen.

»Nicht«, schrie Justina panisch und sprang aus dem Bett auf Silja zu, riss ihr das schwere, blutige Ding aus den Händen. »Ich bitte dich, hör auf! Er ist mein Sohn.« Sie starrte auf den blutigen Pokal, ließ ihn fallen, wiederholte: »Raphael ist mein Sohn.«

Silja starrte sie nur an.

»Ich wusste es nicht«, sagte sie dann etwas ruhiger. »Außerdem siehst du doch, dass er am Ende ist. Es geht keine Gefahr mehr von ihm aus. Und jetzt ruf die Polizei. Wir haben einiges zu erklären.«

EPILOG

ZWEI WOCHEN SPÄTER

Justina

»Schön, dass Sie extra vom hohen Norden hergekommen sind.«

Justina lächelte Marie Lauter an und reichte ihr die Hand.

»Wie geht es Ihrem Lebensgefährten? Ich hab gehört, dass er schwer verletzt worden ist.«

Justina nickte. »Die Not-OP ist geglückt und er ist auf dem Weg der Besserung. Wenn alles gut geht, dann darf er in spätestens zwei Wochen nach Hause kommen.«

Die Polizistin nickte, dann verzog sie das Gesicht. »Was Ihren Sohn angeht … Raphael …« Sie schüttelte den Kopf. »Wird er wieder? Ich hörte, er hat einen Schädelbasisbruch erlitten.«

Justina räusperte sich. »Er hat meine Familie angegriffen und die Tochter meines Lebensgefährten hat sich zur Wehr gesetzt. Wir haben alle großes Glück gehabt. Die ganze Sache hätte weit schlimmer ausgehen können, aber Gott sei Dank besteht auch für Raphael noch Hoffnung. Ich bete dafür, dass seine Verletzungen keine allzu großen Folgeschäden nach sich ziehen.«

»Und er ist definitiv Ihr Sohn?«

Justina nickte.

»Die Kollegen von der Insel haben mir schon das meiste berichtet, dennoch würde ich es gern noch mal von Ihnen selbst hören.«

Justina räusperte sich. »Was genau wollen Sie wissen?«

»Alles eigentlich. Und am besten der Reihe nach. Fangen Sie am besten dort an, wo Sie gemerkt haben, dass Sie schwanger sind. Haben Sie es dem Vater des Kindes eigentlich gesagt?«

Justina bemerkte das Lächeln, das den Mund der Frau umspielte. »Wenn ich ehrlich bin, weiß ich bis heute nicht, wer der Vater ist. Es kamen damals mehrere Jungs infrage. Das war übrigens auch der Grund, weshalb ich es meinen Eltern viel zu spät gestanden habe.«

Marie Lauter zog die Brauen nach oben, schien in ihrem Gesicht nach etwas zu forschen.

»Dann sind Sie damals also kein Kind von Traurigkeit gewesen, mhm?«

Justina hob die Schultern.

»Und das, wo Ihre Eltern doch so fromme Gemeindemitglieder waren.«

»Soll ich jetzt weitererzählen oder nicht?«, knurrte Justina gereizt.

Marie nickte freundlich, ließ sich nicht aus der Ruhe bringen. »Eine Frage hab ich aber noch an Sie.«

Justina kaute nervös auf ihrer Unterlippe herum, hoffte, dass die Polizistin ihr nicht ansah, wie sehr sie unter Strom stand. Sie selbst hatte gar nicht persönlich herkommen wollen, doch es war Silja gewesen, die ihr dazu geraten hatte, um glaubhafter rüberzukommen.

»Es ist nur so: Mir geht Benedikt Fuchsberger nicht

aus dem Kopf«, fuhr Marie fort. »Sind Sie absolut sicher, dass Sie ihm niemals begegnet sind?«

Justina erwiderte den Blick der Frau, hielt ihm stand. »Ich mag damals zwar leichtsinnig gewesen sein, doch an die Jungs, mit denen ich etwas hatte, erinnere ich mich. Daher bin ich absolut sicher, dass ich diesen Benedikt niemals in meinem Leben gesehen habe.«

Marie Lauter nickte auffordernd. »Gut, dann legen Sie jetzt am besten los, damit ich wenigstens zwei der Fälle, die mir den letzten Nerv geraubt haben, abschließen kann.«

»Und?«, fragte Silja, als sie nach unten in die Lobby kam. »Wie ist es gelaufen? Denkst du, dass sie jetzt endlich zufrieden sind und dich in Ruhe lassen?«

Justina seufzte. »Hoffen wir es.«

»Und das mit dem Typen? Hat sie dir geglaubt?«

»Kann ich nicht sagen«, gab Justina zurück. »Sie ist schon immer ziemlich misstrauisch gewesen. Die Frage ist nur, ob sie es gut sein lässt oder tatsächlich noch irgendwann damit anfängt, dass Raphael eine Blutprobe abgeben muss.«

Silja sah sie achselzuckend an, hakte sich bei ihr unter. »Wenn sie klug ist, macht sie es wie ich.«

Justina warf dem Mädchen einen fragenden Blick zu. »Und das wäre?«

»Keine schlafenden Hunde wecken, wenn es nur um ein totes Dreckschwein geht.«

Eine Weile schwiegen sie, liefen in Richtung Parkplatz, dann blieb Silja plötzlich stehen und sah sie an. »Mir kannst du es aber doch sagen. Warst du das nun mit dem Typen oder nicht?«

Justina legte den Kopf in den Nacken, schloss die Augen.

Dann öffnete sie sie wieder, sah die Tochter ihres Lebensgefährten an. »Sag du es mir!«

Silja verzog in gespielter Empörung das Gesicht. »Denkst du etwa, ich würde dich verraten, wenn ich es wüsste?«

Justina zwinkerte ihr zu. »Ich vertraue dir und ich vertraue deinem Vater. Aber manchmal ist es besser, die Dinge nicht beim Namen zu nennen. Ganz davon abgesehen, sieht jeder im anderen, was er gerne sehen will. Also kannst du dir im Grunde dein eigenes Bild machen.«

Silja schien über ihre Worte nachzudenken, grinste schließlich, was wohl bedeutete, dass sie tatsächlich verstanden hatte.

»Und was jetzt?«, fragte sie nach einer Weile. »Was steht als Nächstes auf dem Plan?«

Justina schluckte. »Wir besuchen meinen Ex und seine neue Frau in München. Und wenn alles gut geht, stelle ich dir anschließend meine kleine Tochter Faith vor.«

EIN JAHR SPÄTER

Justina

»Sind Sie wirklich sicher, dass Sie das wollen?« Der Psychiater sah sie ernst an.

Sie nickte. »Er ist mein Sohn.«

»Ihr Sohn, der versucht hat, Ihren Lebensgefährten und dessen Tochter zu töten. Der Mann, der außerdem einen unschuldigen jungen Mann sowie Ihre Eltern auf dem Gewissen hat.«

Justina schluckte angestrengt. »Ich bin sicher.«

»Gut.« Der Psychiater drückte die Klinke zu dem Zimmer vor ihr hinunter, sah sie auffordernd an. »Sie können reingehen, es ist sicher für Sie. Er steht unter starken Medikamenten und ist außerdem an seinem Sitz fixiert.«

Sie bedankte sich bei ihm, trat über die Schwelle. Als sie Raphael abgemagert und mit lethargischem Blick vor sich sah, schnürte es ihr den Hals zu. Sie ging auf ihn zu, zog einen der Stühle vom Tisch heran, setzte sich ihm gegenüber hin.

Als er sie endlich registrierte, verzog er erstaunt das Gesicht. »Was machst du hier?«

Sie hob die Schultern, lächelte. »Ich besuche meinen Sohn.«

Er stieß ein Lachen aus, schüttelte den Kopf, dann wurde er schlagartig ernst. »Wieso? Ich bin ein Mörder, habe deine Familie bedroht, deinen Liebsten schwer verletzt und deine Eltern umgebracht. Warum also bist du hier?«

»Wie ich dir schon letzten Monat geschrieben habe und den Monat davor … weil ich deine Mutter bin.«

»Das warst du die ganze Zeit über und es hat dich nicht interessiert.«

»Ich hab mich eben anders entschieden. Manchmal tun Menschen so etwas. Sie entwickeln sich weiter.«

Sie beobachtete sein Gesicht, bemerkte, dass sein Blick flackerte.

»Machst du dir Sorgen wegen des Prozesses?«

Er hob die Achseln. »Ist doch egal, wo ich den Rest meines Lebens verbringe. Ob im Knast oder in der Irrenanstalt. Welchen Unterschied macht das?«

Justina dachte über seine Worte nach, seufzte schließlich. »Wahrscheinlich hast du recht.« Sie stockte, räusperte sich. »Ich möchte dir übrigens danken.«

»Wofür?«

»Dass du noch immer niemandem gesagt hast, was ich mit deinem Vater gemacht habe.«

»Du weißt, dass da noch mehr dran hängt. Auch wenn ich deine Geschichte bestätigt und ausgesagt habe, dass ich nicht weiß, wer mein Vater ist, kann es immer noch sein, dass sie einen Abgleich verlangen.«

Justina nickte. »Und wenn schon. Dann fehlt Ihnen aber noch immer ein Beweis, dass ich es gewesen bin.«

»Tut es dir leid?«

»Dass ich ihn getötet habe? Nein.«

Raphael grinste. »Das dachte ich mir.« Er seufzte, senkte den Blick.

»Was hast du?«

»Ich verstehe einfach nicht, wieso du herkommst. Ich hab dein Leben beinahe zerstört. Du musst mich eigentlich hassen. Stattdessen schreibst du mir seit Monaten, schickst mir Fotos von deiner Tochter, die du jetzt wieder sehen darfst, erzählst von deinem neugeborenen Sohn ...«

»Ich zeige dir Fotos von deiner Schwester«, unterbrach Justina ihn scharf. »Ich erzähle von deinem kleinen Bruder. Und ich bin hier, weil du mein Sohn bist, und nichts, was du getan hast, wird mich jemals davon abhalten, jetzt auch persönlich öfter zu dir zu kommen.«

»Und was sagt Arjan dazu? Oder Silja? Die sind bestimmt nicht gerade begeistert davon, dass du mich besuchst. Immerhin hätte ich beide auch fast unter die Erde gebracht.«

Justina verzog das Gesicht. Raphael hatte einen wunden Punkt getroffen, doch daran wollte sie jetzt nicht denken. Nicht hier. Nicht heute.

Vor einiger Zeit hatte sie für sich eine Entscheidung getroffen und wusste, dass es die einzig richtige war. Eine Entscheidung, die sie schon vor vierundzwanzig Jahren hätte treffen sollen. Justina sah ihren Sohn an, lächelte ihm zu. Dann zog sie ein Geschenk aus ihrer Umhängetasche, reichte es ihm. »Übrigens alles Gute zum Geburtstag, Raffi.«

»Raffi?« Er schüttelte den Kopf. »Was soll das denn für ein bekloppter Spitzname sein?«

Justina konnte sich ein Kichern nicht verkneifen. »Ich bin noch relativ unbedarft in solchen Dingen, wie du weißt. Also gib mir eine Chance.« Sie sah ihn an, deutete auf das Geschenk. »Na komm schon, mach auf!«

Sie bemerkte, dass seine Finger zitterten, als er über

das Papier strich, beugte sich vor, nahm seine Hand in die ihre. »Mach dir keine Gedanken wegen Silja und Arjan. Die beiden gewöhnen sich daran … Vielleicht nicht heute, vielleicht auch nicht morgen, aber irgendwann wird es ganz normal für sie sein. Genauso normal wie für dich und für mich.«

Raphael runzelte die Stirn. »An was gewöhnen sich die beiden und was wird irgendwann ganz normal sein?«

Justina sah ihn an und spürte, dass sie genau an dem Ort war, an dem sie sein musste. Und an dem sie sein wollte.

Sie lächelte Raphael an. »Na, dass du mein Sohn bist natürlich und deswegen nun mal zu mir gehörst! Und dass wir eine etwas merkwürdige, vielleicht sogar ziemlich schräge Familie sind.«

ENDE

GEWINNSPIEL

Liebe Leserin, lieber Leser, es handelt sich bei ***DAS VERBORGENE*** um meinen 42. Thriller. Und natürlich freue ich mich sehr, dass es stetig mehr Leser werden :-)

Deswegen möchte ich auch diesmal wieder unter jenen meiner Leser, die nicht bei Facebook oder Instagram sind, ein Gewinnspiel veranstalten. Verlost werden insgesamt mehrere Preise (Buchpakete, Amazon-Gutscheine und vieles mehr) unter all meinen Newsletter-Abonnenten.

Wer mitmachen möchte und bereits meinen Newsletter abonniert hat, muss nichts weiter tun, da er automatisch im Lostopf ist und dies auch bei künftigen Veröffentlichungen sein wird. Alle anderen schreiben mir bitte eine Mail an:

autorin@daniela-arnold.com

und landen somit in meinem Newsletter-Verteiler und im Lostopf.

DANKSAGUNG

Ich danke meiner grandiosen Coverdesignerin Kristin Pang, für das tolle Cover! Auf eine weiterhin so fruchtbare Zusammenarbeit!

Ich danke meiner Lektorin Inca Vogt und meiner Korrektorin Ilka Bredemeier. Ihr habt wieder einmal eine wunderbare Arbeit geleistet, danke für das tolle Teamwork mit euch.

Ich danke Inca Vogt, dafür, dass sie meinen Büchern ein so wundervolles Innendesign verpasst.

Ich danke all jenen Lesern und Kollegen, die mich bei der Coverauswahl und sonstigen Problemchen unterstützt haben. Ich drücke euch von Herzen und bestimmt kann ich das auch ganz bald wieder in der Realität. Hoffen wir auf nächstes Jahr, was Buchmessen angeht.

Ich danke euch Bloggern da draußen, für all das, was ihr für uns Autoren macht. Eure Arbeit und Mühe ist so wertvoll – danke sehr!

Ich danke meinen Kollegen für das offene Ohr in Hinsicht auf Klappentext-Bastelarbeiten (das ist wirklich keine meiner Stärken). Besonderer Dank geht vor allem auch an Inca Vogt, die neben dem Buch-Layout auch noch mit wachsamen Augen über den gesamten Text geht und im Zuge dessen, schon so manchen Klopper entdeckt hat.

Ich danke meinem Sohn, der, obwohl er meine Bücher nicht liest, dennoch Verständnis hat, wenn ich mich tagelang im Büro verbarrikadiere und zickig bin wie … (mir fällt gar kein Vergleich ein, so schlimm ist das manchmal) ;-).

Nicht zuletzt, danke ich meinen Freunden, die mich aufbauen, wenn ich am Boden bin.

Eventuelle Fehler, die meinen Protagonisten bei der Ermittlung unterlaufen sind, gehen übrigens einzig und allein auf meine Kappe oder sind meiner Fantasie geschuldet. Im Übrigen habe ich mir auch in diesem Roman wieder einige künstlerische Freiheiten genommen – welche selbstverständlich nicht verraten werden.

Über Mails mit Anregungen und Kritik freue ich mich unter:

autorin@daniela-arnold.com

LESEPROBE WEITERER BÜCHER

DER VERBOTENE RAUM

CORNWALL-THRILLER

Daniela Arnold

Manchmal ist die Wahrheit so schmerzhaft, dass es sich leichter mit einer furchtbaren Lüge lebt …

Ashbury Manor, ein altes Herrenhaus an der rauen Küste Cornwalls

Seit Jahrzehnten ranken sich düstere Legenden um das Anwesen und dessen Bewohner. Tatsächlich versucht die dort lebende Familie Ashbury ein grauenvolles Geheimnis vor der Außenwelt zu verbergen – bis eine junge Frau auftaucht.

Sienna Crane, das neue Kindermädchen, beginnt Fragen zu stellen und enttarnt neben alten Lügen ein abscheuliches Verbrechen.

Aber ist das am Ende wirklich die ganze Wahrheit?

PROLOG

Es war fast dunkel.

Die letzten Touristen des Tages schlenderten in Richtung der Parkplätze. Sie sah ihnen nach, erleichtert darüber, dass nun endlich Ruhe einkehrte und keine begeisterten Ausrufe sie bei ihrem Vorhaben störten.

Natürlich verstand sie, wie entzückt die Besucher auf diesen Ort reagierten. Sie selbst hatte so lange davon geträumt, einmal herzukommen und das alles mit eigenen Augen sehen zu können.

Die über 160 Meter hohen und in unschuldigem Weiß strahlenden Felsklippen, der malerische weiß-rotgestreifte Leuchtturm, über den ihre Lieblingsband sogar einen Song geschrieben hatte. Etliche andere Bands hatten vor dieser traumhaften Kulisse ihre Musikvideos gedreht. Es gab sogar Filme, in denen dieses Naturspektakel thematisiert wurde.

Ihr Vater war es gewesen, der ihr vor vielen Jahren erstmals von diesem malerischen Ort erzählt hatte, der sich knappe sechs Autostunden von ihrem Zuhause entfernt befand und zu dem jedes Jahr Zehntausende von Touristen strömten, um ihn zu bewundern.

»Beachy Head«, sprach sie den Namen mit einem versonnenen Lächeln aus.

Als sie heute am späten Nachmittag in Eastbourne angekommen war, hatte sie ihr letztes Taschengeld zusammengeklaubt, sich eine große Portion Fish und Chips gekauft und sich in den Bus gesetzt, der sie die letzten Kilometer bis hierher chauffiert hatte.

Hier angekommen, hatte sie sich die Klippen und den Leuchtturm bei Tageslicht angesehen, sich von der Begeisterung der anderen Besucher mitreißen lassen und wie eine ganz normale Touristin alles bestaunt.

Ein bitteres Lachen erschien auf ihrem Gesicht, als sie an den Moment dachte, an dem sie sich ins Gras gesetzt hatte, dem Wind nachgefühlt hatte, der mit ihren Haaren spielte und an ihrer Kleidung zerrte. Ein bunter Fleck im Grünen, der nicht weiter auffiel.

Kein Wunder, dass nur dieses ältere Paar sie wahrgenommen hatte, das dem Aussehen nach irgendwo aus Südeuropa stammen musste. Sie hatte die Blicke der beiden auf sich gespürt. Hatte sich gar eingebildet, dass dieses Paar ihre geheimsten Gedanken gelesen und geahnt hatte, warum sie an diesen Ort gekommen war.

Was natürlich Unsinn war.

Oder doch nicht?

Immerhin gab sie etwas vor, was sie nicht war ...

Ihr Handy plingte.

Sie zog es aus der Tasche, sah, dass es wieder ihre Mutter war mit einer Textnachricht.

Wo zum Teufel bist du?

Doch wie bereits zuvor ignorierte sie deren Worte, aus Angst, dass sie am Ende doch einknickte und versehentlich etwas preisgab. Die Gefahr, dass sie sich verriet, wenn sie mit ihr nahestehenden Menschen sprach, die ihr viel bedeuteten, war groß.

Sie steckte das Handy wieder in ihre Tasche, stieß die Luft aus.

Ihrer Mutter würde es besser gehen, wenn sie erst …

Nein, gebot sie sich, während ein Schluchzen aus ihrer Kehle hervorbrach. *Nicht weiter grübeln, es ist beschlossen.*

All der Kummer, den ihre Lieben ihretwegen hatten ertragen müssen. Ihre Mutter, ihre Schwester, Kevin, ihre Freundin Poppy. Es war genug.

Alle hatten natürlich versucht, stark zu sein, sich nicht anmerken zu lassen, wie sehr es sie erschütterte, sie so zu sehen. Doch gegen die äußeren Spuren, die er hinterlassen hatte, die sie alle auch noch in zehn, zwanzig oder gar dreißig Jahren daran erinnern würden, konnte niemand etwas tun.

Nur sie selbst. Wieder nickte sie sich entschlossen zu. Erinnerte sich wehmütig daran, wie ihre Mutter sie zu zig Ärzten und zu den besten Chirurgen des Landes gebracht hatte. Wie sie sich ihretwegen in Schulden gestürzt hatte, um zumindest die äußeren Male auszumerzen, die zurückgeblieben waren.

Vergeblich.

Die Narben in ihrem Gesicht, die dieses Monster ihr mit seinem Messer zugefügt hatte, waren irreparabel. Genau wie die Narben auf ihrer Seele. Wobei Letztere um ein Vielfaches schmerzhafter waren.

Sie atmete gegen die Panik in ihrem Innern an, die immer dann kam, wenn sie sich an jenen Abend erinnerte, an dem sie ihre Mutter beschwindelt hatte, um sich mit Kevin, ihrem allerersten festen Freund, zu treffen. Angeblich war sie nur bei Poppy gewesen und bereits auf dem Weg nach Hause.

Kevin. Ein versonnenes Lächeln stahl sich auf ihre Lippen, als sie daran dachte, wie sie sich geküsst hatten und wie sie ihm sogar erlaubt hatte, seine Hand unter ihr Shirt zu schieben. Es hatte sich gut angefühlt, seine warme Hand auf ihrer Haut zu spüren, seine zarten Fingerbewegungen.

Doch dann war es Zeit gewesen, zu gehen. Kevin hatte ihr wie ein echter Gentleman angeboten, sie nach Hause zu begleiten, doch sie hatte das abgelehnt.

Zu groß war ihr die Gefahr erschienen, dass Mutter ihn bemerkte und das Lernen mit Poppy als Lüge enttarnte, was weitere Treffen mit Kevin erschweren würde.

Seit Vaters Tod und dem Auszug ihrer großen Schwester hatte ihre Mutter wie eine Klette an ihr gehangen, hatte sie umkreist wie die typische Helikoptermutter.

Wie hatte sie das damals genervt.

Ihr Lächeln verschwand, machte einem bitteren Ausdruck Platz, während sie sich eingestand, wie gut sie ihre Mutter rückblickend verstand. Sie tat sich nun mal schwer damit, loszulassen und zu akzeptieren, dass sie mit ihren sechzehn Jahren kein kleines Kind mehr gewesen war.

Sie seufzte.

Vielleicht wäre das alles damals nicht passiert, wenn ihr Vater noch gelebt hätte.

Doch der Krebs hatte ihn im Alter von gerade fünfundfünfzig Jahren vollkommen zerfressen, sodass er am Ende nur noch ein Schatten seiner selbst gewesen war.

In diesem Zustand hatte er keinen Sinn mehr darin gesehen, gegen einen übermächtigen Feind anzukämpfen. Wahrscheinlich hatte ihm einfach auch die Kraft für eine letzte Chemo gefehlt und so hatte er seinem Leiden ein schnelles Ende bereitet, um den Menschen, die ihn liebten, nicht noch länger zur Last zu fallen.

Nicht dass sie es so empfunden hätte.

Sie hatte ihren Vater so sehr geliebt und wäre damals bereit gewesen, alles für ihn zu tun, sogar über ihre

Grenzen hinauszugehen, um seine letzten Monate erträglicher zu machen.

Nie hatte sie den Tag vergessen, an dem sie von der Schule in die Wohnung zurückgekommen war und die Mutter in Tränen aufgelöst vorgefunden hatte. Mit erstickter Stimme hatte sie ihr die schreckliche Wahrheit enthüllt. Vater hatte seine letzten Kräfte mobilisiert und sich außerhalb der Stadt von einer Brücke vor einen Zug gestürzt.

Laut Polizei sei er sofort tot gewesen, habe nichts gespürt, ganz im Gegensatz zu Mutter und ihr.

Der Kloß in ihrem Hals war wieder da. Zusammen mit der Frage, warum er ihnen so die Möglichkeit genommen hatte, sich zu verabschieden. Doch damit hatten sie leben müssen und letztendlich hatte sie ihm verziehen. Viel zu reif für ihr Alter, hatte sie verstanden, dass er einfach nicht mehr konnte, dass seine unerträglichen Schmerzen ihn so egoistisch hatten handeln lassen.

Und nun …?

Jahre später ging es ihr ganz genauso.

Sie hatte keinen Krebs. Nein, körperlich war sie völlig gesund. Einzig ihr zerschundenes Gesicht erinnerte sie noch an jenen Tag vor einem Jahr, an dem ein Typ, ganz in Schwarz, getarnt mit einer Sturmhaube über dem Kopf, alles zerstört hatte, was sie einst gewesen war.

Er musste sie bereits seit Längerem beobachtet haben, wusste eine Menge über sie. Wo sie wohnte, wo sie immer entlangging, dass sie sich heimlich mit ihrem Freund traf, sich jedoch niemals von ihm nach Hause bringen ließ. So hatte er ihr im Dunkeln aufgelauert, sie betäubt und es irgendwie geschafft, sie unbemerkt in seinen Wagen zu zerren.

Als sie zu sich gekommen war, hatte sie sich gefesselt und geknebelt auf dem kalten Waldboden wiedergefunden, während der Scheißkerl damit beschäftigt gewesen war, ihr die Klamotten vom Leib zu reißen. Aus irgendeinem Grund war es ihm nicht gelungen, sie zu penetrieren, was seinen Zorn angefeuert hatte. Sie erinnerte sich noch genau daran, dass er ihr vor Frust brüllend etliche Male mit der Faust ins Gesicht geschlagen hatte, bis sie erneut das Bewusstsein verloren hatte.

Ihr Ende, wie sie geglaubt hatte.

Doch stattdessen war sie in einem Krankenhausbett wieder zu sich gekommen, mit zahlreichen Messerstichen, die ihr Gesicht fast bis zur Unkenntlichkeit zerstört hatten. Später hatten die Polizisten es so dargestellt, dass er sie wohl zum Sterben zurückgelassen hatte.

Nur dass ihr Körper damals nicht gestorben war.

Ein Jäger hatte sie gefunden und die Polizei informiert.

Mehrere Ärzte waren anschließend Stunden damit beschäftigt gewesen, sie wieder zusammenzuflicken, sie ins Leben zurückzuholen.

Ihre Seele konnte jedoch nicht repariert werden.

Ihr Innerstes hatte den Angriff des Irren nicht überlebt. Dieser Teil Scarletts befand sich noch immer irgendwo im dunklen Wald, auf der Suche nach Erlösung.

Eine Erlösung, die sie heute bekommen würde.

Jetzt.

Sie holte tief Luft, trat näher an die Kante heran, horchte in sich hinein, vielleicht in der Hoffnung, doch noch irgendwo ein kleines Fünkchen Lebenswillen in sich zu finden.

Doch da war nichts.

Kein Echo. Kein Licht.

Nur Leere.

Dazu der verzweifelte Gesichtsausdruck ihrer Mutter, der es beim Anblick ihrer jüngsten Tochter jedes Mal aufs Neue das Herz zerriss.

Es war ein Spiegel, in den zu schauen sie nicht mehr ertrug.

Auch an Kevin dachte sie mit Wehmut im Herzen. Ihr Freund hatte sie zwar noch im Krankenhaus besucht, aber da hatte sie bereits geahnt, dass er sie verlassen würde. Genauso war es dann gekommen.

Es war ihm schwergefallen, die Beziehung zu beenden, das hatte sie an seinem Gesichtsausdruck und an seinen Augen erkennen können. Doch war seine Liebe für sie am Ende eben nicht so stark gewesen, dass er ihren Anblick ertragen hätte.

Sie würde jetzt also nicht nur ihr eigenes Leiden beenden, sondern auch das der wichtigsten Menschen in ihrem Leben.

Während sie sich die wenigen trennenden Zentimeter auf die Kante zubewegte, schickte sie einen letzten intensiven Gedanken an ihre Mutter und an ihre Schwester.

»Ich liebe euch über alles«, flüsterte sie mit brüchiger Stimme, hoffend, dass diese letzten Worte irgendwie bei ihnen ankamen. »Aber so ist es besser. Für uns alle. Lebt wohl.«

Sie füllte ihre Lungen ein letztes Mal mit der salzigen Meeresluft, die sie so liebte, schloss die Augen.

»Scheiß drauf«, murmelte sie. Dann breitete sie die Arme aus wie ein Engel seine Flügel, stieß sich ab.

SAINT JUST/ROSELAND

2019

»Was kann ich Ihnen bringen?«

Sienna sah die Wirtin an, eine ältere Dame um die sechzig, die sie freundlich musterte.

»Eine Tasse Tee mit Sahne und Honig bitte.«

»Etwas zu essen?«

Sienna ignorierte das Knurren ihres Magens, schüttelte den Kopf. »Nur Tee, bitte.«

Die Frau nickte, verschwand.

Während sie auf ihr Getränk wartete, überlegte Sienna, wie lange ihr schmales Budget noch reichte, ohne dass sie einen Job fand. Sie besaß noch etwas mehr als vierhundert Pfund, doch die Gästezimmer in dieser Gegend waren unverschämt teuer, selbst jene, die jeglichen Komfort vermissen ließen.

Natürlich hätte sie auch in eine der umliegenden Städte gehen können oder gleich nach London – dort hätte sie schon längst Arbeit gefunden –, doch nach allem, was in den letzten Monaten passiert war, zog es sie an einen ruhigen Ort wie diesen. Hier hoffte sie, endlich zur Ruhe zu kommen und ihre Akkus wieder aufladen zu können. Also sollte sie besser sparsam leben und, statt ihr

Geld für Essen in Restaurants auszugeben, auf günstige Optionen aus dem Supermarkt ausweichen.

Als sie die Wirtin mit dem Tablett auf sich zukommen sah, nahm sie all ihren Mut zusammen. »Darf ich Ihnen eine Frage stellen?«

Die Frau nickte schmunzelnd. »Nur zu.«

Sienna holte tief Luft. »Sie wissen nicht zufällig, wo ich hier im Ort einen Job finde?«

»Ach, Kindchen, das wird schwer, die Saison ist in vollem Gange, die meisten Kneipen und Hotels haben ihre Leute schon längst beisammen.« Sie sah Sienna forschend an. »Was genau suchen Sie denn für eine Arbeit?«

»Ganz egal, ich mache alles … Putzen, bedienen, was anfällt eben.«

Die Frau schüttelte den Kopf. »Wie gesagt, die meisten Wirte und Hotelbetreiber kenne ich persönlich und weiß, dass sie, was Personal angeht, versorgt sind. Da wird frühestens in der nächsten Saison wieder was frei sein.«

»Schade, aber vielen Dank.«

Die Wirtin zuckte unsicher mit den Schultern. »Aber vielleicht weiß ich doch etwas ... obwohl ich Ihnen damit bestimmt keinen Gefallen tue.«

»Sagen Sie es mir. Um was geht es?«

»Da ist eine Stelle als Hausmädchen bei den Ashburys frei geworden. Normalerweise hab ich mit der Familie nicht viel am Hut, so wie die meisten Einwohner von Saint Just. Diese Leute sind … wie drücke ich mich am besten aus, ein ganz anderer Schlag Mensch als wir, wenn Sie verstehen.«

Sienna runzelte die Stirn. »Was heißt das?«

»Na ja, die Ashburys leben bereits seit Jahrhunderten hier in Saint Just. Ihr Anwesen da oben ist das größte und imposanteste der Gegend und seine Bewohner sind wie ihr Prunkbau: ziemlich protzig. Die ganze Bagage ist arrogant und hält sich für was Besseres. Der einzig Normale der Sippe ist Nate Ashbury. Der Gute hat eingeheiratet, stammt ursprünglich aus einer Londoner Familie von Professoren. Gut betucht, aber nicht abgehoben wie der Rest von denen.«

Sienna grinste. »Und diese Ashburys suchen tatsächlich eine Haushälterin? Sind Sie absolut sicher?«

Die Wirtin nickte, verzog dann das Gesicht.

»Was?«

»Mich würden ja keine zehn Pferde freiwillig in das Haus kriegen.«

»Und wieso?«

»Ist gruselig da. All diese Geschichten …«

»Jetzt sagen Sie bloß, Sie glauben an Spukgeschichten?«

»Na ja ... was Genaues weiß keiner ...« Die Wirtin brach ab, sah sich um, schien unschlüssig und beugte sich dann verstohlen zu Sienna herunter. »Es heißt, der Urgroßvater habe seine Frau auf dem Gewissen. Der Alte soll seine arme Gattin regelrecht abgeschlachtet haben. Angeblich war Eifersucht im Spiel, doch in Wahrheit hatte er wohl eine Geisteskrankheit.« Sie hob abwehrend die Hände. »Aber ich will nichts gesagt haben.«

Sienna spürte, wie ihr jetzt doch das Blut in den Adern gefror. »Und was ist mit diesem Mann passiert?«

»Er starb friedlich im Alter von sechsundachtzig Jahren.«

»Er wurde nie verurteilt?«

»Man hat ihm die Tat nicht nachweisen können. Er behauptete, ein Fremder sei in sein Anwesen eingedrungen und habe die arme Miss Ashbury auf dem Gewissen. Zumindest hat es mir meine Großmutter so erzählt. Was tatsächlich passiert ist, wissen wohl nur noch die Geister.«

»Also glauben Sie doch daran, dass es da oben spukt?«

Die Wirtin nickte schwerfällig. »Wundern würde es mich nicht, bei der finsteren Vergangenheit.«

»Und diese Stelle bei der Familie, wissen Sie zufällig, ab wann die vakant ist?«

»Ich denk mal, die brauchen sofort jemanden.« Wieder beugte sich die Wirtin verschwörerisch zu ihr herab. »Angeblich möchte die Stellenvermittlungsagentur, von der sie das frühere Mädchen hatten, ihnen niemanden mehr vermitteln. Wer will da schon arbeiten, nach dem, was da alles passiert ist.«

»Was genau ist denn vorgefallen?«

»Ob es stimmt, weiß ich nicht, doch im Ort haben sie sich erzählt, dass deren alte Hilfe verhaftet wurde.«

Sienna riss die Augen auf. »Verhaftet?«

Die Frau nickte aufgeregt. »Sie war mit der kleinen Ashbury in der Stadt, weil die zu ihrer Klavierstunde musste. Sie hat sie da abgegeben und die Wartezeit genutzt, um einkaufen zu gehen. In irgendeinem Kaufhaus in Falmouth. Sie hat Schmuck im Wert von mehreren hundert Pfund gestohlen, wurde vom Kaufhausdetektiv erwischt und festgehalten, bis die Polizei eintrudelte. Natürlich konnte sie deswegen das Mädchen nicht von seinem Musikunterricht abholen, woraufhin die Eltern informiert wurden. Die Ashburys haben die diebische Elster achtkantig rausgeschmissen und sitzen seither ohne Hilfe da. Das wiederum weiß ich von Nate, der ab und an hier vorbei kommt, um ein Pint zu kippen.«

Sienna trank ihren Tee aus, lächelte die Frau an. »Was meinen Sie, hab ich eine Chance, eingestellt zu werden?«

»Kommt auf Ihre Referenzen an, schätze ich.«

»Ich habe zwei Arbeitszeugnisse dabei, die sind allerdings schon etwas älter.«

»Versuchen können Sie es ja, aber ich persönlich rate Ihnen, sich lieber woanders umzusehen. Vielleicht haben Sie in St. Ives oder St. Agnes noch Glück, eine nette Anstellung zu finden.«

Sienna schmunzelte. »Mit ihrer Schilderung haben Sie tatsächlich meine Neugierde geweckt. Ich glaube, ich versuche es bei den Ashburys.« Sie ignorierte den besorgten Blick ihres Gegenübers. »Was bekommen Sie für den Tee?«

»Geht aufs Haus«, sagte die Wirtin. »Sehen Sie es als Wiedergutmachung dafür, dass ich Sie quasi in die Höhle des Löwen geschickt oder Sie zumindest auf den Weg dahin gebracht habe.«

»Ich danke Ihnen«, gab Sienna zurück. »Und machen Sie sich keine Sorgen um mich. Ich hab schon weitaus schlimmere Situationen in meinem Leben gemeistert. Mit den Ashburys werde ich schon fertig.« Sie trank ihre Tasse leer, stand auf.

Sie war schon fast zur Tür hinaus, als sie den Blick der Wirtin im Rücken spürte. Sienna drehte sich zu ihr um. »Noch mal danke.«

Die Wirtin sah sie nur ernst an und seufzte tief. »Ehrlich, Kindchen, ich weiß nicht, ob ich Ihnen damit einen Gefallen getan habe. Vergessen Sie nicht, dass ich Sie gewarnt habe.«

Printed in Poland
by Amazon Fulfillment
Poland Sp. z o.o., Wrocław

24240064R00151